U0634735

盗火者的足迹

鄂华作品选

鄂 华 ◎ 著

长春出版社
全国百佳图书出版单位

图书在版编目（CIP）数据

盗火者的足迹：鄂华作品选 / 鄂华著. -- 长春：
长春出版社, 2025. 1. -- ISBN 978-7-5445-7556-0

Ⅰ. I216.2

中国国家版本馆CIP数据核字第2024YU1156号

盗火者的足迹——鄂华作品选

著　者　鄂　华
责任编辑　吴　尧
封面设计　宁荣刚

出版发行　长春出版社
总 编 室　0431-88563443
市场营销　0431-88561180
网络营销　0431-88587345
地　　址　吉林省长春市南关区长春大街309号
邮　　编　130041
网　　址　www.cccbs.net

制　　版　长春出版社美术设计制作中心
印　　刷　长春天行健印刷有限公司

开　　本　880mm×1230mm　1/32
字　　数　268千字
印　　张　11.75
版　　次　2025年1月第1版
印　　次　2025年1月第1次印刷
定　　价　69.80元

版权所有　盗版必究
如有图书质量问题，请联系印厂调换　联系电话：0431-84485611

目　录

短篇小说

自由神的眼泪

——劳赖哈脱札记之一

他们叫我们忘记：

自由已经被取消；

他们叫我们忘记：

人权宣言被焚烧；

我们被奴役了三百年，

我们还在做奴隶。

虽然骨和肉都在反叛，

他们却叫我们忘记。

——托尔森《黑色交响乐》

楔　子

这里发表的是西方近代著名史学家亨利·劳赖哈脱先生的一部分手稿。我之所以说"著名"，指的是三四十年前，我们一些年长的读者，也许都还记得他的名字。那时他是世界上红得发紫的一位青年学者，主持着驰名全球的 H 大学近代史和现代史讲席，做过环球的旅行，曾经顺道来我国访问。他第一个敢于用严正的史实，指出近代资本主义在民主和自由的外衣下遮藏着的全部殖民主义和种族歧视的罪恶。奇怪的是，近几年几乎很少再听到有人提起他的名字。这一次，很偶然地，在从新加坡经印度洋、苏伊士运河到欧洲去的途中，在华丽的客船萧邦号上，我又遇见了他。他的样子已经大大改变了：鬓角上布满了银丝，额上增加了更深的皱纹，因为背部稍微地佝偻，人也仿佛显得更矮了。如果不是他那双深凹的含蓄着智慧与淡漠悲哀的眼睛，引起了我对他更多的注意，也许我不会在那样多的客人中认出他来。当我恳挚地向他致以中国朋友的问候，并表示了对他工作真诚的关怀的时候，他似乎感动了，不过并没有多说什么。看来在这几十年当中，他依然没有改掉那沉默的习惯。只是平静地回答我，脸上略微露出一些悲哀："现在我已经不搞历史了。"当他看到我脸上那种惊讶的神色时，又抱歉地加了一句："我还在历史博物馆工作，并没有完全离开历史岗位。"此外在他口中是什么也听不到了。当我回到自己的房舱时，心里感到有一些沉重，当年那样一个勇猛的追求真理的战士，不料今天竟会离开了他的战斗岗位，躲避到木乃伊的古物堆里去了。以后几天，我没有再遇到他。当船快到马赛口岸，我已收拾好行李准备登陆时，门忽然开了，是他走了进来。脸上仍旧是那种淡漠的表情，把手里的一卷包好了的打字纸交给了我："这里是我最近几年来留下的一些手稿，也许它们能帮助我说明一些我没有能够亲自向你说明的问题。我把它们交给你，就算是送给了你。因为它们在我手里已经没有什么用处。在我们的国家里，它们根本不会有发表的机会了。也许上次的谈话，你会误解了我。我不希望这样，因为——我很珍视中国人民的友谊。"他没有等我答话，就伸出手来："好，再见了！一句老话，祝你旅途平安！""友谊"两个字他说得特别重，包含着一个历史学者所能有的全部感情。

这就是这些手稿的来由。我承认，虽然一切看起来很像是做戏，和过去有些小说中描写的差不多。但在当时，他的态度诚恳和冷静，使我根本联想不到这些。我心里很受感动，由于不久就要上岸了，我只好压抑住心中马上就去读它的强烈欲望。虽然这样，我仍旧打开了我已捆扎妥当的行李箱，把这些手稿放进了我保存着最有价值的资料的皮夹里，等自己一有工夫就来读它。读者也许会觉得好笑，为什么我会这样珍视这几篇东西？是的，这里面并没有什么理由可言，往往有些事情是很微妙地出于一个人的直觉。也许，更多的是由于我对他这个人的印象。他是属于那样的一种人，虽然只是第一眼，你就会感到在他身上一定蕴藏着一些更深刻的东西，使你不由得想进一步去了解他。我相信，在他留下的手稿里，一定有一些不寻常的内容，值得马上去探索。而且由于当时旅途仓促，一直未能得到安静下来的机会，这个愿望也就一直未能实现，压抑在心中愈久，也就变得愈强烈。我的心情竟像一个觅宝者发现了阿拉伯国王的宝库一样。知道了这一点时是很不安的，俗话说：希望得愈多，失望也愈大。然而当我现在终于能够坐下来，把它们从头到尾读完一遍时，我才发现我原来希望的还是多么小。

我不知道一个国王的金库究竟值多少，然而我敢说：在这里我发现的是一颗心和一个时代。虽然这颗心还在彷徨摸索；然而这个时代，却以它的全部悲剧性和复杂性呈现在我们的面前，引起我们的深深的思索。

虽然我没有得到劳赖哈脱先生的允许（因为我也不知道他现在在哪里），我还是决定把他的这些手稿整理并发表出来。一方面希望在这里，使所有关心他及其他正直的外国朋友的人，知道那一些纯洁的心一直还在跳动，并没有麻木和屈服；一方面，也希望给那正在散发着恶臭的资本主义的社会和制度，多勾上一笔丑恶的阴影。

1955 年 5 月 9 日

劳赖哈脱的自白

在我做学生的时候，和那时候许多青年一样，我也被我们教科书上所宣扬的我国民主和自由的光荣传统所迷惑过。我曾多次兴奋地背诵着著名的《独立宣言》。那时候，许多的事实都是我不知道的。我天真地相信，我们的国家是一个理想的自由民主的幸福的国土，它将担负起新的光辉的历史任务。为了更忠实于我的这一个理想，更好地阐扬我国历史上光荣的民主的传统，我选择了研究我国近代的历史作为我终生的工作。当我真正抱着狂热的激情钻进这个工作以后，没过多久，我就发现我是太天真了。尤其是在我亲自到过过去土著民族部落聚居的地区，亲自考察了很多残存的史料，弄清了关于我们作为拓荒者的祖先那些"英雄"事迹的真相以后；在我从美丽的南方旅行归来，那里的每一个老人，每一座展览馆和博物馆，都以触目惊心的史实向我揭发南北战争以前那盛行的残酷的奴隶制的罪恶以后，我才从缥缈的天空回到了现实的土地上。我清醒地懂得了：在那我们引为骄傲的民主和自由的传统后面，还存在着一个狰狞可怕的恶魔的阴影。一连串的罪恶史实给我揭开了一百多年来的我国的另一个历史：血腥的殖民主义与种族歧视的历史。我懂得了，在我们国家，除了有一个拓荒者和伐木人的传统，还有一个奴隶主和私刑者的传统。我们光荣的民主和自由的传统，正好被有些人利用来做了一幅美丽的遮羞布。发现了这些，我的良心要求我将历史的真相告诉下一代青年。然而我的这些发现是某些人不喜欢的。我接到了匿名信，警告我，要我放弃我的观点，因为它危害了我们国家的传统和尊严。我知道在这个警告后面隐藏的是什么，我只能在真理和欺骗之间做选择。然而我的良心无论如何也不能允许我再回到"神圣"的讲坛上，重新把血腥的殖民掠夺、阶级压迫和种族歧视说成是文明和正义的事业，去继续欺骗那些纯洁的青年。因此我能采取的唯一办法是自动辞职。如果我还年轻，我或者还会和那一些黑帮、私刑者斗争下去，而这时候，我只有忍气吞声地辞去了我心爱的教席，离开了大学。然而这件事至少在当时是像其他的许多事一样，表面上应该说是做得非常冠冕堂皇的。辞呈是我亲笔签名送上去的，学校方面也表示了惋惜。对于这样的待遇，我应该是满意的。不过我除了扮演了这场虚伪的喜剧里的一个可笑的角色以外，再也没有得到什么。离开了 H 大学以后，我没有任何地方可去。今后怎么办？怎样活下去？虽然一个人在我这样的年纪，对于这应该不再是问题，我却不能解答。

命运终于给我安排了一条道路。还是在很早以前，我就对我国的自由神的历史发生了兴趣。在它们身上，我可以重新回想起那些我国人民为自由和独立而斗争的光荣日子。也许在今天，它是唯一的还可以使我们想起那些过去的光荣的东西了。现在，当我在大学的墙垣外四处碰壁的时候，我竟接到了 M 历史博物馆的聘请。这个历史博物馆是以保存我国各地的自由神像的珍贵资料而著名的。很长时期以来，我和他们有着密切的交往。这一次，我很高兴地接受了他们的聘请。而似乎在这里也没有人再来刁难我。大概当政的先生们认为在这个木乃伊居住的地方，我的思想不会对谁有害处。而在我自己选择这一条路的时候，又何尝不是一种逃避呢？坦白地承认，我的血管里流的已经不是青年的血液了。我的头发已经斑白了，我感到缺乏精力，我的心渴望宁静。到这里来，我是为追求宁静来的。

然而命运却永远和我开玩笑。想不到即使在这里，和那些光荣的自由神在一起，我的心也没有能得到安宁。就是这些自由神，仍旧把我一次又一次地领到了一些残酷的历史的真理面前。就在这个神圣的圈子里，我们的社会也以它全部的美好与丑恶同时呈现在我面前。我应该把它们如实地写出来，让今天的青年人和后代的子孙都能够知道。然而除了面前存放着的这些手稿以外，我没有其他公开发表意见的地方。而即使这些手稿，我自己也不知道它们今后的命运。但是我仍旧要写，也许这样做了心里会痛快一些。而且我也不害怕在这里承认：我对我们伟大国家有一个光辉的未来的命运，从来没有失去过信心。虽然今天我不能确切地知道它在哪里，但我已预感到它是愈来愈近地向我走来。是的，谁又能说得定呢？

札记之一：自由神的眼泪

一封不寻常的信

我请凡是对于历史有兴趣的人，有时间的话，再去翻一翻在 1952 年我国进行总统选举时报纸上有关选举的记载。你会在官方发表的最后选举公报里，发现一个很有趣的问题。B 城的人口，是 573263 人，其中有投票权的是 217095 人（应该指出，有投票权的人只占总人数的 37.9％，其余 62.1％的人，除了一部分是因为年龄未满 20 岁和有特殊疾病的外，大多数都是在财产、选举税、人头税、居住期限以及教育程度等不合理的条件限制下失去选举权的。而被各种蛮横的手段夺去选举权的黑人数目更是多到不可胜数），而实际参加投票的人数却只有 9162 人，不到应投票人数的 5％。这一个数字在我国选举史上是空前的。据说，这是因为该城正流行着猛烈的虎烈拉①的缘故。至于为什么虎烈拉会影响了选举，这个问题并没有更多的说明。

就在那时候，我收到了一封信，正好是从 B 城来的。信后的署名是一个陌生的名字，然而这更增加了这封信的神秘的气味。为了更好地说明后来发生的事实，我愿意把这封信全文引

———————

①虎烈拉，即霍乱，一种传染病。

在这里：

敬爱的劳赖哈脱先生：

虽然我不认识你，然而我知道你所从事的那一种有价值的工作。这就是为什么在我们这里发生了这件离奇的事以后，我首先想到要写信给你。

请让我马上说到事情的本身：在我们每一个B城人的心里，都有着一件最珍贵的东西，那就是我们光荣的自由神像。据说是自从我们的祖先争取到自由的那一天起，这座神像就和我们在一起了。年老的人说，谁要是在过去那些真正自由和幸福的日子里，看到过这尊神像，那么他就会牢牢地记住一辈子，再也忘记不了。那时候，每当阳光照射在B城黄金的海岸，大海的波涛汹涌地拍打着防波堤时，神像的脸上便会散发出灿烂的光辉。尤其是那一双眼睛，好像真是一对火炬在那里燃烧。当每一艘船只从神像下面经过时，船上的水手和客人都会自动地脱下帽子。这神像，在每一个为了寻找自由而远远来到新大陆的人们心里，无疑地已成为自己理想的化身。可惜那样的年代我们是没有幸运能够见到了。从我还是孩子的时候起，这座神像的眼睛便永远是那样阴沉地凝视着大海。据说这样的情形是从那一天开始的：那一天，每个爱好自由的我国人民的心里都蒙上了沉重的黑纱，我们的伐木人被反动的黑手刺杀了。那一天，B城黄金的海岸上，阳光暗淡地敛藏在低低的云层后面，海面是一片阴霾，当几个水手悲哀地蹲在岸边，张望着汹涌着的大海时，他们忽然发现，那平日辉耀着火焰似的光芒的自由神的眼睛，竟也变得那样阴沉暗淡，仿佛也与人们一起沉浸在巨大的悲哀里。那一天，人们都跑到海边去，舍不得离开，仿佛每个人的心都在那里找到了同情与安慰。从此我们B城的人便坚定地相信：这座神像懂得人们心里的感情。当他们快乐和幸福的时候，它的眼睛也会因为快乐而辉耀着光彩；当他们失去自己美好的一切时，它的眼睛便会因为悲哀而阴沉暗淡。而事实也仿佛在说明，这种玄奇的传说是真实的。当近年来我国的人民一天比一天更沦为强权的奴隶，精神一天比一天更贫乏的时候；当种族主义分子公然地在大街上狂啸，把黑人吊死在街灯的柱子上的时候；我们的神像的眼睛也是一天比一天更加忧郁、更加阴沉了。每当我们看着它，心就仿佛在下沉，幸福和自由也仿佛永远离开了我们。

而我要说的最奇怪的事就在这一次议会选举的时候发生了。和过去每次选举一样，政客们平时忘记了人民，而这时候又重新想起了我们。从保险箱里拿出了早已发霉的种种美丽的诺言，重新用它们来欺骗我们。谎言无论有多么美丽，但它终究是谎言。我们早已看穿了他们的那一套。在我们中间流行着一句老话：管他是老鼠还是大象，商标虽然不同，都是一样的货色。无论是报纸还是电台，愿意喊叫就尽管去喊叫吧！既然我们的自由神还没有欢笑，那就是真正的民主和自由还没有到来。而就在投票的那一天早晨，天还没有亮，街上忽然传来了报贩惊人的喊声："快看吧，两角钱一份！民主的奇迹，自由神笑了！快看吧，两角钱一份！"先生，你可以想象到，我们是怎样被这个消息所激动了。成群结队的人，从大街小巷里涌出来，拥挤地流向海岸。这一天，我是最早到达海边的人们中的一个。那时候，海上正起着大雾，什么也看不见。然而海岸上已黑压压地挤满了人，耐心地在等候。尽管流动的扩音器大声地召唤人们到投票站去投票，大家却动也不动。好容易等雾散了，先生，你猜猜看我看到了什么？这一天的景象是我一生中也忘不了的：我们的自由神哭了！确确实实地，哭了！那时候海面布满阴霾，雾还没有散尽，但已经可以看见，神像的脸上，两条眼泪阴暗地闪着亮。每个人都看见了这个景象，不知道是什么力量，使我的心一下子那样地发紧，眼泪不由自主地就流了下来。开始我还怕别人看见，有一些害羞偷偷地用手帕擦了去。但是一看周围，几乎每个人都和我一样，就索性痛痛快快地哭了起来。这是为着我们苦难的命运而悲伤啊！谁笑就让他去笑吧！

这一天，投票是整个儿垮台了。人们哭够了，擦干了眼泪，就从海岸直接回家去了。没有一个人去选举站。最后市政府官员看到实在是没有办法了，才出动了大批警察强迫地赶了一些人去投票。

先生，我写这封信给你，是因为我知道你是专门研究我国的一些自由神的光荣历史的。我请求你来研究研究我们的自由神吧。我们的神像一定会是所有自由神中最卓越的，它一定不会使你失望。如果你愿意亲自到我们B城来一趟那就更好了，那时候我还可以更详细地把当时的情况讲给你听。我住的地方是贫民窟，这里是没有门牌号的。如果要找我，到临时职业介绍所前面来好了。在那长长的行列里，我常常是排在头几个的。

不要以为我是一个疯子，我说的一切都是真实的。我的神经很健全，很不幸地娶了一个妻子，更不幸地有了三个小孩。如果不是命运，他们应该上中学了，然而现在他们只是三个白痴。

你的忠实的威廉·华尔腾

1952 年 11 月 28 日于 B 城

当然，接到这封信以后，我是去了。B 城是一个很有名的地方，坐火车去很方便。虽然这封信上所说的一切，开始并不能使我完全相信，然而它仍旧强烈地打动了我。我是不爱相信玄奇的事的，然而我感到，这绝不是一篇普通的谎话，我应该把它弄清楚。

读者们可以预先推测到，我这一趟旅行是有收获的。不然的话，就不会有下面写的这些东西了。的确如此，这些东西是我到 B 城以后，几个月苦心搜寻的结果。有些材料来得很意外，甚至是我当初绝没有想到会得到的。而缺少了它们，我的这趟旅行就会是徒劳无功的。看来是上帝为了使这一件离奇的事不至于成为千古难解的谜，特别地揭示给我的。

应该提出，在我解决这个神秘的谜团过程中，华尔腾先生起了很大的作用。我一到 B 城，就果真在他信上所说的地方找到了他。

在我动身以前，我没有忘记在我负责保存的丰富的资料里查考了一下关于 B 城自由神的材料。记载很简单，没有任何特别的地方："B 城自由神像，公元 1795 年建立，是我国最早建立的自由神像之一。"

我不是一个小说家，在这里我只是忠实地记述了一些事实。

这些事实也许不仅仅令历史学家有兴趣；我相信对于一个小说家，它们也会是一些很好的素材，能根据它们写出一篇动人的小说。但是我现在并没有这个企图，甚至我也不愿意在这里把它们连缀成篇。只是将我关于这一件曾经轰动全国的奇事所搜寻到的一些真实的历史场景，片段地放在这里。聪明的读者自会寻出它们之间的线索。至于将来，也许我会继续完成它。但谁也不知道明天会怎样。

关于这件事本身的真实性，我希望不至于有人怀疑它。最好的证明，就是关于这件事，在我国成千家的报纸上，没有一个字的记载。这就足以说明它是千真万确的。然而尽管报纸上不愿意提到这件事，但是在人民当中，它却已经成为家喻户晓的了。企图在历史上抹掉真理的人，忘记了人民的口是掩盖不住的。

日报编辑史密斯先生的早晨

每个人都有与众不同的早晨。而史密斯先生的早晨，看来是不愉快的。他肥胖的躯体已经在圈椅里不耐烦地挪来挪去，折腾了一个多钟头了。在他那副平时毫无表情的冰冷的面孔上，现在却阴沉地拧起了眉毛，挂出了一个可怕的恶毒的狞笑。一双细小的老鼠般的眼睛，仿佛要被挤了出来。谁要是现在和他在一起，看见了这副神色，都一定会赶紧地远远离开他。这就是为什么窗台旁边站着的那个孩子，全身好像发疟子一样地打着抖。如果他站的地方靠门边近一些，他一定已经溜出去了。然而现在门正在屋子的那一端。史密斯巨大的圈椅占据了屋子的中央,仿佛一只小虫落进了蜘蛛巨大的网里,已经无处可逃了。

一阵咆哮从他口里滚了出来:"再给我爬上去,看看雾散了没有?你听着,不好好看当心我拧掉你的脑袋。"孩子一声不响地爬上了窗台,拼命地伸出头向海上望去。最后,头也不敢回地有罪似的低声回答道:"没有,还没有散呢。"就好像这雾是他故意留在海上似的。

史密斯咕噜了一声,含糊地吐出了一声诅咒。扯过了那张躺在膝上的还散发着新鲜的油墨气息的报纸,狠狠地扔在地板上。但那几个醒目的特号大字,依然跳进了他的眼帘:

"民主的奇迹——自由神微笑了!"

哼,瞧瞧这些人干的好事,雾还没有散,报纸却发了出去。神像连影子都还见不着,这里却在叫什么眼睛呀!微笑呀!真是一出绝妙的笑剧。真是的,为什么不事先想到这一招儿呢?他在心里咒骂着自己。然而谁又能想到,连日来天气都是好好的,竟突然会下起这样大的雾来呢。好像什么都在和他故意作对似的,这一早上竟一丝风也不起。不然的话,雾现在也该散了。他的全部怒气,不禁都转到上帝的身上:"真是一点用都没有,大废物!"

外面,11月的雾浓重地笼罩在海上。不但丝毫不见稀薄,反而好像愈来愈浓。透过那灰茫茫的水汽,模糊地可以看出几只停泊在码头上的商船的巨大轮廓。海中心的神像,依然看不清一点影子。

一场重要的非公事的谈话

让我们丢开史密斯先生不愉快的早晨，回到几天以前。我们将听到一场重要的非公事的谈话。这是几个比较好听的字眼，如果赤裸一些，就是说这里正策划着一场不可告人的阴谋。

只要看一看客厅里豪华的陈设，就知道是来到了一位百万富翁的家里。墙上挂着的是拉斐尔和伦勃朗的巨幅油画；案头摆设的是古希腊维纳斯的裸体雕像。如果你以为这些名贵的艺术作品也只是那些我们经常看到的精致的赝品，那就错了。这正是那些高贵的金钱的奴仆们，亲手从欧洲那些古老的博物馆里为他们的主子送来的货真价实的珍品。

这就是艾克斯汽车公司董事长罗逊先生在 B 城的办事处。

当史密斯被召请来到这里的时候，罗逊正穿着睡衣坐在桌边，手指随意地摆弄着两只玩具，心情仿佛非常烦躁。那是两只象牙雕的羚羊和斑马，是这次 B 城议会选举中两个主要的政党的标志，是两党领袖专程送给他的礼物，这时都驯服地躺在他手中，好像一对亲密的孪生兄弟。与他臃肿得像水牛一样的躯体比起来，肥胖的史密斯竟显得像一只玲珑的哈巴狗了。尤其是当他走进来时脸上所带的那种卑屈谄媚的神色，更容易令我们想到这一点。

还没有等史密斯坐下，罗逊就咆哮开了："从来我就知道你是个废物，……真正的废物。你自己看到没有，这一次的选举搞成了什么样子？"

"报纸和无线电都已经卖了最大的气力了，各种办法也都使尽了，但是什么效果也没有。真是一批麻木的东西。无论两党的哪一个候选人，他们谁也不相信。干脆就是对我们这套把戏不感兴趣。我看这次能有一半的人投票就是好的了。"

罗逊气鼓鼓地没有再作声，"砰"的一声把手里的羚羊和斑马扔在桌子上。他喘息地站起来走了几步，往窗外望出去，无论天空和房屋，都沉浸在一片阴沉沉的死灰色的情调里。正是所谓魔鬼的天气。

一直沉默地望着他的史密斯，突然像是又想起了一件事，提起话来："真像碰到了鬼，那该死的神像在这两天又作起怪来。我昨天经过海边时亲自下车去看了看，眼睛真阴郁得怕人。这老废物真是我们20世纪文明的耻辱！面孔都快被风雨剥光了，却还留着它在这里做神做鬼。早就该把它送下海去。没有它我们的选举早就热闹起来了。"

罗逊猛地扭过身来，迅捷得和他那肥笨的身体丝毫也不相称："真亏得还有人在我面前说你有一颗聪明的头脑，依我看，你彻头彻尾是一头驴子。放着这样好的机会你不去利用，却尽在这里叫什么办法使尽了。难道你以为我也会去喜欢那块宝贝的石头？然而既是人们相信它，我们就正好利用它。而你却嚷着什么要把它送下海去。如果仅仅为了做这种事，我们就不用花钱养着你们这样多的人了。史密斯先生！就在选举的前一天晚上，神不知鬼不觉地派几个人下海去，用头等的白漆给那怪物的眼睛好好地加一次光。第二天报纸、电台都可以来上一条头号新闻：民主的奇迹！叫人们到海边去看看那怪物发光的眼睛。哼，这岂不是一篇头等的文章，胜过你那些无聊的千篇一律的谎话一万倍！"

史密斯靠在沙发上，也被罗逊这突发的思想惊呆了。一时竟懊悔自己为什么没有早想到这一点，只是现在才被这肥头油脑的老家伙说出来。事情看起来，不是最简单清楚不过了吗？

史密斯先生在码头上

汽车愈走近海岸，史密斯心里愈是高兴，雾毕竟是散了，清早憋的一肚子气也好像随着雾气被海风吹得干干净净。透过车窗，他已遥遥地看到了海边挤满了幢幢的人群。今天来的人大概不少，隐约的他仿佛已听到了他们嘈杂的议论。一次巨大的成功已在前面等着他，要是太阳再一露出脸来那就更好了。平时涵养很好的他，不知道为什么现在竟也有些沉不住气了。速度表上秒针已指到每小时120公里，可是他总觉得车子好像还没有移动。要知道无论怎样，这毕竟是爆发了一次惊人的冷门啊！自由神的微笑，多美呀！真比得上一首好诗。至于为什么报纸会在雾散以前就知道了的问题，是不值得去考虑的。民众的头脑是简单的，只要是雾散了，他们真的看到了自由神的微笑，那么他们是不会去问这一点的。哪一次重要的事件不都是这样:消息都发表在事件发生之前。民众早已习惯这种情形了，就好像只有这样才是最自然的事。无论如何，他这一次是抢在他的同行们的前面了。他想象得出，他们会怎样地嫉妒他！

海边早已挤满了人，比他想象的还要多。刚到海岸，还没有等他跨出车厢，一个他熟识的记者——也是他的一位敌手汤姆斯，便急急地向他跑来，他的身躯长而瘦削，一面气喘，一面擦着汗:

"今天的事真奇怪，真奇怪！你知道了吗？"

"是啊，真奇怪！也太有趣了。"他忘记了自己是才来的，急忙地接口说。

"哼，真有趣？这一来今天的选举可全糟了。"

"为什么？"他不禁吃了一惊，"为什么会糟，不是会更好吗？"

"我看你呀，大概还把你报上制造的谎话当成千真万确的了，不知道这里发生的事吧？"汤姆斯冷笑着说，"等你亲自来看看，你就会知道这是一件怎样有趣的事了！"

史密斯完全被弄呆了，全身淌着冷汗，一种不祥的预感开始侵袭着他，他不由得跟着汤姆斯向码头跑去。

码头上挤满了人，每个人的面孔都是那样严峻，笼罩着一种深沉的悲戚。一句简单而沉重的话："自由神流眼泪了！"被用来告诉给每一个新来的人。他们正不断地从城市各处涌到码头。由于先来的人太多，码头已被占满，他们已无法看到海了。"自由神流眼泪了！""自由神流眼泪了！"这声音像一阵隐雷在人群的头上滚来滚去，只要你一挪动位置，就会被当作新来的人，马上四周的人便不约而同地把这句话告诉你。史密斯拼命地挤向码头，几乎被这句话弄得疯狂了。他恨不得杀死这里的每一个人。当他终于挤到码头的边缘，面对着汹涌的大海时，一刹那间他自己也不禁被面前动人心魄的景象慑住了。雾虽然已经散开，天上的云层依然很厚，阴沉地笼罩着大海。海面是灰色的，喘息地吐着沉重的泡沫。神像庄严地矗立在海心，在阴沉的背景下仿佛显得更加巨大了。在那透过云层的微弱的白昼光辉的映照下，可以清楚地看见，两条白色的眼泪，正沿着它的面颊淌下来，阴郁地闪着光。他仿佛真看见，神像的面部在抽搐，还正在凄伤地哭泣，悲哀地凝视着海岸上蠕动的人群。他不自禁地闭上了眼睛，不敢再看。等这一刹那的幻象过去，理智重新控制了史密斯的头脑，他开始在心中狠狠地咒骂起那个该死的漆匠。鬼才知道什么缘故，昨夜涂上的白漆竟没有干，沿着神像的面颊流了下来。然而现在已经不容许他去多想了，当前的形势很严重，再发展下去将不堪设想，必须马上来想法对付。毕竟他不愧是被称为阴谋人物中的老手，立刻他就想到了一条最好的退路。那是每逢这种尴尬的场合都被用来作为他们的万灵救命药的。这不又是一次共产党的阴谋吗？于是他用力地排开了身边的人群，跳上了一个高出的船墩，向周围的人群大声喊道："公民们，对于眼前你们看到的这种可悲的景象，千万别相信。这是阴谋，从东方来的阴谋！……"没有等他说完，他的声音就被人群里发出的愤怒的"滚蛋"的吼声所打断，仿佛是一阵向他滚过来的可怕的霹雷。他被这种愤怒的声音和阴沉的眼光吓坏了，急忙地从船墩上跳下来，钻进了人丛，向他的汽车挤过去。

漆匠汉斯的噩梦

漆匠汉斯是属于那种世世代代都是耍手艺的人们中的一个。也就是说，从小他就跟着父亲，学成了一个漆匠。他的技艺在他这门行业中是很少有人能比的。但是这一点并没能保证他的经常的稳定的收入。他今年已经过了40岁，但还没有成家。按照人们的说法，到老还是一个光棍儿。这就使他的生活有了两种新的改变：第一，他开始经常到酒店去，并且很快地在他的名字前面就多加上了一个"醉鬼"的绰号；第二，他开始不拒绝干一些"黑暗里的买卖"。所谓"黑暗里的买卖"，就是说这种活儿是不能在光天化日下干的，只能在黑夜里偷偷地干。那就是专门给盗卖汽车的窃贼们做改头换面的工作。要在一两个钟头，有时甚至几十分钟内，给一辆刚盗来的汽车整个儿换一个面目。做这种工作，不但需要技术熟练高明，而且还得有胆量。对于这两者，汉斯都是不缺乏的，因此也正和在饮酒上一样，在这种黑暗里的买卖上，他也很快地成为一个不可多得的能手。

一向胆量大从来不知道害怕的醉鬼汉斯，今天却好像陷进了一场恐怖的噩梦，使他的头脑混乱而且充满了恐惧。为了帮助他摆脱掉这可怕的梦魇，他正在一杯一杯地把白兰地浇下肚去，一面痛苦地抓扯着自己的头发……然而这一切分明并不能使他忘记，那些幻象反而更固执地在他头脑中跳起舞来。他的头仿佛陷入了一片无法解开的迷惘和混乱里。昨天晚上发生的一切都朦胧地出现在他的脑中，他也不知道哪些是真事，哪些只是他的幻象。但他仍不由得带着恐怖重新地一幕幕地追想下去。

他记得已经是深夜了，只是由于多喝了两盅酒，他才没有回到床上去，而干脆就醉倒在桌子上。有谁来敲他的门，敲了很久，最后门被打开了，进来的人不止一个，都蒙着假面。他们立时把他弄醒，叫他把头等的白漆带上，跟他们走。他本来哪儿也不想去，然而人家都带着大口径的手枪，他知道一定又是一桩紧急的大买卖，顶好还是不开口为妙。他在迷迷糊糊里也忘记问要带白漆去做什么。难道还有汽车要涂成白色的？他只好摸到漆柜里，把一罐调制好了的白漆拿上，他们就把他带走了。恍惚里他被带到了海边，人家把他推上了一艘摇晃的汽艇。这时候被冷冷的海风一吹，他才清醒了一些，发现人家是带着他向海中心的石像驶去。划到那里去做什么？他想问，然而看到强盗们都一声不响，也就没有敢开口。到了石像脚下，为首的蒙面人才告诉他，带他来是为了叫他给神像的眼睛加一层白漆。为什么这样做他不必问，做好了有一大笔钱。但是他必须记住，如果他还想活下去的话，这件事就不许对任何人说。在他这一生中，干过的所谓黑暗里的买卖也不知多少了，他从来就没有害怕过。他自己也说不上为什么这一次他的心脏竟跳得这样厉害。一开始他就不想干这件事，要知道他就出生在 B 城啊，从小他就听到了关于这个神像的传说。在他那罪孽深重的灵魂深处，神像始终是一个最神圣的东西。然而现在人家带着枪，又在这个深夜的海上，不会允许他说不干就不干的。在他面前，就是神像巨大的身影，一动也不动地沉默地屹立着。他只好自己给自己壮胆，怕什么？不过是一块普通的石头罢了！然而当他爬上高高的石座的时候，仍然感到自己的手脚都在发抖。当最后他和石像面对面地站立着的时候，他感到神像的两只眼睛，是那么悲伤而又严峻地凝视着他，他不禁恐惧地闭上了自己的两眼。这时候下面已经在恶声地催促了，他不得不勉强抬起了自己发抖的手臂，闭着眼睛，把白漆点到那双阴郁的眼睛里去……想到这里，他全身不禁又通过了一阵寒流，毛发都立了起来。他记得，当他重新睁开眼睛的时候，竟清清楚楚地看到，在神像那双被白漆点瞎了的石头的眼睛里，竟一丝丝地渗出了眼泪来。他叫了一声，差一点儿跌下了石座。回到船上，他什么也没有说，一直就像发热病一样地颤抖着。现在，那可怕的幻象又重新回到他的眼前。他拼命地用手一挥，想把它赶开。"乓"的一声，酒杯被摔在地上，粉碎了。

"这一切都不会是真的吧？太可怕了！"重新抬起头来的汉斯，想挣扎着给自己找条出路。"这一切不过是一场噩梦，昨天晚上我只不过多喝了两盅酒。对，只不过多喝了两盅酒！"他摇摇晃晃地站起来，走近漆柜去，想给自己的想法找到一点根据。当柜门一打开，他欢喜得大叫起来。不是吗？那一罐昨天调好了的白漆还封得严严地放在那儿。什么事也没有发生，他哪里也没有去过。他抱着漆罐回到桌边，又哭又笑起来。

这时，门突然开了，一个人闯了进来，一声不响地走到汉斯的身后，一把扳住他的肩头，恶狠狠地阴沉地喝道："老混蛋，昨晚上你把什么东西涂在石像的脸上了？"汉斯一下子重新怔住了，接着又哈哈大笑起来："别缠我，你找错了人。我什么也不知道。昨晚上我哪里也没有去。你看，这罐调好了的白漆不还在这里？"说着，他把手里的漆罐扬了扬，又哈哈大笑起来。

"你疯了？说的是些什么鬼话？什么调好了的白漆？"

"怎么，年轻人，连这你也不懂？调好了的白漆就是说这个白漆里已经加进了干燥剂。没有它，漆就干不了。"

"这么说，还有不会干的白漆？"

"怎么没有？"他用手一挥，"都在柜子里，你要多少就有多少！只要别再来缠我。"

那陌生人气得把手用力一推，汉斯上半截身子便栽倒在桌子上。"滚一边去吧，不会干的白漆！昨晚上一定错拿上它了，这个老混蛋！"

没有什么，只是一场虎烈拉

电话铃响了，是选举站打来的电话。罗逊接过了听筒，没听完就扔下了。显然，情况仍旧没有好转。

史密斯沮丧地站在一旁。他刚从报馆里被叫来，正心惊胆战地准备着挨骂。

然而罗逊并没有骂，竟安静地坐下去抽起烟来了。等那一缕淡蓝色的青烟袅袅地飘上了房顶的时候，他才慢条斯理地问道："明天你的报纸要怎样说呢？史密斯先生！"

"头一条标题已经排好了，罗逊先生，'左翼分子空前的大阴谋'。"

不料听了这话，罗逊竟火了起来。

"胡说！关于这件事已经够叫人笑掉牙了，你还想自己给自己再宣扬一番吗？左翼分子，左翼分子，有谁会相信？而且这样一来，全国明天都会知道这件事了。一句话，无论是报纸还是电台，对于这件事都一个字也不许提！"

"那么我们怎么来解释这次选举空前的失败呢？罗逊先生！要知道直到现在，投票的人还不到一万哪！"

"没有什么，史密斯先生，不值得大惊小怪。只是一场虎烈拉，懂吗？"

选举站的黄昏

无线电的扩声器已经喊叫整整一天了，现在还在做着最后的努力。然而选举站前的人数依然寥寥无几。所谓寥寥无几，是说在那里还有几十个服务的工作人员和摄影记者——还不能说是连一个人也没有。

几十个封好的票箱，这时竟显得孤零零的，耸立在选举站的门前。它们像一队排列整齐的卫兵，守卫着一所禁宫，不让一个人走到跟前。

从上午以来，这里也曾经有过几阵热闹的时刻。那就是当警察出动到江边，把"暴徒们"一批批赶到这里来投票的时候，如果那些人都投上了票，今天的投票数字也就可以算是比较成功了。遗憾的是，赶来的竟有那么多都是没有钱缴纳选举税和人头税的"穷骨头"，还有不识字不能解释宪法条文的"低能儿"，以及其他一些种种没有选民资格的人。而最后，就连这些人也都赶不来了，选举站就一直冷清到现在。

天渐渐暗了。路头的转角上，出现了一辆美丽的大型的雪佛兰，扎满了彩色的旗帜和飘带。车头上是一个著名候选人撒姆耳先生的巨幅画像。在车的顶篷上，坐着一个打扮得十分妖娆的年轻女人。在这 11 月寒冷的黄昏里，她那几乎完全赤裸着的肉体已经冻得发紫。在那已经半僵的本是十分丰满的大腿上，愈加触目地显出几个大字："沙姆①，我爱你！"当它呜呜地叫

———————————

①沙姆，撒姆的爱称。

着驶进选举站里,站里的人都开始无精打采地站起来,收拾东西。最后的一趟宣传车回来了,一天的工作结束了。

当选举站冷清清的灯光一盏接着一盏熄灭的时候,对街上的酒店开始喧嚣起来。一个吃醉了的半老的妓女,从酒店里跌跌撞撞地冲出来,终于跌倒在墙根。忽然用嘶哑的声音唱起来:"我可怜的沙姆啊!怎么没有人要你?"声音又突然低下去,和着晚风带来的海潮的声音,好像一个人发出哀声地号哭。

1956 年 10 月于吉林

自由神的命运

——劳赖哈脱札记之二

> 让我独自投入那熊熊的熔炉，
>
> 将我改变成一片火焰的外形。
>
> 我一定出来，回到你眼泪的世界，
>
> 变成更美的躯壳里更坚强的灵魂。
>
> ——黑人诗人麦开《洗礼》

在我开始回想整个故事的经过时，我的心长久地震动着。然而我不知道我是否能有力量写好这一篇札记，把我所尝味到的这种心灵的震动，带给每一个读它的人。我清楚地懂得而且相信，我在这里写下的，不是一篇普通的故事，而是我们时代人的悲剧、艺术的悲剧、自由的悲剧。

我把这篇札记，献给为争取自由而殉难的，被人忘却而又永远不会被人忘却的人们。

故事的开始,要追溯到 1891 年,距今 30 多年以前。那一年,我正在著名的 H 大学,准备着自己的历史学位论文。

许多个忙碌的日子之后，我终于在一个明朗的假日，有机会拜访了自己向往已久的菲里阿美术陈列馆。整整一天，我流连徘徊在陈列着名画与雕塑的长廊里。每一件珍品都足以使我这个初出茅庐的大学生眼花缭乱，心动神摇。那里有几千年前埃及的壁画和中国魏晋年间的碑记；有古希腊的雕像和米勒、罗丹精美的真迹。然而只有当我在一个不大的石雕面前停下来的时候，我才感到了有生以来心灵深处的第一次震动。我永远也忘不了这座石雕的名字——绞刑架下的加布里尔。今天，许多人大概都已经熟悉了天才的青年黑人诗人海登写的那一首著名的《加布里尔之歌》：

> 加布里尔，加布里尔，
> 最后的诀别快到眼前。
> 在这临死的时刻
> 什么是你的心愿？

> "愿反叛者吮吸着
> 奴隶母亲的乳汁；
> 而黑色的人种
> 将决不，决不休息！

> "直到奴役的柱头
> 化成一片乌有，
> 而奴役的锁链
> 躺卧着生锈。"

加布里尔，加布里尔，
现在就是诀别的时辰，
愿上帝照顾
你那粗暴的灵魂。

"我发动的起义
决不会徒劳！
我发动的起义
定会再度掀起风暴。"

加布里尔吊在绞架上
是乌金闪射着光芒。
他的头颅
像起义的火炬一样。

而那一天，在这位为领导奴隶暴动而被绞死的黑人领袖的雕像面前，我仿佛看见了他眼里燃烧着的不屈服的怒火；仿佛看见了他身上流动着的叛逆的血液。从这座雕像身上，我仿佛突然懂得了一些历史书上没有告诉给我的东西。我怀着一种奇异的混合着崇敬与景仰的心情，在这位起义的奴隶领袖面前，低下了头。

在我离开以前，我仔细地记下了这位雕像作者的名字：罗伯特·休斯（Robert Hughes）。说来也奇怪，如果艺术上也有所谓的一见倾心的话，那么这一次见到休斯的作品以后，我的情感就是如此。从那一天起，我就狂热地爱上了这位艺术家。我跑遍了每一个博物馆和图书馆，搜索着他的作品，探求着他的传记。然而结果很可怜，不但没有发现他的更多的作品，就连他的生平传记，也仅仅得到了下面这一些：罗伯特·休斯，1846年出生在南部G州一个黑奴的家庭。从小就有艺术的天分，17岁时从奴隶主的庄园逃亡到北方，参加了当时正在进行的奴隶解放战争。战后在北方进入了艺术学院。毕业以后，很快就以他的最初几件作品引起了社会深刻的注意，博得了广大的名声。《绞刑架下的加布里尔》就是那时的作品。此外，还知道他在1875年离开了北方，行踪不明。据说是回到了他的故乡。至于其他的事，就找不到任何记载了。他回到南方以后又制作了一些什么作品？他后来的命运怎样？他现在是否还活在世上？在什么地方？这一切，都没有任何人能够告诉我。仿佛他已经无声无息地从这个世界消失。也许除了我这个幼稚的满腔热忱的大学生以外，再没有一个人还在关心这位黑人艺术家的命运。

我继续固执地寻求着。在我毕业以后，有机会到各地旅行和讲学的时候，我总没有忘记向人打听这位艺术家的命运。这位像彗星一样的奇怪的艺术家的命运，突然光灿夺目地在天空出现，又突然消失得无影无踪。我坚定地相信：对这样一位艺术家的任何漠视与忘记，都将是一种罪恶。然而我的努力并没有收到丝毫的成果。最后，虽然我还没有放弃这样的打算：去继续寻找这位奇怪地从世界上消失了的天才艺术家。然而我已不再对这种寻求怀抱任何的希望。现在，我的头发已经斑白了，尤其在最近许多年里，一连串的不幸落在我的头上。说实在的，我也就很少再想到这位不相识的艺术家了。如果不是发生了我马上就要谈到的这件事，也许我终身也不可能再听到任何关于他的消息。

我记得我已经说过：我离开大学以后，来到的这个 M 历史博物馆，是以保存我国各地有关自由神像的资料而著名的。而有一天，当我无意中信手翻阅着一大堆历史材料的时候，一张发黄的旧报纸上一则意外的消息跳进了我的眼帘。我的心脏都几乎在极度的兴奋下停止了跳动。怎么也不会想到，上面竟清晰地这样写着：

"G 州 R 市市议会已经在七日做出正式决议，为了纪念我国自由独立一百周年而在本市建立自由神像的塑建工作，已决定委托给我们光荣的同乡人、誉满全国的天才艺术家罗伯特·休斯先生。据闻休斯先生在允承这一光荣的任务之前，曾经提出某项条件。现在双方已就此条件圆满达成协议。雕塑工作不日即将开始。此光荣之自由神像，将在明年我国独立一百周年纪念之日，举行隆重的揭幕典礼。"

这是一张 G 州地方的报纸，时间是 1875 年，正是休斯先生离开北方的那一年。这就是说，休斯先生离开北方以后，的确是回到了他的家乡，而且还参加了他的家乡 R 市自由神像的塑建。想不到终于在这里发现了他的踪迹。而更令我兴奋的，是我探知了他还有一件艺术上的杰作留在世上——R 市的自由神。读者不难想象我当时的快乐心情。于是我迫不及待地继续往下翻阅，希望能够读到更多的关于这件事的记载。果然，又陆续地发现了好几条消息。看样子，一切与自由神像的塑建有关的报道，都已经搜罗在这儿了。以下的记载，不知道是记者故作惊人之语，还是当时确有其事，总之是更加强烈地吸引了我的好奇心。原来报纸上报道说：休斯先生提出的条件，是必须交给他完全的信任与自由，在他雕塑这座自由神像的过程中，直到正式揭幕以前，不许任何人前往参观。他就在纪念像将要树立的地点，搭起了巨大的工作棚。四周都是密闭的没有罅隙的板壁，只留了一个小门，供他自己和他挑选的几个忠实的黑人助手出入。我怀着极大的兴趣读下去，报上开始出现了各种各样对自由神形象的离奇的猜测：一会儿是长着翅膀的美丽的维纳斯，一会儿是骑着飞马的神勇的百尔修士。当我的好奇心被引到了顶点，急于希望知道这个神秘的谜底的时候，报纸的记载突然中断了。而且竟是巧妙地中断在那最具有决定性意义的一天——独立纪念日。我疑心是 M 博物馆由于疏忽，遗漏了这一则最重要的消息的收集。赶紧冲到 M 市图书馆，借出了几十年前全份的 G 州报纸。我仔细地读过了每一张，没有。甚至预定举行雕像揭幕仪式的独立纪念日那一天，都没有关于这件事的一个字的记载。对于这种奇怪的情况，应该怎样来解释呢？我的心绪连一分一秒也不能再安静下去。我必须亲自赶到 R 市，去看看这尊自由神像，并打听打听关于它、关于休斯的一切。我确实地知道这一点：在 G 州 R 市，是有着一尊自由神的。

R 市是一座非常美丽的南部城市。当火车快到目的地时，车上的旅客就已经告诉了我：自由神雕像竖立在 R 市中心的公园里。当那位告诉我这个事实的旅客，看到我当时神情激动的样子，不禁疑惑地问：发生了什么事吗？我告诉他一切都很好，只不过是因为我很久以来就渴望着见到那尊雕像，所以听了他的话以后，不能抑制内心的激动。他不禁耸了耸肩，冷淡地说："也许你弄错了。那不过是一尊普普通通的雕像罢了。"于是就走开了。

也许他的话是真的，我将要看到的可能会是一尊普通的雕像。然而我的心固执地不肯相信这一点。难道我长久以来所期望的，不过是我自己内心制造出来的幻影？难道创造了《绞刑架下的加布里尔》的休斯，会是一个普通的庸俗的艺术家？不，这不过是人们不懂得他的艺术而已。而且我的内心下意识地相信：如果报纸上报道的消息是正确的，休斯的确提出过这样的条件：在完成那尊雕像以前，不许任何人前去参观。这里面是决不会没有原因的。而且后来报纸上对他的雕像的完成所保持的那种不可理解的缄默，也说明其中大有奥妙。

当我来到 R 市的时候，这里刚刚下过了一场夏天的阵雨，光滑如镜的柏油路面上，蒸发起来一阵一阵潮湿的水汽，混杂着道路两旁高大的乔木散发出的清香，使人感到说不出的清爽和适意。我兴致勃勃地跑向城市中心的公园，愈走近我的信心愈大，在这样一个美丽的环境里，怎么可能存在着一件庸俗的东西呢？公园深处有一座喷水池，自由神像就竖立在喷水池的中心。当我最后真的已经站在那一尊自由神像面前的时候，我几乎疑心自己是走错了地方。这不可能，我见到的竟是一座庸俗不堪的全身一丝不挂的裸体女像。除了一些粗俗的肉感的线条以外，没有丝毫艺术的高雅的美。难道她就是自由女神？不，如果她不是被放置在这座公园的中心，而是展览在十字路口，那么就完全可以肯定地把她叫作某一个公司的标准的商品广告。而这样的一尊雕像，竟是出自罗伯特·休斯之手，无论如何我也不能相信这一点。我怀着希望向一位游客问道：在这座花园里，是否还有另外一尊雕像？回答是除了这尊女像以外，再没有别的了。一切的幻影都破灭了，我垂头丧气地离开了喷池。到哪里去呢？回 M 城的火车得夜晚十一点才开，还得等上七八个小时。我厌恶着城市无止境的嘈杂和喧嚣，再加上这时候心绪非常恶劣，所以决定这一段时间里哪儿也不去了，就消磨在这个安静的公园里。于是我阴郁地向着公园深处漫无目的地走去。那裸体女像的后面，是一丛浓密高大的亚热带乔木，公园的深处都被它们密密地遮住了。当我刚刚穿过这丛乔木，突然在我的眼前，出现了一座古怪的神秘的建筑。从外形看来，好像是一座古塔，全部是用黑色的石头砌成，四边呈现不十分规整的正方形，顶端比底部稍窄。高高地耸立在一块久未修葺的荒芜的草坪上。这是座什么建筑呢？开始我认为这也许是一座巨型的纪念碑，决定走近去看一看。环顾周围，只找到一条依稀可辨的小径，可以通到它的跟前。当我沿着这条小径走近它时，才发现上面什么字也没有。石头也并非黑色的，只因为上面布满了暗绿的青苔，远远看来就显得发黑了。然而我意外地发现了：在塔底的左侧，还有着一扇小门，是紧紧关闭着的。上面一把铁锁，早已生满了锈，仿佛已经有几十年没有被人打开过。看样子里面是空心的，大概有着什么东西。但这会是什么呢？在我心里浮起了一阵强烈的想知道它的欲望。纪念碑吗？不像，上面一个字也没有。水塔吗？也不像。而且怎么会把一座水塔孤零零地修在公园里呢？也许这是一座历史上的纪念物吧！这还有一点相近，看样子它已经有许多许多年的历史了。但又能是什么纪念物呢？从它阴郁的外表看来，很容易令人想起狰狞的石牢。然而作为石牢，它占有的面积似乎又太狭窄了。我胡乱地猜测了一通以后，依然是茫无头绪。只好决定等以后有机会时，来问问当地的人，他们一定能告诉我。

　　石屋（我姑且这样叫它吧）周围的环境很安静，看来这里已是公园最深的地方。城市嘈杂的喧声在此处已变成一股遥远的隐约可闻的音浪。于是我在这座古怪的石屋面前坐了下来。决定在这里小憩一会儿。由于极度疲倦，我很快就迷糊地睡了过去。不知道过了多久，我被一阵窸窸窣窣的声音所惊醒。睁开眼一看，是一个全身披着黑纱的妇人，踏着荒芜的小径，向着这座石屋走来。这时天色已近黄昏，透过草地上空微弱的光线，我辨识不清她的脸部，仿佛也披着一层黑纱。等她走到近前，我才发现原来她是一位年老的黑人妇女。在她衰迈的脸上，呆滞而无任何表情。她一直走到石屋面前，就停下了，仿佛根本没有发现我的存在。她呆呆地站立了几秒钟，就那么迅速地无声无息地向着石屋跪伏下去，脸部和手深深地埋在草里，倒下去以后就再也不见任何动静。一开头，她的这种奇怪的动作使我茫然不知所措；可是过了很久以后，还不见她动弹一下，我开始怀疑这个黑人的老妇是不是犯了病昏厥在这里？我是不是应该上去帮助她，扶她起来？但是如果她不是昏厥，而是在履行某一种我不懂得的宗教仪式呢？（我知道黑人常常是有着很多的迷信的）那么我这样做了岂不是太冒失吗？我决定再稍微等一等。又过了十几分钟，天色已愈来愈昏暗。我决定无论如何应该上去问一问了。当我刚一起身，那老妇的身体也动了一动，接着，竟缓缓地站了起来。在黄昏的微光里，她的动作就像一个没有生命的幽灵。我心中不禁掠过了一丝寒栗。但我仍旧大着胆子走了上去，指着那座奇怪的石屋向她问道：

"老妈妈，你能告诉我这是什么吗？"

她看了我一眼，不知道是我的幻觉还是真的，我发现在她凝视我的眼光里，闪烁着一种强烈的憎恨。然后她开始整理自己头上披的黑纱，一句话也没有回答我。我默默地站在她的身边。这一些不可解释的现象，使我怀疑她也许真有一些精神不正常。我不能把她一个人丢在这里，自己走开。于是我又开始向她建议："老妈妈，天已经快黑了。你家住在哪里？让我送你回去吧！"

听了我的话，她忽然发出了几声歇斯底里似的冷笑："你，一个白人，要送我一个黑人妇女回家？嘿！嘿！"

我冷静地说："那又有什么，白人黑人不都一样吗？"

她突然沉静下来，异样地望着我，问："你不是本地人吧？"

"不错，我今天刚从 M 城来到这里。"

她没有再说什么，拉扯了一下自己压皱了的衣服，看样子准备走了。这时候我突然想到，看样子她一定是出生在本地的黑人，也许她能够知道她的同乡人——艺术家休斯的命运。于是我问道："老妈妈，我向你打听一个你的同乡，也是一位黑人。我到这里来就与他有关系。"

"谁？"

"艺术家罗伯特·休斯。"

她突然像被电击了似的全身猛烈地抽搐了一下，激动地哑声地问我："你打听他干什么？"

我有一些胆怯地回答："我并不认识他。从年轻的时候起，我就是一个他的艺术的崇拜者。我听说本地有一尊自由神是他雕塑的，我就到这里来了。我很想知道：他现在是不是还活着？很想知道他的境况。……"

她已经不再听我的话，失神地嘴里喃喃地念着什么。我停住了不再往下说，这才听清了她嘴里反复叨念着的竟是："你找谁？……自由神？……罗伯特·休斯？……我的丈夫？……"

"上帝呀！您就是休斯夫人？"我不禁惊讶地叫了出来，"罗伯特·休斯先生还健在吗？"

"休斯，休斯，几十年了我没有听见人提起这个名字。"她用一种沉重的悲哀的语调自言自语着，好像完全忘记了我的存在。"这样说，人们还没有完全忘记你，没有完全忘记你……"

我什么话也不敢再问，静静地站在一旁。思索着怎样来解脱目前的窘境。一种不祥的预感抓住了我，休斯先生一定遭遇了什么不幸的事。

等这一阵可怕的沉默过去，休斯夫人好像已从突袭的沉重的悲哀中清醒过来，冷静而且清晰地对我说："你要知道休斯先生在哪里吗？就在你面前的这墩石牢里！"

我几乎疑心她是在开玩笑，再不就是她的神经错乱了。这墩"石牢"看样子已经闭锁了几十年，休斯先生会住在这里面？决不会有的事。然而这老妇人丝毫也没有开玩笑的样子，仿佛她已看出了我的怀疑，于是嘲笑地说：

"怎么？不敢相信吗？只要你能打开这门上的铁锁，你就可以看到一切。"

当时我自己也不知道是从哪儿来了那样一股巨大的冲动，大概是这个女人的话激起了我内心深处埋藏已久的欲望。我真的就冲了上去，用力扳那门上的铁锁。手指扳不动，我又去找了一块坚硬的花岗石，不顾一切地用力砸。由于铁锁终年暴露在空气中，长期受到风雨的侵蚀，已经锈坏了。在我猛烈地敲砸下，终于打开了。我用力地推着那扇沉重的铁门，这时那老妇人也激动地跑上来帮助我，在我们共同的努力下，那扇早已转动不灵的铁门终于一点点地开启了。马上有一股阴潮的湿气扑进我们的鼻孔，我禁不住打了一个寒噤。休斯夫人似乎根本没有顾到这一切，当门开启到仅仅可以容许一个人通过的时候，她就丢开了我，那么匆忙地挤进去了。我也马上跟了进去。由于刚从亮处进来，开始时我什么东西也看不清。一阵晕眩与疼痛，我感觉到自己的头撞在了一块巨大的岩石上。然而石屋里并不是完全黑暗的，原来它的顶上并没有封闭，露出一方黄昏的灰暗的天空。当然，由于石墙太高太陡，再加上天色已经黄昏，底下的光线是并不太充足的。稍微定了定神，面前的一切逐渐清晰了起来，我才惊奇地发现：在我面前的是一尊巨大的雕像。我刚才进来，正是撞在它的石头底座上。当我退后两步，仔细地看清了整个雕像的轮廓时，不知道是一股什么巨大的魔魇力量，一下子攫住了我。我的心房几乎停止了跳动，又是惊悸，又是感动。这是一尊什么样的雕像啊！我敢说无论哪一个人间的天才也想象不出来。我没有任何怀疑：这座雕像一定是出自休斯先生之手。除了他以外，没有任何人能够雕塑出这样的雕像。休斯夫人正站在我的身边，她的两只手虔诚地合在胸前，还在微微地发着抖。默默无语地仰望着雕像的脸。在石屋暗淡的微光中，我看到两行泪水，正在她的脸颊上阴暗地闪着亮。

　　然而我眼前受到的感动，与我听到了关于这座雕像的故事，听到了伟大的黑人艺术家休斯的命运以后所受到的感动比起来，又算得了什么呢？这些动心的故事，是当我们在黑暗中坐在雕像前，休斯夫人抑制住内心的悲痛讲给我听的。亲爱的读者们，不要埋怨我在这里故意玩弄玄虚。在我没有把我听到的这段震动心弦的悲剧讲出来之前，我不能，也没有力量，把我见到的这尊雕像描绘出来。我敢说：这尊雕像是我所见过的一切艺术品中，最激动人心也最富有生命的杰作。而我听到的这个故事，却是我们时代以及一切时代中，最壮烈最深刻的悲剧。也许这里面并没有爱情，并没有眼泪，然而它表现的是：我们时代人的命运、自由的命运、艺术的命运。如果你们允许，我将把休斯夫人那个晚上对我讲的一切，忠实地叙述出来：

　　"罗伯特·休斯出生在一个奴隶的家庭。他的父亲是黑奴，母亲是黑奴，姐姐是黑奴。而他从生下来的那一天起，也就成了庄园主查理·琼恩先生的一名奴隶。

　　"他是在饥饿与皮鞭下长大的。然而他的身体生长得非常魁伟，筋壮力强。在他13岁的那一年，一个炎热的中午，他的父亲昏倒在那块他在沉重的苦役下度过了一生的棉田里，从此就没有再爬起来。他的那一副苦役的枷锁，就架到了罗伯特的身上。

他沉默地肩负起了这沉重的担子。从童年起，欢笑的女神就没有亲吻过他的面孔，命运用仇恨和孤独把他哺育长大。先生！你知道，在我们苦难深重的奴隶家庭里，亲人之间也失去了温暖与安慰，每个人都苟延残喘在自己沉重的苦役下。而且他们除了混合着苦涩的眼泪的吻以外，又能彼此给予什么呢？

"然而罗伯特从小就没有屈服在他父亲姊妹曾经屈服过的命运面前。他倔强地承担着一切，甚至没有过一声呻吟、一声叹息。就连庄园主琼恩本人，也很快地注意到了这个年轻的倔强的奴隶。有一天他对总管说：'你注意过那个年轻的黑崽子吗？一双眼睛像狼一样。总有一天他会吃掉我们的。'从此，他们加给了他更多、更沉重的苦役，常常无缘无故地残酷地惩罚他，他都沉默地忍受下了。我猜想他们之所以没有马上杀掉他，只是因为他能够比别的奴隶干更多的活。当时，还没有任何人知道，罗伯特胸怀里的抱负；还没有任何人知道，是什么力量支持他忍受住了别人早已倒下去了的非人的折磨。

"这个秘密是我第一个发现的。不，是他第一个告诉我的。也许是因为那时候只有我了解他、同情他；而别的人知道了他的这种想法，一定会嘲笑他。他，一个下贱的黑奴，竟爱上了雕塑，这种只有老爷们才能搞的高贵的艺术。然而要知道，这对于他来说，哪里是什么艺术爱好啊？这就是他的生命，就是他的武器，就是他对自己以及他的兄弟姊妹，所受到的非人道的待遇的反抗和控诉。我不知道什么叫作天才，然而当我看了他给我看的最初几个泥土塑雕的人像时，我就相信了罗伯特是个天才。泥土在他手里，仿佛都具有了生命。那里有我们受了几十年折磨而死去的老人，有我们年纪轻轻的被奸污被侮辱的姊妹，也有凶恶的农场主与监工。他咬着牙坚定地对我说：'露茜，总有一天，我会逃出这个地狱。让这些泥人替我们说话。现在我只想尽一切办法活下去！'

"然而在他17岁的那一年，他险些忘了自己心头的誓愿。他的美丽的年轻的姐姐，被几个白人监工弄到棉花地里轮奸而死去了。当人们把她血污的被玷辱的身体，抬进他家里来的时候，他沉闷地吼叫了一声，脸色变得那么可怕，拿起了一把铁镐就冲了出去。（这时候谁又能忍受得住呢）邻居们用尽了最大的力量，才把疯狂了的他拉住了。他冲出去又有什么用呢？别人不正拿着手枪等着他去吗？已经准备好要像打死一条狗一样地打死他。

"就在那天晚上，他独自一人逃出了琼恩的魔窟，甚至没有吻我，与我告别。

"他逃走以后，十几年也没有听到关于他的任何消息。大家都不知道他是否还活着，谁也不敢问一问。他走的时候，国内战争正在进行，也许他参加了那次战争，被打死了也说不定。只有我一个人，记得他曾经告诉过我的他心里的誓愿，记得他的理想和抱负。我相信他一定会活着，没有任何力量能够阻止他这样一个人去实现他的意愿。而且这意愿又是如此重大而深沉。

"就在他走后的第三年，内战和约签订了。从表面上看，庄园主给了我们生存的自由，实际上他们却变相地用更深的奴役把我们拴在他们的鞭子上。我们没有土地，没有工具，反而得去哀求老爷们在极悲惨的条件下让我们给他做工。我们的生活仍旧比狗不如，我们仍旧没有丝毫的权利。而就在和约签订的第二年，恐怖的黑帮组织'黑手党'成立了，并且很快地在我们城里猖獗起来。据人说，琼恩那老贼由于金钱多、势力大、心肠狠，当选了黑手党的大龙头。时时有我们的兄弟，在半夜里被点着火把呼啸而来的黑手党徒拖了出去，活活地被烧死或者吊死。我们的生活是愈来愈痛苦，灾难愈来愈深重了。而且听说全国都是如此，我多么为罗伯特担心啊！

"而在他离开家乡的第十三个年头，在我们中间忽然传开了一个消息，罗伯特回来了。不是作为一个逃亡的黑奴被铁链锁着回来，而是作为一个全国知名的艺术家荣耀地回来了。难道这消息是真的吗？十几年来我一直期待着相信着这一天，然而当它果真来临的时候，我又不敢相信了。这是真的吗？这是真的吗？我心里激动着、欢乐着，多好啊！你要知道，那时候我是深深地爱着他，十几年来我一直在等着他啊！

"然而传闻竟是真的，罗伯特果真回来了。而且不久就在庄园主琼恩亲自的陪同下，来到了我们的庄园。这残暴奸猾的老贼，现在更加煊赫起来，当上了本城的议长。尽管他在家里像对待畜生一样地对待我们，却丝毫不妨碍他在议会上满口谈论着平等、自由和人权。他做梦也没有想到，这位罗伯特，从他死亡的魔掌里逃出去的黑奴，今天竟声名赫赫地回来了。你知道他心里是在怎样咬牙切齿地愤恨啊！然而他装扮得那么胸怀坦荡、那么诚恳地去欢迎他，并且带领着他，坐着舒适的小轿车，回到自己的庄园里来。如果按照他真正的心意，是应该把这个黑鬼捆绑着用马在地上拖回来的。

"'13'这个数字，在我们中间一直被当作最不祥的数字，怎么这一次它竟会给我带来这样的好运啊？它给我送回来了罗伯特，就在这一年，我和他结婚了。然而它果真是幸运的数字吗？不！那时候我还不知道，就在我们最幸福的时候，灾祸的种子就已经种下了。黑手党魔手的影子，已经伸向了罗伯特·休斯的名字。

"正在那一年，R 市市议会通过了一项决议，为了隆重地纪念我国独立一百周年这一伟大的节日，决定在本市建立一座庄严的自由神像。决议通过后面临的问题是：请谁来承担这个不寻常的任务呢？这样一座庄严的雕像，将成为全市甚至全国的光荣的标志。它的塑造似乎不是一般平庸的雕刻师所能胜任的。要知道这关系着全市的体面和荣誉啊！正当他们为这件事焦急的时候，罗伯特·休斯回来了。难道还有比他更合适的人吗？虽然他是一个黑人，但他已经是驰名全国的艺术家了！议长琼恩的心里，当然不会愿意把这桩重大的工作交给这个他过去的黑奴；然而就是他的口里，也不能提出公开的反对意见。于是市议会一致决议，把塑建本市的自由神像的光荣任务，交给出生于本市的著艺术名家——罗伯特·休斯。

"当人们把这个消息告诉我丈夫的时候，他表现得很冷静。然而只有我一个人能够觉察到：他的内心正经历着一种不寻常的激动。出人意料的是，他没有马上答应，而提出了一个条件：如果要让他来雕塑这尊自由神，那就要给予他创作上的完全自由，而且要给予他完全的信任；他保证完成的是一尊真正的自由神，然而在神像没有正式完成，举行揭幕仪式以前，任何人不许前去参观。如果不答应这个条件，他就不同意接受这一项任务。

"议员们经过了几次的磋商与讨论，最后还是决定：接受休斯提出的条件。大多数人认为：休斯的这种行动，只不过是一些有身价的艺术家都具有的自大和骄傲，并没有什么特别的意义。于是，自由神的雕塑工作正式开始了。

"从他第一天钻进工作棚起，我就预感到一桩不平凡的工作正在进行。虽然关于这，他什么也没有和我谈过，但我仍旧相信，他正在雕塑的，绝不是一件普通的艺术品。也许，他一生的理想就要集中在这尊雕像的身上实现。我多么希望能亲眼看到他工作啊，然而就是我，他也不准许走进他的工作棚。我后来才懂得，他是害怕我知道他的工作以后为他担心啊！他整天把自己和他的几个忠实的黑人助手关在工作棚里，辛勤忘我地工作着。也许那时候，他就已经预感到，这尊雕像将是他最后的一件作品，因之他将自己整个的生命和心血都放了进去。他忘记了休息，忘记了饮食，白天黑夜都在疯狂地工作。疲倦了他就睡在工作棚里，接连着几个月他一次也没有回到家里来。

"不仅仅我一个人对他的工作深切地关心着，数不清的不相识的普通人，也都关心着他的工作。随着雕像完成的期限愈来愈近，报纸上也出现了愈来愈多的猜测，更加增添了这件事的神秘气味。然而对于他的工作，比任何人都更关心的，是议长琼恩先生。在他邪恶的心里，早已预计到我的丈夫塑造出来的自由神，不会是一件他们所需要的东西。他不止一次地恫吓我的丈夫，警告他要当心，不要在这件事上要花招儿。

"在一天晚上，罗伯特难得的回家来看我，来到了琼恩的庄园。（那时候我还住在琼恩的庄园里。我们已经决定，一等他的雕像完成，就马上离开这个魔窟）琼恩知道了，把罗伯特请到他的书房里，脸上带着虚假的笑容，话语里却充满腾腾的杀气。

"'休斯先生，我尊敬你是一位艺术家，我甚至为了这可以忘记你不体面的过去，可以把你请来做我的客人。然而你不要忘记，就是今天你的母亲和妻子还是我农场的雇工，还是依靠着我的仁慈才能生活。如果我要她们死，她们马上就不能活！'

"'我不会忘记，琼恩先生，我不会忘记我过去曾经忍受过而我的母亲和妻子今天仍在忍受着的悲惨的奴役，我也不会忘记我的父亲和姐姐的死亡和侮辱。我会为这一切感谢你的。'

"听了我丈夫的回答，琼恩悻悻地叫道：'你太放肆了，休斯先生。总有一天，我会叫你后悔的！'

"这一场不愉快的会见，带给了罗伯特心灵上很大的刺激，回到家里后，他长久地沉默着，眼光非常阴郁。突然，他把我拥抱在他的怀里，抚摸着我的头发说：'露茜，你知道，我现在只祈祷上帝能让我完成这尊雕像。别的什么我都不要了。'接着，他把琼恩和他的谈话告诉我。当时我很害怕，但仍旧尽力地安慰他。他是一个著名的艺术家，琼恩不敢把他怎么样。那时候，我多么希望请他告诉我，他雕塑的是怎样一尊自由神啊！然而我没敢问。他似乎也猜到了我的思想，轻轻地对我说：'不要着急，一切的事以后你都会知道的。'

"我永远也不能忘记这一天，1876 年独立纪念日来到了。

巨大的自由神雕像已经完成，并且高高地竖立了起来。工作棚四面的板壁已经在清早被全部拆去。然而从雕像头顶直到底座都披上了彩绸，使人还无法看到'庐山'的真面目。揭幕典礼将在上午九时进行，从一清早公园中心的圆场上就挤满了人，大家纷纷议论着、期待着。罗伯特·休斯的名声和他奇怪的条件，再加上报纸上连日来毫无根据的猜测，使得这尊自由神雕像在还未出世以前，就征服了每个市民的心。大家都急切地期望能够在今天揭破他们每个人心里的谜团：这是一尊什么样的自由神？

"和过去的一切集会都不相同，这一天到场的黑人特别多。不顾警察的无理驱逐和叱骂，他们顽强地守候在广场上。要知道，这位光荣的雕像的作者，是他们自己的兄弟啊！

"八时半，市议会的议员先生们和政府的官员们来到了。看来他们的心情也和广场上的群众一样，并不十分宁静。经过简短的演说后，司仪在乐队演奏的乐声中，宣布剪彩。那时候，我正站在人群的最前排。我亲眼看到，琼恩拿着剪刀的手在轻微地发着抖。在那最激动人心的一刹那，满场都鸦雀无声地静了下来。似乎连琼恩用剪刀剪断彩绸的声音，都能被在场的每一个人所听见。支持着全部彩绸的系带被剪断了，重叠的彩绸从雕像身上缓缓地滑落下来，愈来愈快，最后化成了一片五彩斑斓的彩云，簇拥在雕像的底座上。然而这片彩云烘托出的是怎样的一尊雕像啊？当它呈现在大家的面前，就仿佛有一道奇妙的电流，击中了在场的每一个人。一声沉重的惊讶的叹息，在群众中极其短促地升扬起来，又骤然间止息了。满场静穆无声，每一个人都张着嘴，屏住呼吸，在这样一尊震人心魄的艺术品面前呆住了。连琼恩自己，在一刹那间也被塑像巨大的力量所震慑，剪刀从他手里掉了下来。这是怎样的一尊雕像啊！看吧！现在矗立在你面前的就是它。日日夜夜，它都存在于我的脑子里，然而我已经有几十年没有见到它了……"

说到这里，她停住了。在星光下，我看见她的头抬了起来，仰视着神像的脸，眼睛被泪水模糊了。

不用她给我做任何的形容，我也完全能想象，当时这一尊雕像给了在场的人们以怎样的刺激和感动。因为就在不久以前，同样的刺激和感动已经震撼过我的心灵。亲爱的读者们，我愿意趁休斯夫人沉浸在她悲哀的对往事的回忆中的时候，尽我的力量给你们描绘一下这尊雕像的形状。因为从此以后，你们大概很难有幸运再看到它。也许就在明天，这座石牢的铁门又会被紧紧地锁上。

读者们，你们听了我前面的故事，大概早已在你们的心目里，给这座自由神像做了一番想象中的描绘。你们想象中的它会是什么样子的呢？然而无论你的想象力有多么美妙、多么丰富，我都敢打赌，你一定想错了。也许你想象的是一个身披雪白的轻纱、手执火炬的女郎，有着克拉拉宝①一样的美貌；也许你想象的是一个头戴辉煌的金冕，高举权利宣言的男子，有着杰斐逊②一样的威严。不！都不是！在我面前的这尊雕像，是一个半

①克拉拉宝，美国好莱坞早期著名的电影演员。
②杰斐逊（1743—1826），美国第三任总统，伟大的政治家，《独立宣言》的起草人，在华盛顿以后继任美国总统。

裸着身体的黑人。丝毫不欺骗你们，是一个黑人。黑色的皮肤上，能够明显地看出深刻的鞭子的伤痕。他的脚跟和手腕，都戴着钢铁的镣铐，被反缚在一根柱子上。这就是我们的自由神，多么惊人的思想！多么深刻的控诉啊！然而还不仅仅如此，在自由神的脚下，不是一般的普通的方形石头台座，而是雕刻得逼真的层层叠叠架着的柴薪。柴薪的四周，已经吐出了熊熊的火舌。原来这尊自由神，正被放在惨无人道的私刑架上啊！然而艺术家把他全部的灵感与心血，都赋予了这座神像的眼睛。在农场主与私刑者施予他的死亡的烈焰面前，他的眼睛毫无畏惧地穿过城市和田野的上空，望向明朗的蓝天。眼光里充满无限坚定的意志，仿佛在告诉人们：在这一片升腾的烈焰里，将要焚毁的是全部奴隶的锁链。永久的自由和解放将要降临在人间。而他，黑色的自由之神，将要为这而献身。请原谅我，亲爱的读者们，我的拙劣的笔无力把这尊绝世的杰作完整地描绘给你们。而且我相信：在这尊杰作里，还有着更多更深刻的东西，那是我这样一个平庸的人所无法懂得的。我唯一的愿望，是你们以后能有机会去亲眼看看这尊雕像。好了，关于这尊雕像，我就暂时描绘到这儿。我想你们大家现在也和我当时一样，急于想知道以后发生的事情。

这时候，休斯夫人继续讲下去了：

"从一刹那暂时的震惊里清醒过来，琼恩老头疯狂地发起怒来，马上命令警察和工役们上前去把这座雕像拆毁。然而面色阴沉的人群以无声的愤怒来回答他的命令。大家紧紧地簇拥在雕像的周围，不许警察通过。最后，终于从可怕的沉默里，爆发出了一阵怒吼：'我们不准拆毁自由神！'议长先生的命令，立刻在这愤怒的声音的浪潮里，被可怜地淹没了。而琼恩本人，也在人群的海洋中，像泡沫一样消失得无影无踪。

"然而斗争并没有结束，大约有一个多星期，人们坚持着，保护着他们心爱的雕像。自由神骄傲地矗立在我们城市的中心，激动着每一个善良的人们的心灵。然而反动的琼恩老头和议员们，通过种种卑鄙无耻的手段，分化和动摇群众的力量。他们无耻地挑拨白人和黑人之间的种族仇恨，使开始时和我们站在一起的有良心的白人退了出去；黑手党也疯狂地进行恐怖活动，暗杀了我们许多优秀的刚强的黑人兄弟。最后，市议会通过了一项可耻的决议，造一堵石头的围墙，把这尊自由神永久地禁锢起来，不许任何人参观。罪名是：它的存在会挑拨种族仇恨，激动社会暴乱，妨碍本市秩序与安宁。听见了吗？他们把我们的自由神锁禁起来了，关进了监牢。虽然这样，他们还是害怕我们的力量，没有敢公然地判决这尊自由神的死刑，把它拆毁掉。

"在他们把我们的自由神囚禁起来的同时，又匆匆地请人在前面不远的地方，建造了另外一尊自由神。然而那算是什么自由神啊？我们都把她叫作娼妓。和那些议员先生们的人格一样，不值一个小钱。"

"休斯先生后来怎样了呢？"我急忙地问。

"先生，这是一段我最不愿意讲的，在我内心里创痕最深的往事。就在他们禁锢了自由神像不久的一个夜晚，总管和监工们用皮鞭把我们一部分住在庄园里的黑人，赶到刚刚采摘完棉花的地里。在地头上早已架起了一座火刑的柴堆。看见了它，我们的心就都凉了半截。今晚又不知道是我们的哪一位兄弟将要惨遭他们的毒手。而这时候我私下里还在安慰自己，幸而我的罗伯特已经早早地离开了这座魔窟。没有想到，当几辆发着恐怖的摄人魂魄的怪叫的汽车开到火刑架前，一群蒙着面的黑手党魔鬼竟从车上带下来了我的丈夫。天啊！他们早已把他折磨得不成人形。就当着我的面，他们把他送上了火刑架。当时我完全失去了神智，狂叫了一声就想冲上去。然而我的兄弟们苦苦地把我拖住了。我的整个神经一下子都崩断了，当时就昏倒在他们的怀里。

"他们烧死我的丈夫以后，威胁着我们在场的每一个人，谁要讲出了今晚上看到的一切，谁就要遭到同样的惩罚。同时我觉察到：那恶毒的总管的两只阴险的眼睛，好几次特别长久地盯在我的身上。我知道我迟早会遭到他们的毒手，说不定还会遭到他们对我身体的侮辱。既然反正都是一死，我为什么不试着逃出去？也许还能找到一线活命的希望。我终于在兄弟们的帮助下，在一个夜间逃了出来。以后四十多年，我一直在西部流浪、讨饭、做工，尝尽了一切痛苦，但终于活了下来。在走投无路的时候，支持我不顾一切顽强地活下来的，只是这样的一个愿望：重新回到 R 城，再看一眼我丈夫最后用他的生命完成的这一尊自由神。现在对于我，这尊神像就是他自己啊！

"罗伯特惨死的仇恨，始终留在我的心头。然而我不但不能去控告那些刽子手，为他报仇，反而得隐名埋姓地躲避着他们。甚至几十年来，我一次也没有敢向人提起过罗伯特·休斯的名字。直到几个月以前，我才听说琼恩早已死了。老一辈的人大概也都不在了。我自己也是一个衰迈无用的老婆子了，不用再害怕有人会认出我，于是我重新回到了这个城市里。

"虽然琼恩已经死了，但是今天活着的那些白人老爷们中间，还有着比他更疯狂地仇恨我们黑人的种族主义者。也许他们不会特意来加害我这个老婆子，然而他们能够把更多无辜的黑人送上电椅和绞架。我要想让他们特别为我开恩，打开这扇铁门让我进去，根本是不可能的幻想。我只能每天来到这里，跪在石牢的外面，默默地回想 40 年前那一天的情景。这就是今天你看见我以前，发生过的全部事情。"

她的话说完了。我的心长久长久地不能平静。一下子，面前的这尊自由神对我有了更多更深的意义。几十年来就一直活在我心里的休斯先生的形象，在这一刹那突然无限地膨胀起来，变得那么崇高、那么伟大！巍然地和我面前的这尊自由神合而为一。

我仰视天顶，灿烂的群星闪烁着青色的宁静的光，在淡蓝色的天幕上，欢乐地跳着舞。星光下，也许是出自我的幻觉，神像的一双眼睛透射出一种微妙的光辉。看到它，我的心里就燃烧起了对于世界永久的和平的信心，对于人类真正的自由的希望。真是艺术家奇妙的魔力啊！我整颗的心，再一次被这一双眼睛所征服，而我周围整个的世界，也都仿佛被它所征服。一刹那间，我竟忘记了一切丑恶、欺诈、淫乱、凶杀、金钱、战争……在自由神的周围，整个的世界是恬静的星光的世界，是和平的安宁的世界，是梦想和希望的世界！也许明天，生活的痛苦会重新折磨我的心灵，然而我永远也不再会忘记今天这个夜晚，火刑架上的自由神启示给我的一切；我再也不会丧失生活的勇气和信念。我已经相信，终会有一天，经过火的洗礼的自由神的世界，没有奴役和压迫，没有剥削和强权的世界，会降临在人间。

如果我是诗人，我会用我心头翻涌着的全部热潮和激情，来抒写一篇无比壮丽的史诗。然而我没有这个力量，我只是一个科学的历史工作者，我只懂得枯燥地严格地分析解剖我收集到的每一个事实，把它们真实地记述下来。然而我仍不得不羞愧地承认：也许我已经在这里放进了过多的热情的语汇。也许我会因为我过去的学生们看见了这些而脸红。然而我仍不愿意删掉它们，因为它们不是我写出来的，而是从我心里流出来的。

附记：

我整理着劳赖哈脱先生这篇札记的时候，听到最近从国外回来的朋友告诉我：他们曾在去年到过 R 市。在市中心公园里的那座石屋，连同它里面的雕像，都已经不存在了。听说是1954 年被黑手党暴徒们毁去的。想不到那些私刑者和奴隶主的先辈没有完成的事业，终于由他们忠实的子孙来完成了。同时，据说菲里阿美术陈列馆里，休斯的杰作《绞刑架下的加布里尔》也在他们的清洗名单之中。我要在这里向一批新野蛮人的毁灭世界优秀文化遗产的罪恶勾当抗议，并呼吁全世界有良心的正义的艺术家们，共同来保卫和拯救伟大黑人艺术家休斯的每一件作品。它们是全世界人民的无比宝贵的文化遗产。

而且，我们要让黑手党之流相信：他们能够从土地上毁去休斯的自由神像，他们却无法把他的艺术、他的思想、他的争取被奴役人们的自由的意志，从全世界人民的心里抹掉。它会在人们的心里开花、结果，而且终会有一天，它会爆发成火山，把那个罪恶的制度从根毁灭。

1957 年 6 月于长春

自由神的证词

他们将他钉上了十字架，

他没有一句话；

他们将他钉上了十字架，

他没有一句话；

没有一句话，没有一句话。

——美国黑人民谣《他没有一句话》

亲爱的伊莎，我记得你曾经对我说过：你的祖国是美丽的。那时候，你害怕我会不相信，两个眼睛睁得大大的，好像一只受惊的小鹿。然而我真诚地相信，亲爱的伊莎，从我还是一个孩子的时候起，我就知道美国是一个美丽的国家。直到今天，我依然怀着这样一个最动人的梦想：有一天，能够亲自到美国游览。我怀想密歇根湖和休伦湖如画的两岸，明镜的湖面上能飞行的小船；我怀想亚利桑那沉思的巉岩，炎夏正午的寂静，一只疲倦的兀鹰，几片困倦的云彩；我怀想月光下蓝色的马格鲁里①河上忧郁的黑人的歌曲；连她粗犷的西部我也喜爱，那里有科罗拉多深邃的峡谷、加利福尼亚苍茫的牧场。

亲爱的伊莎，我记得你曾经对我说过：美国人民对和平与友谊怀有真诚的意愿。你读过我的关于一个黑孩子的故事，你哭了。你说：美国人民不都是这样的。你害怕我不相信，声音颤抖得好像一根绷紧的琴弦。然而我真诚地相信，亲爱的伊莎。尤其是在今天，你已经用自己青春的生命为你的信念做了最好的见证。

亲爱的伊莎，当你和我谈话的那一天，你可会想到，今天我会坐下来写你的故事？

还是在 1955 年布鲁塞尔第五届世界大学生运动会上，我第一次认识了你。那一天，我曾经向你鼓掌，向你欢呼，而你甚至根本没有在那欢腾的海洋中辨识出我的声音。因为向你致意的，不仅仅是我——一个中国的青年记者，而是全世界各个国家各种肤色的青年男女。

我记得那一次，是开幕式后各国运动员进行的盛大游行。在那难忘的欢乐的时刻里，人民将自己心里的花朵、将自己最炽热的友情，献给了正在为祖国的和平统一而斗争的朝鲜青年；献给了一位来自广岛的在原子灾害下挣扎了 10 年的日本少女；献给了从马德里阴暗的牢狱逃亡出来的自由西班牙的儿子。然

---

①马格鲁里，密西西比河的爱称。

而当美国运动员的队伍出现在街头的时候，所有的人群都沸腾了起来。引导着这支队伍前进的，是一位光辉动人的自由女神。精力充沛的快乐的美国青年们环拥在她的周围，将她骄傲地举在头顶。一个年轻的黑人走在他们的中间。女神的手里，高高地擎着一支燃烧着的自由的火炬。那火炬的光辉与女神眼里的光辉互相交映在一起，在人们心头注入了何等奇妙的力量啊！人们看着它，就想起了杰斐逊，想起了他起草的《独立宣言》；就想起了亚伯拉罕·林肯，想起了覆盖在他尸体上的鲜血染红的旗帜。这支火炬，曾经燃烧过鼓舞过美国的英雄儿女，为自己的独立和自由进行斗争。它是人民的美国的象征，消灭了血腥的种族歧视罪恶的美国的象征。多少年来，它始终顶着狂风暴雨，在那新大陆上燃烧着。而今天，人们在布鲁塞尔的广场上又看见了它，在一批眼光深沉、严肃而又快乐的美国青年中间看见了它。这个事实给世界各国青年带来的是多么深刻的鼓舞和启发啊！

而你，头戴荆棘冠冕的伊莎，就是那尊光明的自由女神的象征。从那一天起，直到运动会闭幕，人们见到了你，都把你叫作自由神。你那美丽明亮的眼睛、真诚善良的心，已使人们永远难忘。

你走了，回国了。人们都没有忘记你。

朋友们希望知道你的一切，然而你走后一直没有给朋友们来信。我们开始打听关于你的消息，因为我们是这样爱你、想念你，亲爱的伊莎。

谁知道，我们从你的国家里得到的竟是这样一个悲惨的消息。我们悲痛，心里煎沸着矛盾，不知道应不应该将这个悲惨的消息告诉那些热爱你的朋友们。最后我们终于决定，应该写出这一切，应该让人们知道：在你生长的美丽的土地上，有着两个美国，一个是爱伊莎的美国，一个是杀死伊莎的美国。

当我们决定了这样做的时候，这个沉重的担子落在了我的肩上。我应该从什么地方开始来讲述你的故事呢？在我的桌上，摆着一张放大的照片，这是那狂欢的日子留下的珍贵的回忆，也是你和你的朋友们留给我们的珍贵的回忆，是我在那幸福的日子里亲手拍摄下来的。一切都如同昨天一样，就让故事从这儿开始吧！

在照片的中央站着的美丽的自由女神，就是你，亲爱的伊莎。你头上戴着荆棘的冠冕，你的笑容仿佛在拥抱整个世界。它是那么坦白、那么诚恳，充满了对于人的纯真的信任。我怎么能够相信，这颗灿烂的星星已经永远离开了我们？

环拥在你身边的，是一群快乐的美国青年，我的眼光落到了那一位黑人小伙子的身上。他稍稍侧着头，信赖地友谊地望着你，好像是在望着他的黑色的姊妹。

他也是我们的朋友。他的名字叫汤姆逊，一个和你一起来自佛罗里达①的大学生。在这篇故事中，我也要写到他，就像我要写到你一样。

我长久地凝望着他的眼睛。在那里，仿佛躺着一整座沉静的墨西哥海湾。笑容在他眼里展开，我仿佛看见了棕榈海滩外

①佛罗里达，美国南部的一州。

翩翩的帆影；看见了佛罗里达亚热带澄碧的天空；看见了阿帕拉吉美丽的橘子林。我知道：在生活中从来没有过任何时候，他笑得有照片上这一天那么美。然而即使在这一天，我也依然从他的眼睛里窥见了一丝闪忽的阴影。澄碧的天空中，我看见了一片阴云；美丽的橘子林上，我看见了风暴的信使。还在那快乐的时刻里，他就已经预感到了不幸的未来，他害怕回国以后，将要受到私刑者的迫害。我们大家都尽力安慰他，我记得你甚至曾经用你纯真善良的信念为他回国后的安全担保。我们没有笑你，然而我们不能不为他的命运担心。因为我们知道：麦卡锡和三K党的美国，会用什么来欢迎他这样一个黑人回国。我们每一个生活在幸福的社会主义国土上的青年，都想对他说：到我们的国家来吧，汤姆逊，在那里，一切肤色的男女都可以自由地呼吸。然而我们没有说出来，因为他的祖国是美国，他爱她，不能离开她，正如同他眷恋自己的母亲一样。

运动会闭幕以后，我们在布鲁塞尔车站恋恋不舍地送别了你，送别了汤姆逊，以及其他的美国朋友们。你们一起回到了你们的祖国。

你们心中满盛着和平与友谊的种子，你们幻想着回国以后将它迅速地传播开来，在每一个美国人民的心中发芽开花。你们在梦想的世界中，编织着五彩缤纷的花环，却万万没有想到，当你们的脚还没有踏上祖国的土地，一桩可怕的阴谋已经在黑夜里悄悄酝酿，三K党的魔手已经为你们设下了罪恶的陷阱，你们像无助的小鸟一样，落进了他们的罗网里。

你们做梦也不会想到，你们在布鲁塞尔的全部行动，在种族主义者的眼中已经构成了大逆不道的罪行。你装扮自由神的那张照片引起了黑帮分子们的愤怒，他们诅咒你竟敢让一个黑人抬着你，让一双黑手接触你的大腿。而且你们还敢和社会主义阵营的青年一起高喊和平与友谊；你们还敢在运动会开幕式上抬着自由女神游行！（而在你们的教科书上，自由神正是美国的象征和骄傲，多么尖锐的讽刺啊）也许当时他们还没有马上做出决定要怎样处置你，因为你毕竟是佛罗里达最大种植园园主的侄女。然而对于汤姆逊来说，这一切已经构成了他的死罪。

就在这罪恶的阴云笼罩下，你和汤姆逊一起回到了 T 城。你们充满友情的心，像佛罗里达七月的阳光一样温暖、明亮，却突然发现你们的周围都是一片敌意和冰冷。熟人们像躲避瘟疫一样地躲避着你们，不敢和你们招呼。你的嫡亲的叔父甚至拒绝了你的拥抱和亲吻。这一切是因为什么？你天真的心第一次感到了痛苦、委屈和困惑。

难道和平是有罪的？难道人们会拒绝友谊的阳光？

最使你伤心的是你叔父约翰·琼尼斯对你的态度，因为你一向尊敬他、爱他。你从小就失去了父亲，一直是在他的身边长大，你一向都以为他是一个正直的人、善良的人。

你很快就懂得了，真正地懂得了：他是如何的"正直"与"善良"！

就在你回家后的第一个晚上，半夜里，沸扬的人声和血红的火光惊醒了你。你从窗口向外望出去，在你眼前，展现了一幅人类活动中最恐怖最罪恶的图景。就在你家的花园里，一大群蒙着外罩的僵尸一样的三 K 党徒聚集在一起，举行着暴行前的宣誓仪式。一支高高的十字架，浇上汽油焚烧了起来，吐着熊熊的火舌。在火光的映照下，一张张蜥蜴形的假面显得格外狰狞可怖。在逐渐暗淡下去的残余的火光里，一个魔鬼走上了阳台。你猜想他大概是黑帮的首领，果然，只听他向党徒们大声发出了出动的号令。这声音你感到非常熟悉，然而当时你怎么也不会想到这会是他。随着他的号令，党徒们狂热地发出了一阵嘶喊，火把齐举，呼啸着离开了你们的花园。全部事件只发生在那么短暂的一刹那间，须臾，沉沉如漆的黑夜，坟墓般的寂静，又重新吞噬了一切。好像什么事都没有发生过，你几乎怀疑自己刚才不过是做了一场噩梦。

然而第二天早上，送到早餐桌上来的当天的报纸，终于使你懂得了昨天晚上你看到的一切都不是梦。在三 K 党罪恶的活动史上，又添上了一桩血腥的暴行。就在昨天晚上，一个叫汤姆逊的黑人青年，被他们拖到大街上，毒打了一顿之后，将奄奄一息的受害者投进了当地的监狱。

奇怪的是当地几家有影响的报纸，对这件事保持着沉默，不敢对这种黑帮的恐怖活动加以谴责。有的甚至还公开地替他们张目，将愤怒的打击的矛头施加在那可怜的受害者身上。在种族主义者的报纸上，则充满了这样一些血腥的嚎叫：

"白色的剑在行动！"

"为了维护白种人的尊严，是施加惩罚的时候了。"

"三 K 党的骑士为我们做出了榜样！"

在这些报纸里，私刑者们成了伸张正义的骑士，而黑人汤姆逊成了死有余辜的罪人。他们还对黑帮匪徒们未将黑人私刑处死，而将他交给了当地的法院，表示了非常的赞许。认为虽然这个黑人罪该万死，然而三 K 党骑士们的这种做法说明了他们具有高度的法治精神。报纸相信：法庭一定会满足公众的要求，判处汤姆逊以应得的惩罚。

你天真的心为有的报纸竟然明目张胆地替黑帮匪徒们说话而感到惊讶，你相信这里面一定有着什么误会。你哪里知道，这正是种族主义者们一贯采取的卑鄙立场和手法。

受害者的名字引起了你心中极大的不安，你怀着恐怖的预感，战栗地看了下去。果然，你的预感成了事实，你终于明白了：这个黑人汤姆逊，正是你的朋友，刚刚和你一起由欧洲回来的大学生汤姆逊。

他究竟犯了什么罪？当你继续读下去的时候，愤怒几乎使你窒息。

黑帮匪徒们竟然凭空诬陷他强奸白人少女。而这被蹂躏被强奸的少女正是你——伊莎·琼尼斯。

真是最无耻的谎言！最卑鄙的诬陷！你要马上冲到报社去，揭露这一切，控诉这一切。

正在这个时候，你的叔父走进了餐厅。你像受了委屈的孩子见到了亲人一样，向他扑了过去。你眼里噙着泪水，举着手里的报纸对他叫道："这一切都是撒谎，我可以向你发誓，亲爱的叔父。你应该出来说话，保护汤姆逊，同时也保护了你侄女的名誉。"

你的叔父脸色阴沉地哼了一声："那个黑崽子必须死！由

于你在布鲁塞尔的行为，本来你也同样该死！你自甘卑贱，让一个黑鬼的手碰到你高贵的身体；你忘记了自己的身份，和共产党在一起鬼混，标榜什么和平与友谊。然而你应该感谢上帝，因为你是我的侄女。我们可以放过你，但是你必须用自己的行动来表示你的改悔。"

这出乎意料的可怕的言辞像利箭一般刺入了你的心窝。一刹那间你竟完全怔住了："你说什么？什么行动？"

"你要到法庭上去作证，证明汤姆逊曾经强奸了你。我们本来在昨天晚上就可以毫不费力地将他烧死，然而我们没有这样做。我们要他死得明白，也要所有的黑鬼都明白，一个不安分守己的黑鬼会得到什么样的下场。我们要把他公开地送上绞架。一切法律手续我们都会很快安排好，现在需要的只是你在证词上签字。你还有机会在这件事上为自己的过失赎罪。"

你用手捂上了脸，痛苦地叫道："多么可怕！多么无耻！在这个虚伪的证词上，我绝不会签字。"

"如果你拒绝签字，虽然你是我的侄女，我也没有办法保护你的性命。"

"你让我死！我现在正因为是你的侄女而感到羞耻。我没有脸再活下去！"你愤怒地叫出来。

你的叔父狞笑着走开了。

刹那间一切你都懂得了：想不到汤姆逊在国外所担心的一切，竟然这么快就都变成了可怕的事实。

他们一定要杀死他，因为他，一个黑人，竟敢用手去碰一个白种女人的身子。

他们一定要杀死他，因为他，一个黑人，竟敢跑到外国去开会，竟敢要求什么人权与友谊。

然而这些卑鄙的胆怯的刽子手，他们不敢公开地这样承认，却给他栽诬一个强奸白人少女的罪名。

是的，要将一个无辜的黑人送上绞架，对于他们来说，又有什么费事的呢？12个患有种族主义迫害狂的白人陪审员，一本伪证人对着发誓的《圣经》，再加上一根涂上肥皂的绞索，不过如此而已！

你怎么也不会想到，充当在这个卑鄙的诬陷里作证的伪证人的人，他们竟然找到了你。他们竟然会堕落到这种地步，公然利用你而不惜破坏你一个少女的名誉。

你怎么也不会想到，这一切罪恶阴谋的背后的主使者正是你的叔父——你一向尊敬、热爱的长者。你也懂得了昨天夜晚在花园里发号施令的那个三K党的头目正是他。当时你还曾经奇怪过，为什么他的语音你会那么熟悉！

你终于明白了他是一个什么样的魔鬼。你不愿意再看见他，你讨厌并且憎恨这个一向以伪善的面孔欺骗了你的人。你决不会在那张虚伪的证词上签字。相反地，你要亲自到法庭上去揭露他们卑鄙的阴谋。

从这一刹那起，你已经决定了背叛你的叔父，背叛他所从属的整个反动的社会势力。我知道这对于你是多么不容易。

你想当时就离开这座罪恶的魔窟，为了无辜的受害者，为了正义，为了人的尊严，去揭发，去控诉，去斗争。然而你发现你的房门已经有人把守，你已经失去了行动的自由。

第三天，你的叔父又来到了你的房中。这一次，他带来的不是刀剑而是甜蜜的笑脸："我的侄女，为了你的叔父，在这证词上签字吧！难道你忍心让白种人的尊严沾上污泥？忍心让你叔父白发苍苍的老年蒙受耻辱？"

这几天来，他已经感到形势愈来愈有些不妙。一向带有进步色彩的《论坛报》，首先向黑帮势力展开了进攻。一大批中间立场的报纸，迫于公众的舆论压力，也不得不开始指责这次事件是一桩卑鄙的政治诬陷，要求法院进行公正的审判。甚至有少数右派的报纸也埋怨他们这次的行动干得过于鲁莽。不应该在没有充分把握的情况下，就贸然将这个"黑鬼"交给了公开的法庭。

在这种时候，你的证词对于他们是何等的重要！他们必须得到它，才能赢得这场诉讼。不管他们可以根据自己的需要找到多少旁证人，然而最重要最直接的证人不能不是你。他终于不得不改换了一副面孔，重新来到你的面前。

然而你没有被他的甜言蜜语所欺骗，你义正词严的同时也是诚恳地回答他："叔父，你们应该立即释放汤姆逊！只有这样做才会给你们的良心以平安。如果你杀死了他，才真正会给你、给我们整个家族甚至给我们的国家，带来永远无法洗雪的耻辱。"

看到用这种手段依然不能使你动摇，他不禁恼羞成怒地叫道："用不着你来教训我什么是良心和羞耻，你必须在证词上签字。我现在正式告诉你，从今天开始，在你没有将你的名字签到证词上以前，你再不会得到任何的食物供应。"

说完，他怒气冲冲地走了。

果然从这一天开始，他们就断绝了你的一切饮食，企图用饥饿和死亡来迫使你屈服。

你的叔父，这头毫无人性的老狼，每天三次来到你的房里，一个黑人老仆捧着一盘丰盛的佳肴跟在他的身后。只要你应允了在证词上签字，你马上就可以得到它。然而你每次回答他们的，只是坚毅的沉默和憎恨的眼光。

日子一天一天地过去，你的叔父从你这里什么也没有得到，你自己也已经气息奄奄地躺在床上。然而你决不会屈服，对于你，正义和良心比食物和生命更加重要。

随着时间的拖长，围绕这个案件进行的斗争也愈来愈复杂，愈来愈激烈。少数右派的报纸每天都在疯狂地叫嚣着立即对汤姆逊进行判决，要求将他送上绞架。大多数持有中间立场的报纸则要求尽快举行正义的审判。而这一卑鄙的诬陷案也已经开始引起了国内外各地人民的注意，声援汤姆逊的电报和信件每天都在不断地飞来。再加上明年就是美国四年一次的大选年，该州的议会和政府也要同时进行改选，这次事件正好给了在野的党派一个口实，攻击在该州执政的政党。这样就给这次事件格外添上了波澜。

由于身为这次案件的主要当事人的你，始终保持着可疑的缄默，没有在报纸上公开发表任何谈话；而记者们无数次对你的访问，又都被谢绝在门外；这就更加引起了外界纷纷的猜测。人们更加相信这次事件是一桩政治诬陷，你的沉默一定是你拒绝为这个诬告作证。而三K党黑帮分子则公开扬言，你已经提出了控诉汤姆逊罪行的正式证词，并且已经在预审前送交给了陪审团。一个时期里，你是否会在汤姆逊案件审讯中出庭作证，已经成为舆论注目的焦点。许多认识你、相信你的人，知道你绝不会出卖自己的良心，为这次卑鄙的诬陷作证。然而他们又担心，你这样一个年轻的柔弱的女孩子，是否抵抗得住三K党和你叔父强大的野蛮的压力？是否抵抗得住白色报纸上疯狂的攻讦的潮流？

是的，你身在虎穴，抵抗得住那可怕的黑帮势力吗？你的好朋友们，又何尝不为你担心呢？

在这种时候，你的叔父和他的同谋者们已经在后悔，应该在那天晚上就将汤姆逊烧死了事，不该错打了算盘，将他交给了法庭。他们本来以为可以顺利地将他送上绞架，没有想到这一次事件竟然会激起社会上如此汹涌的反对和抗议的怒潮（舆论本来是掌握在他们自己手里的）；更没有想到你——他自己的侄女，会拒绝出庭作证。

这时候，老狼已经下了狠心：只要你不屈服，就真的将你饿死。也许他开始时还没有这个打算，然而现在，你的坚毅不屈的立场，你发誓要揭露他们的阴谋的决心，使他已经不能也不敢轻易放过你。

亲爱的伊莎，对于你，或是屈服，或是死亡，再也没有第三条路。

在一再延期之后，T市高等民事法庭终于宣布了汤姆逊强奸案开庭的日期。种族主义者的报纸狂热地欢呼这次开庭！

人们都不由担心了：如果黑帮分子欢迎开庭，就等于说给汤姆逊定罪的一切手续都已经完备了，他们所必需的证词已经到了手，而且一定已经和律师详细研究过了证词的每一个细节，确认他们是万无一失了。每逢审讯这种巨大的政治陷害案件，没有绝对的把握，他们是不会轻率开庭的。

难道说他们已经得到了你的证词？难道说你真的已经屈服了？

这是一个折磨人心的谜！

审讯的日子来临了。各种反动的黑帮组织——三K党、美国退伍军人联合会、白人公民委员会，等等，一清早就开始了猖獗的活动，公然用一辆又一辆的大卡车，载来了形形色色的种族主义分子和法西斯匪徒，鼓噪狂啸地包围住了法庭，汽车上用血红的字涂写着巨大的恐怖的标语：

"将黑鬼送上绞架，我们不吝惜绞索！"

"只有血才能洗刷我们的耻辱！"

法庭里面，旁听席上也坐着许多这样骄横的黑帮分子，一个个揎拳攘臂，杀气腾腾。人们注意到，法庭内负责维持秩序的面色阴沉的法警，数目也比平常开庭时多了几倍。

尽管法庭内外白色法西斯的恐怖活动很猖獗，依然有为数很多的工人、学生以及黑人，不顾一切威胁，来到了法庭旁听。他们的存在，也在法庭内外形成了一支不可忽视的正义的力量。

审讯一开始就对汤姆逊不利。向法庭和陪审团陈述案情的起诉人布累沃，是一个极端疯狂的种族主义分子。在他整个的发言中，充满了诬蔑和谩骂，用一整套捏造的事实，构成了汤姆逊强奸的罪名。尽管被告和被告律师再三提出了抗议，他仍然继续用这种语调进行他的陈述。最后，他更用一串煽动性的话语来刺激 12 个白人陪审员（他们中间有老人也有妇女），要求他们考虑到严格执行法律的绝对必要性；考虑到维护社会的秩序和白人的尊严；考虑到一个可尊敬的世家蒙受的耻辱和一位少女终生被摧残的幸福；对强奸白种妇女的黑人汤姆逊判处死刑。

在短暂的休息之后，审讯进入了众所瞩目的高潮。首席法官高声宣布："第一位证人出庭！"

这时候，法庭上下一片静穆无声。除了你以外，还有谁能是第一位证人呢？你来了吗？你在哪里？你会亲自出庭作证吗？

法庭后面的门打开了。人们没有看见你，却看见一个白发的神气十足的绅士走了出来。他身上穿着一套质料讲究的浅灰色的礼服，胸前结了一条花格子的鲜明的领带，不慌不忙地向证人席走去。他对起诉人和三位法官只微微地点了点头，而对陪审员们讨好地鞠躬问候。

这头老狼站在证人席上，用抑扬顿挫的声音回答了第二号法官的问话：

"我的名字是约翰·琼尼斯，我是受害人伊莎·琼尼斯的叔父。由于我的侄女最近遭受到的非人性的摧残和侮辱，精神上受到了巨大的刺激，已经长期卧病在床，不能亲自到法庭上来作证。现在只能由我——她的叔父和保护人——代替她出庭，宣读她向法庭提出的证词，并代替她在《圣经》前面宣誓：证词上的每一个字都是诚实的，没有任何谎言和诬陷。"

他用手按在法官递给他的金皮书面的《圣经》上，庄严地举行了宣誓仪式。然后面对着陪审团，宣读了一份长达八个打字页的证词。

证词一开始就说："我写下这篇证词，完全是出于我的自愿，没有遭到任何方式的威胁和强迫，没有接受任何方式的报酬和馈赠。我所以不顾少女的羞耻，向法庭作证，唯一的目的就是要在现在说出全部的实情，而且只是说出实情。当健康情况允许我活动，我愿意在任何需要我的时候亲自到法庭上来作证，证明我在这里写下的每一句话都是真实的。"

在这种过多地为自己的自愿和真诚辩解之后，证词里开始写到了汤姆逊历次对你的猥亵和侮辱的举动，最后，据说是在回国途中的一个深夜里，在大西洋邮船的甲板上，汤姆逊对你施行了强暴，奸污了你。

念完了这份彻头彻尾虚构的证词，老狼将它呈交给了法官：

"请法庭审查，这上面有我侄女伊莎·琼尼斯亲手按下的指印。"

经过鉴定之后，首席法官宣布："法庭已经进行了审查，可以相信伊莎·琼尼斯这份证词的真实性。"

这个宣布像炸弹一样震动了全场。许多颗对于你怀抱着希望的心都沉了下去：难道你真的屈服了，写出了这样一份虚伪的证词？

随着你的证词的宣读，法庭上爆发出了一阵三K党分子们的疯狂的呼啸："绞死这个黑鬼！"

就在老琼尼斯高声宣读证词的时候，法庭里谁也没有注意到，有一个年老的黑人悄悄地挤了进来。他向旁听的人低声地打探了几句，就直奔着被告的辩护律师阿尔特的席位跑了过去。在阿尔特的耳边，他们匆匆地交谈了一阵，一个小小的信封送到了律师的手里。

律师当时就打开了这个信封，奇异莫测的表情瞬息间交替出现在他的脸上：开始是惊愕，接着是悲愤，最后是震怒。他的眼睛里闪射出了灼灼的光芒，看得出来，一个坚定的主意已经在他心头形成了。

老琼尼斯宣读完了证词，正准备坐下去，稍稍喘一口气，喝一杯水。按照法庭程序，这时候他可以休息一阵，然后再接受被告律师的反驳。然而没有等他坐下，被告律师就出人意料地站了起来，将一张纸高高地举在头上，愤怒地叫道：

"无耻的撒谎！真正的伊莎的证词在这里！"

整个法庭都被这突然的宣布惊呆了。老琼尼斯也怔在了原地，大张着嘴，迷惘地盯着他。只听他大声地继续讲了下去：

"法官先生，陪审员先生：就在刚才，一位老人给我送来了伊莎小姐真正的证词。（由于特别的原因，我不能宣布他的名字）同时他还告诉了我一个悲惨的消息：伊莎小姐已经被人害死了。杀害她的凶手，就是她嫡亲的叔父——刚才站在这儿发言的约翰·琼尼斯！"

他的话刚说到这里，法庭里就哄然地乱成了一片。三K党分子们疯狂地跺着椅子叫喊：

"可耻地撒谎！"

"他被收买了！"

"把他拖下去，不许他讲话！"

而一些心头怀有正义感的人都被他刚才的话震动了：

"让他讲下去！"

"我们来得及弄清楚，究竟是谁在撒谎？"

首席法官拼命地摇着铃，好不容易才恢复了法庭里的秩序。他不得不让阿尔特继续讲下去，因为他是被告的辩护律师，有反驳和辩护的权利。

"在我手里的，就是伊莎小姐真正的证词！"他将一张纸高高地举在头上，大声地讲道。这时候，法庭里一片静穆，人们都急迫地等着听他宣读这突兀而来的神秘的证词。然而出乎大家意想之外的，他却没有这样做。法庭上出现了一阵短暂的哑场。

阿尔特将纸面慢慢地翻向了陪审团，翻向了旁听席和记者席，用一种压低了的沉重的语气说道："然而这上面一个字也没有！一个字也没有！"

整个法庭都被这样一个结论惊呆了，甚至比刚才阿尔特突然宣布他手里持有伊莎真正的证词的时候还更要使人吃惊。没有一个字，这算什么证词？反动分子们已经准备重新用狂啸来反扑了。但是阿尔特没有给他们这样一个空隙，当人们还没有来得及从一刹那的惊讶中清醒过来的时候，他已经又接着讲了下去：

"在这上面，只有两个血红的拇指印。这是伊莎·琼尼斯在临死以前，用牙齿咬出舌尖的血，沾在拇指上亲手按上去的。这不是普通的指印，尊敬的陪审团的先生们和女士们！请你们仔细地看看吧，你们将会看到：在这指印上面没有指纹，是的，没有指纹！"

法庭里又是一阵惊诧的骚动。又是一个新的意外。

"这没有指纹的指印说明了什么呢？它比一切文字的证词更有力地宣布了：刚才约翰·琼尼斯宣读的所谓按有伊莎指纹的证词，彻头彻尾是虚假的。伊莎小姐已经没有指纹，也永远不再会有指纹。先生们，女士们，你们马上将会听到一桩骇人听闻的罪行，就当不久以前我听到它的时候，如果不是这两个血红的指印做证，我也不敢相信它是真实的。伊莎·琼尼斯为了拒绝在这个可耻的案件中作证，已经被她的叔父活活饿死了。为了害怕在她死以后，恶徒们仍然用她清白的名字来犯罪，用她的指纹来做伪证，这个刚强的姑娘亲手烧焦了她的两只拇指，消灭了她的指纹。即使这样，她的毫无人性的叔父仍然没有放过她，竟公然告诉她：他将伪造一个她的指纹到法庭上来作证。他之所以要这样告诉她，是因为他要死者在临死以前良心得不到安宁；也是因为他相信奄奄一息的伊莎已经根本没有反抗他的力量。然而他的估计错了，刚强的姑娘终于在临死以前，想法托了一个可靠的人，将她的两只拇指的真正的指印送到了这里，让它在这里做证：伊莎的指头上已经没有了指纹，凡是用她的指纹做证的证词都是伪证。

"我说的这一切都是真实的，法庭可以很容易就得到验证。因为据我得到的消息，恶徒们还没有来得及也还没有想到去销毁掉伊莎的身体。"

他的话震动了整个法庭。连那老奸巨猾的约翰·琼尼斯和他手下的那一群嚣张的党徒们，也在这猝不及防的揭露和控诉面前显得惊慌失措，噤若寒蝉。法庭里沸腾了起来。

"要杀死伊莎的凶手偿命！"

"释放汤姆逊！"

"我们要求正义的裁判！"

亲爱的伊莎，你无言的证词由于它具有的正义的力量，竟然强过了千言万语。在它的面前，真理发出了洪亮的声音。而公诉人、证人等一切魑魅魍魉都陷入了狼狈的绝境，完全失去了反击的能力。在这种全盘是非已经昭然若揭的情况下，人们本来完全有权利当场就从陪审团那里得到一个公正的宣判：汤姆逊无罪！杀死伊莎的凶手偿命！然而首席法官马歇尔在种族分子们的威胁下，仍不得不宣布退庭，案件延期再审，理由是法庭上同时有两份伊莎的证词存在，需要进行审查和甄别。你们得到的只是暂时的胜利。

亲爱的伊莎，阿尔特在法庭上简短的演说还远远不能消释所有关心你的人们心头的牵念。人们终于从那位为你送信的黑人老仆的口里，知道了你临死以前全部悲壮的斗争。

在他们断绝了你的饮食以后的一天，你的叔父来到了你的房里：

"不要傻了，我的孩子。快些在证词上签字吧！难道你以为你死了，拒绝在这证词上签字，就可以挽救那个黑鬼的性命吗？不，就是你死了，我们也同样会得到你的证词。你的指印会代替你的签名到法庭上作证。在法律上，它和你的亲笔签名具有同样的效力。"

"好好想一想，聪明的孩子，为了这样一个黑鬼，白白赔上你的青春和生命，未免也太不值得了吧！"

你闭上眼，始终一声不吭。那老狼坐了一阵，也就无趣地走了。临去时还请你仔细地想一想他的劝告。

你的确是个聪明的孩子，老狼的话果然提醒了你。这一点的确不假，你死以后，他们可以很容易地取得你的指印。这样，汤姆逊岂不是仍然会遭到陷害？

你从来不会抽烟，这一天，你却向坐在门口看守你的年轻三 K 党徒要了一支香烟。你就用这支燃烧着的烟头，忍着难言的疼痛，将你左右两只拇指的指纹烧成了焦煳的一片。

谁会想到在你柔弱的身体里，却跳动着这样一颗刚强的心。难闻的肉的焦味，重新引来了你的叔父。你轻蔑地将两只烧焦的指头向他伸了过去：

"现在你就可以将我的指印拿去，何必还要等到我死以后？"

看见了这个情景，那老狼的脸当时就气得煞白。然而他马上镇定了下来，冷笑了一声：

"你的行为倒是勇敢的，我的孩子。然而你如果以为你毁掉了自己的指纹真有什么用处，那可就想错了。我们可以很容易就重新制造一个你的假指纹，法庭上也不会有人来查问的。"

真是一头恶毒的老狼！

看来那老狼也似乎真的放弃了得到你的亲笔签名的打算，从这天起，他再也不到你的房中来了。只是那黑人老仆仍旧每天三次地按时将食物送进来，然后又原封不动地撤了下去。保留着最后一线引诱你屈服的希望。

从这一天开始，你的心陷入了痛苦的矛盾和骚乱。即使死亡也再不能带给你平静和安宁。你并不是痛惜自己过早夭逝的青春和生命，死，只要死得清白、死得纯洁，你就没有任何遗憾。你痛苦的是：你的叔父将利用你的名字去做伪证，用一个无辜的黑人的血永远玷辱你清白的良心和声名。他今天的这一番话，说得出来也就一定做得出来。你这样一个柔弱孤单的女子，最终能够摆脱、能够战胜他恶毒的阴谋吗？他公然地一次又一次将他的阴谋毫无隐瞒地告诉你，不正是因为他相信你根本没有力量反抗他吗？

决不能让老狼的阴谋得逞，决不能让你的名字沾上无辜的黑人的血。你终于将最后的希望，放在了一封信上。你对于法庭的正义还存在着一定的期望，你相信只要能够将你真实的情况冲破老狼的封锁，带到法庭上去，法庭就一定会给你主持公道。你知道你已经根本没有可能亲自到法庭上去，唯一可能实现的办法是写一封信。然而饥饿已经耗尽了你最后的一丝精力，即使一封小小的信，你也已经没有力量去完成。你终于只能用牙齿咬破了舌尖，在一张纸上用血印出了两个拇指的指印。你相信这两个指印会帮助你说明你已经无力写出的一切。然而最后一道无法克服的难关压倒了你，你不知道可以信托谁将这张小小的纸片带到法庭上去。每天在你身边的，只有那负责监守你的三 K 党徒，难道可以托请他们给你传送这样一封信吗？在情急无奈的情况下，你终于将一线希望放在了那每天给你送饭的黑人老仆身上。

事情发生在开审前的头两天晚上（你自己并不知道再过两天就是审讯的日子，没有任何人告诉你这一点），也是你断绝饮食的第七天晚上，你只剩下了最后的一丝呼吸，恹恹昏昏地躺在床上。你知道你已经快要到生命的最后时刻了，时间已不允许你再作拖延。那黑人老仆端着盛有丰美晚餐的盘子走进了房中：

"小姐，你签字吗？"

他每次进来都要问你这样一句话，他被吩咐必须这样做。而你每次都用坚毅的沉默来回答他，他又重新将盘子端了出去。然而这一次，当他摇了摇头、叹了口气，正准备走出去的时候，你却用微弱的声音叫住了他：

"亨利，到我跟前来！"

老亨利吃了一惊，差一点摔掉了手里的盘子：

"小姐，你答应签字了？"从他呆板的话语里，显然透出的是失望的语气。这一点并没有逃过你的注意，你的心里不禁增加了 线希望：

"不要作声，到我跟前来。"

他服从地来到了你的面前。突然，他禁不住发出了低声的惊叫："小姐，你怎么了？"

他从你的嘴上、脸上、床单上，看到了点点鲜红的血迹。你制止住了他，气息微弱地对他说：

"亨利，我很快就会死了，已经不可能等到审讯的那一天。在我死以前，有一件事必须拜托你。除了你以外，我再没有别的人可以信任。请你在汤姆逊案件开审的那一天，赶到法庭去，将这张纸交给汤姆逊的辩护律师，同时将我的情况告诉他。他听了以后就会知道怎样做的。这张纸很重要，关系着汤姆逊的生命，你一定要……"

你的话没有说完，由于过于着急和激动，竟昏厥了过去。老亨利从你无力地下垂的手里，拿到了这张印着你血红的指印的纸。

就在当天晚上，你那一颗坚强的美丽的心永远停止了跳动。

老黑人终于没有辜负你的嘱托，将这张无言的证词带到了法庭上。虽然他知道：自己也将为这付出生命的代价。

亲爱的伊莎，你，大学生运动会上光辉的自由神，世界各国青年心中灿烂的明星，终于在佛罗里达黑暗的天空中无声地陨灭了，永远永远地离开了我们。

今天，当我面对着你神采飞扬的照片，写着你悲惨的故事的时候，我的心痛苦地紧缩着。我多么渴望能告诉你一些更好的消息啊！我渴望能告诉你：你曾经为它献出了生命的正义斗争已经取得了最后的胜利，汤姆逊已经被无罪释放；杀死你的凶手已经受到了惩罚。然而我不能，亲爱的伊莎，我无法把现实的苦酒变成甜美的琼浆。

人们等待的正义的裁判，始终没有到来。汤姆逊案件的审讯由于黑帮分子们的破坏与阻挠，一直无限期地拖延了下去。直到有一天夜晚，T市的三K党暴徒们第二次烧起了十字架。他们在半夜里冲进了T市监狱，将汤姆逊从牢房里拖了出来。这位勇敢的黑人大学生，终于在遭受了又一次毒打之后，被私刑者们烧死在街灯的柱子上。

在汤姆逊的身边，陪着他一起被烧死的，还有另外一个年老的黑人。焦煳的尸体使人无法认出他是谁来。然而从这一天以后，人们再也没有在这个世界上看到老黑人亨利。

关于阿尔特我又能告诉你一些什么呢？这位多少年来不顾一切迫害和威胁，坚持为失业者、为黑人、为劳工领袖进行辩护的进步律师，直到今天，仍在不倦地为正义与公理而奋斗。在他的身上，与你一样，体现着美国近两百年来最美好的传统，他是新大陆上一盏稀有的光灿的理性的明灯！

约翰·琼尼斯，这头杀害你的毫无人性的野兽，今天仍然逍遥法外，活得很好。他正在积极准备参加下一届 T 市参议员的竞选。他以为人们已经忘记了他血腥的罪恶。他的党羽们正在狂热地为他奔走活动。在报纸上数不清的吹捧他的文章中，他已经变成了一位"德高望重""心肠善良""品格正直"的老人。

然而并不是所有的人都那么健忘。一大清早，人们发现挂在俱乐部里为竞选准备的老狼的巨大画像上，不知被谁用血红的油彩写下了两个大字：凶手！

亲爱的伊莎，在你的祖国，人民的意识正在觉醒，一个自由幸福的消除了种族歧视的新世纪，将随着那万丈光芒、喷薄东升的太阳而诞生。那一天，人们将在百花盛开的花园里，为你塑造一尊大理石的雕像，一尊真正的自由神的雕像。

我终于噙着眼泪，写完了你的故事。是应该向你说一声"永别"的时候了。然而我没有力量说出这两个字，即使在现在，我也依然不能相信你已经永远离开了我们。让我轻轻地向你说一声：

再见，亲爱的伊莎！

亲爱的伊莎，再见！

1961 年 11 月于长春

刺花的灯罩

S市，法国诺曼底半岛北端的一座古老而美丽的小城。1958年，春天带着英吉利海峡的潮气，姗姗地走在它的街道上。在那熟悉的煎鱼饼的芳香里，混杂着浓重的军人马靴上靴油的气味。

一天下午，在市中心法国地面部队第十七师参谋总部的大楼前面，来了一位陌生的客人，一位气宇轩昂的德国军官，这是根据美国盟友的推荐，来此担任军事顾问的弗洛·海林格先生。

不久，在参谋总部的法国同事们中间，以及S城的社交界和许多个家庭里，都在纷纷地谈论着这位新来的海林格先生。关于他过去的经历，不知从哪里传来了这样一种很不愉快的谣传：据说他是一个犯有虐待战俘罪行的纳粹军人，被纽伦堡国际法庭判处过徒刑，只是在他来到这里以前，才刚从监狱里被释放出来。然而法国军事当局并没有证实这种流言，相反地却告诉参谋总部的法国军官们，海林格先生是法国军官最真诚的合作者，是法国人民最忠实的朋友。

而法国军官们也很快就发现：海林格先生的确很逗人喜欢。他性格坦白愉快，常常会从心底里发出天真爽朗的大笑。会这样笑的人，决不会是一个心肠狠毒的杀人凶手。他和法国穿军装的同行们相处得很好。渐渐地，人们习惯了与他在一起工作，不再存在一丝他可能是一个纳粹分子的怀疑，而把他当作了一个真正的德国军人。对于一个真正的德国军人，法国人虽然一向保持着一种传统的戒备，但同时也保持着相当大的尊敬。

在一个阳光明媚的星期日，海林格先生和他的夫人决定去拜访他们的同事——法国籍的高级军事参谋诺当先生，一位出生于军人世家、具有丰富军事资历的老军官。

这将是一次富于戏剧性的会见。诺当先生和他的夫人将怎样来接待海林格先生和他的夫人呢？人们有理由担心：这次拜会也许会是不成功的。

大战虽然已经结束了十几年，然而战争的创伤，在许多个家庭和无数人的心灵里，依然没有平复，没有遗忘。诺当先生的家庭就是这些家庭中的一个。这对老年夫妻的独生子乔治·诺当，战争时期的法国志愿兵，就是在色当战场上某一次战役中失踪的。直到今天，依然下落不明。也许他阵亡了，然而他的尸体埋葬在哪里？哪一座凄凉的孤墓荒冢前面，十字架上写着他的名字？也许他被俘虏了，然而有谁知道他的下落？为什么战争已经过去了十几年，他还没有归来？这些问题，没有一个人能够回答他的母亲。然而在战争中谁也不知道会发生什么，他的母亲仍然满怀希望地等待着。她相信有一天奇迹会突然出现，她的儿子会一下出现在她的身边。

就是这位母亲，她将怎样来接待这样的客人？她的丈夫和儿子都曾经与之作战过的德国的一个军官。这就不能不使人们很感兴趣。而海林格先生也不是不知道这一点。相反地，似乎正因为这一点，他才在自己的第一次访问选中了这样一个家庭。自从他在参谋部的法国同事中间，获得了初步成功以后，他有必要把自己在法国人心目中的地位弄得更巩固一些。他给自己选中了这样一个家庭作为第一次礼节拜访的对象，正是由于他清楚地知道：如果他在这个家庭中获得了成功，S城的每一个家庭都将为他打开大门，再不会有一家的主妇还会念念不忘于他是一个德国人。

第一次拜会无疑是成功的。这种成功，很大程度应该归功于温柔娇媚的海林格夫人。这对彬彬有礼的夫妇，第一眼就使人感到，他们具有非常良好的教养。

依照海林格夫人的说法，她几乎生来就很向往法国、爱慕法国。她醉心地谈论着法国的艺术，赞美它的色彩、幻想与热情。而在德国，她却只感到灰暗、冷漠与单调。德国有歌德，有席勒，有贝多芬，有华格纳，有天才的诗人和音乐家；然而德国没有马奈，没有塞尚，没有雨果，没有巴尔扎克，没有伟大的作家和画家。这两个国家的人民，不应该互相仇恨，而应该互相爱慕。从地理上，法国和德国被分成两个国家，实在是一种历史上的错误。我们两国的人民，应该用亲密的友谊来弥补这种错误。

她非常同情诺当夫人家庭的不幸。对青年乔治的命运表示了由衷的母爱的关怀，情不自禁地陪伴着诺当夫人洒下了几滴悲痛的眼泪。她诅咒希特勒发动的强盗战争给人们带来的灾难。

答应在熟人中间，帮助诺当夫人寻找她的儿子。

一颗善良的母亲的心被征服了。是的，法西斯战争是一回事，它在人们心头留下的创痛，永远无法平复；然而一个德国军人毕竟又是另外一回事，我们今天也可以和他们结成朋友，只要他们真正了解法国、热爱法国、尊重法国。

下一个星期，诺当夫妇决定进行一次回拜。他们受到了主人热情而殷勤的接待。

海林格夫人将她的女友请到自己的卧室里。这是一间布置精巧、装潢绮丽的房间。一切陈设，都是仿照目前巴黎最时新的式样。

在靠床的圆桌上，摆着一盏精美的台灯。无论谁走进这个房间，都不能不马上被它那顶美丽的灯罩所吸引住。质料好像是最细密的鱼皮，上面刺着一朵鲜艳活泼的红色玫瑰。海林格夫人热情地招待她的朋友，请她在沙发上坐下。由于房间里光线不十分明亮，她没有注意到诺当夫人的脸色，竟突然变得非常苍白。她只注意到她的两只眼睛，正痴呆地凝视着桌上的那顶灯罩，不由得骄傲地夸耀道（这是每一个收藏家在他的珍品被人欣赏的时候，都免不了的一种正当的自豪感）：

"这是我最喜爱的一顶灯罩。还是在大战时期，一个东部战线上的朋友送给我的。你看它的花色不是十分美丽吗？"

"美丽……"诺当夫人用几乎听不到的颤抖的声音回答。海林格夫人很满意，多少人在她的珍品面前都曾经表现过这种艺术上的迷醉。

"美丽……"诺当夫人心里在哀吟。天下哪里会有这样凑巧的事？上帝为什么对她这样残酷？偏偏在这种时候，用这朵花来引起她对自己爱子的回忆？

无论是在夏天的山谷和原野，还是在春天美丽的花园，在灿烂开放的百花中间，母亲的心永远忘不了的只是一朵玫瑰。而且她十分清楚地记得，正是一朵与眼前的这一朵差不多大小、形色相近的玫瑰。

在欧洲的许多国家里，都还流传着这样一个古老的习俗：许多孩子在年轻的时候，喜欢在自己的背上或者胳膊上，刺下一些自己喜欢的花纹。这些花纹往往是一些绝妙的艺术品。它充满着活泼的生命，表达出一颗青春的心对于人生朦胧的憧憬与幻梦。一颗向往于海洋的风暴，渴望当一名勇敢的水手的心，往往会在自己的胳膊上，刺下一只铁锚；一颗向往于蓝天白云、幻想着征服宇宙的心，会在自己的胸前，刺下一只展翅高飞的雄鹰……

年轻的乔治·诺当梦想做一名诗人。还在十二三岁的时候，他这只多情的夜莺就已经唱出了许多支幼稚而真挚的情歌，献给他心中的玫瑰，娇美的苔丽丝。这样，终于有一天，妈妈在儿子的背上，发现了一朵刺得非常精细柔美的玫瑰。刺它的人，就是可爱的苔丽丝。如果父亲发现儿子背上刺的竟是这样一个花纹，也许会大发雷霆。然而妈妈的心原谅了他，并且不无深情地亲吻了自己的儿子。

自从儿子离开她以来，整整14年，她没有再看到过这朵玫瑰。当年亲手刺下它的人，也已经在战争期间被送到德国去做工，并且传闻她已经在那边出嫁了。虽然她和妈妈一样，曾经热爱

过这朵玫瑰和它的主人，然而有哪一颗心能够像妈妈的心一样
坚定不渝呢？14 年来，每一天，每一个小时，每一分钟都忍受
着等待的痛苦，每一次门铃的声音带来的都是一次失望的折磨。
她出嫁了，也许今天已经做了母亲，也许她的心里还并没有忘
记青年时代的情谊，然而她毕竟是一个女人，她不能为了一个
虚幻的希望，漫无期限地等待……

当年刺下它的人现在在哪里？心的忆念是否已经淡漠？然
而妈妈的爱永远是那么炽烈！那么深沉！她等待着她的儿子，
相信有一天他会回来。

今天，在这个灯罩上，她看见了自己曾经那么熟悉的玫瑰。
一朵与她儿子身上刺着的相似的玫瑰。世界上竟然会有这样凑
巧的事？只有一个理由可以解释：这两朵花出自同一双灵巧的
小手。当年刺下它的人，重新刺下了今天的这一朵，又把它送
到了世界上。原因很简单：心的忆念并没有淡漠，传闻是假的，
她依然还在等待着他。她把这朵花送到世界上，希望有一天，
它原来的主人会遇见它，并且会马上认出它。它是一只幸福的
青鸟，会将他引到她的身边。

妈妈的心，在几分钟里竟遐想得那么多、那么远……她的
身体更近地向台灯凑了过去，双手颤巍巍地捧起了这顶灯罩。
她需要更仔细地看清楚这朵在她记忆里如此亲切的花朵。

当这朵娇美的玫瑰已经开放在她眼底的时候，她的心几乎
不能自持了。这简直是不可思议的事！即使它们出自同一双灵
巧的手，它们之间也不可能彼此相像得这么天衣无缝啊。对于
这朵花，她太熟悉了。多少年中，每当深夜儿子睡在她的身边，

或是当儿子换衣服的时候，她曾经多少次抚摸过这朵玫瑰啊！

母亲呆住了，陷入了深沉的幻梦。在这朵逼真的玫瑰面前，她忘记了自己是在海林格夫人的房里，眼前不过是一顶灯罩。她神情恍惚地回到了十几年以前，她的小乔治正赤着上身坐在她的面前……

那是一个冬天，房间里烧着熊熊的炭火。15岁的小乔治坐在浴盆里。母亲唯恐儿子受了凉，用火棒把炉火拨得更旺一些。突然，儿子惊呼了一声，一粒赤红的炭星，飞到了他的背上。从此，正好在那朵玫瑰的花芯上，留下了一块细小的烫伤的疤痕。那个疤痕是那样的微小，然而母亲的眼睛却永远能够把它找到。现在，她就轻轻地伸出了手指，向玫瑰的花芯里落了下去。她仿佛还是在昨天，刚刚抚摸过它。

只有当她的指尖感觉到接触的是一顶又冷又硬的灯罩时，母亲才从幻梦里惊觉了过来。她抱歉地摇了摇头，慌忙将手从灯罩上挪开。就在这一刹那间，天呀！她看到的是什么啊？在她手指刚刚挪开的地方，竟那么真实地看到了一块小小的疤痕，一块被炭火烧伤的疤痕。

"我的儿子！"她差一点疯狂地喊叫了出来。这时候，一个过去她从来不敢相信的传闻，在她心头复活了过来。传闻里骇人听闻地说：在德国集中营里，刽子手们从活人身上把皮剥下来，做成各种各样的工艺品……

"诺当夫人！"一个娇柔的声音在她耳边响了起来，是海林格夫人在招呼她。这声音把她召回到现实。她现在已经毫不怀疑，坐在她面前的是一个地地道道的纳粹女人。强烈的仇恨帮助她冷静了下来。就是他们，杀死了她的儿子。"我真佩服你的眼力，看得出来，你是一个内行的鉴赏家。这个灯罩上的花纹全部都很出色，只可惜有这样一个小小的瑕疵，破坏了它的完美。一般人很少能够发现它，不想却被你看了出来。"

"我的儿子！我的儿子！"诺当夫人心里哀吟着。然而她仅存的一丝理智告诉她：她现在决不能表露她的哀痛。她必须探听出这个灯罩的来由，追索出她儿子被杀死的真情。她要想法让这个魔鬼女人说出真话。

只有一颗伟大的母亲的心，才能够这样做。即使是一个男人，在同样的情况下，也忍受不了这么多。

"也许你不知道，对于这些装饰品，我们法国女人常常是一些天生的鉴赏家。想来你的朋友把这个灯罩送给你的时候，告诉过你，它是用什么材料制成的吧？"

海林格夫人的脸色有些异样，然而当她偷偷地望了望诺当夫人，看到她脸上的神色还是那么真诚、坦率、善良，不带任何恶意的时候，心里也就安定了。

"关于这一点，她倒没有跟我说过什么。难道诺当夫人知道吗？"

"这不能不说是一个很大的遗憾。要不然海林格夫人一定会更加珍贵这顶灯罩的价值。我可以肯定地判断：这顶灯罩是用一种非常稀贵的材料制成的！"

"什么稀贵的材料呢？"

"人皮！"

海林格夫人惊讶地呼叫了一声，两只眼睛圆溜溜地睁得像一对橘饼。"不可能吧，人皮？"她表露出的惊讶竟显得那么真实、自然。"如果她不是真的不知道实情，就是一个很好的演员。"诺当夫人在心里暗暗得出了这样的结论，"如果她是一头狡猾的狐狸，我无论如何也要叫她说出真话。"一生中从来没有欺骗过人的温柔善良的诺当夫人，竟生平第一次挖空心思地与人斗起法来。

"这没有什么值得奇怪的，海林格夫人！"诺当夫人镇静地说，"用人皮来制造各种装饰品，这是一门早在中世纪就已经出现了的非常高贵的艺术。用人皮制成的东西，质量据说是最好的，光滑、细腻、结实、美观。可惜人类愚蠢的偏见，妨碍了这门艺术的发展。"

她侃侃从容地谈论着。自己也不知道从哪里找来了这样一些鬼话。

"哎呀，痛快！想不到诺当夫人还是这样一位具有卓越见识和高尚趣味的鉴赏家。简直和我们元首的看法不谋而合了。"海林格夫人忘情地欢呼道。甚至忘记自己已经说走了嘴，大声地喊出了"我们的元首"。

眼看海林格夫人快要露出原形，只消再紧逼一步，她马上就会说出全部实情。从她脱口喊出的"我们的元首"诺当夫人已经能够再一次肯定：在她面前的这个女人，百分之百是一个凶恶的女纳粹党徒。

"不瞒你说，海林格夫人，我自己就非常喜爱这种人皮制成的用品。多少年来我就渴望能弄到一件。然而这个希望一直没有机会实现。如果你能够告诉我这个美丽的灯罩是从哪里弄到的，是否还可以再为我弄到一个，我将万分地感激你！”

海林格夫人得意忘形地笑了一笑：“能够认识你，真是非常愉快，诺当夫人！我能够看出来，你与我们伟大的亚利安族女人有一种共同的天性。最难得的是我们在这种最高贵的艺术上，具有一种相同的鉴赏力与爱好。谈到这门艺术，如果你不认为我是自我吹嘘的话，当今世界上也许很难找到第二个像我这样的收藏家哩！”

她站了起来，两眼闪烁着狂热的色彩。诺当夫人的话，无意间触动了这个魔鬼化身的女人最可怕也最疯狂的癖好，就像一个有古董收藏癖和邮票收藏癖的人一样，只要人们看到他收藏的一件最稀贵的珍品，就再也无法控制自己的得意与激动。她立刻冲到巨大的衣橱背后，拖出了一只精美的箱子，当着诺当夫人的面打开了它。出现在可怜的母亲面前的，是装得满满一箱的人皮制品：提包啦，手套啦，帽子啦，钱袋啦，首饰匣啦，书皮啦，灯罩啦……每样东西上面都刺着各种各样美丽的花纹。看到诺当夫人脸上显露出来的痴呆表情，海林格夫人认为这正是一种艺术上着迷的表现。于是她更加沉醉在成功的骄傲与狂喜里了。她亲昵地用手挽住诺当夫人的胳膊，把她拉到双人沙发上坐下：“多么美丽的花纹啊！不是吗？然而在你欣赏这些高贵珍品的时候，也许你还不知道，要收藏这样多的人皮制品，是一件多么不容易的事啊！你已经看到了：它们的花纹是多么俏丽迷人！它们的色彩又多么均匀柔和！你知道它们为什么能够这样完美吗？如果人皮已经从人体上剥下来以后，再在它上面刺上花纹，那么无论哪一双灵巧的手，也不可能把它制作得如此美妙。让色彩与皮肤渗合得天衣无缝，这些花纹必须是在人活着的时候就刺上去，而且应该在他快达到成年以前的那段时期里刺上去。这样，一方面随着他身体细胞组织的继续发育，这种花纹就会逐渐渗合进他的皮肤；另一方面，它又不会有更大的变形，不至于破坏原来花形的匀称。具有这样理想的刺花皮肤的人，就在千百人中间，也很难找到一个。可是最困难的还不在这里，这种皮肤，只有当它的主人正在二十多岁的青春壮盛时期，就从他身上剥下来，才合乎这种高贵艺术的要求。这时的皮肤发育完美，光泽好，脉络细。如果过了这个时期，皮肤就开始发皱萎缩，到那时候再剥下来，就已经不可能制成最精美的上品了。

"由于有这样一些苛刻的条件限制，你就可以知道，要得到一件精美的人皮制品，该是多么困难！可是你在我这里所看到的，却全部是最精美的上品。我敢说今天在全世界，也找不出第二个能在这门艺术领域里和我相媲美的收藏家！"

她像海潮似的倾吐着她的吹嘘和夸耀。她谈着这种魔鬼的艺术门道，好像在谈论艰深的中国刺绣和陶瓷。这番谈话，大大满足了她压抑已久的嗜癖和虚荣。在这种狂热里，诺当夫人的存在，只不过成了让她宣泄这种自我吹嘘的对象罢了。她需要她。在战后的许多年中，她已经被逼保持缄默太久了。这种可怕的缄默已经快要把她变成了疯子。正像一个宝石商人，手心里握着一颗世界上最大的钻石，却不许他告诉任何人一样。

今天，她终于找到了这样一个人，她可以向她尽情地倾吐这一切。于是在她心头埋藏了十几年的东西，像决堤的海水一样，不可抑止地汹涌澎湃，奔腾而出了。

"既然今天你已经看到了我的全部珍藏，并且又是一位具有卓越见识的女人，那么我干脆把这一切都告诉你。然而只有你一个人可以知道它，连你的丈夫都不能告诉，你答应吗？"

快了，快了，她就会从这个魔鬼女人的嘴里，听到关于她儿子惨死的最可怕的一切了。母亲的心战栗着，使尽了自己快要崩断的神经的最后一丝力量，点了点头。

于是海林格夫人开始压低了声音，慢慢地讲了起来。她的头亲密地向诺当夫人的头凑了过去。正在这时，房门轻轻地打开了。海林格先生伸进头来，看见了两个女人的头正那么亲密地靠在一起。他对于她们正在谈的东西，似乎有一些不太放心："你们在谈些什么？亲爱的！"

"我们在谈艺术！"

海林格先生放心了。房门重新恢复了原状。

从这个魔鬼女人的嘴里，吐出的究竟是些什么东西？我们从母亲惨白的脸色上就可以知道，她正在忍受着一种非人的精神上的折磨。可是那女人已经沉醉在自己疯狂的回忆中了，根本没有去注意这个可怜的母亲脸上的表情。

"那是一些多么煊赫、多么迷人的日子啊！当时海林格先生被任命为布痕瓦尔德集中营的党卫军队长。每天每天，有成百成千的人从各个国家被送到集中营来。犯人一到营房，马上对他们进行一次甄别。年轻力壮的就留下来担负劳役，年老力衰或体弱多病的就被挑选出来，当时就送进毒气室和焚尸炉去。进行甄别是一桩有趣的工作，男女犯人都必须脱光衣服，全身一丝不挂地通过我们面前。犯人们常常能预先猜到被当作'无劳动能力'而挑选出来是一件凶多吉少的事。因此在检阅中，往往装得更强壮更年轻一些。如果你看到一些年老的全身骨瘦如柴的妇女，怎样在列队检阅中装出年轻女孩子的样子，用轻快的跳舞的步子走过去，你也一定会感到非常滑稽好笑。对于这些人，我们往往是让她们从我们面前走过去，等到她们私自庆幸已经混过了我们眼睛的时候，再突然一下，把她们从队伍中拉出来。"

她讲到这里，禁不住十分得意地笑了起来。诺当夫人心里哀吟着："魔鬼……"

"开始我只不过偶尔去参观这种裸体游行检阅，当作一种有趣的消遣。然而当我看到许许多多年轻漂亮的犯人，身上刺着非常美丽的花纹从我眼前走过去的时候，我开始感到：让这些年轻力壮、肌肉丰满的小伙子去受苦役的折磨，让他们身上美丽的花纹也随着他们身体的衰竭而发皱枯干，实在是一件暴殄天物的事。于是我决定了：为了保存这些精美的艺术，我决定给予这些小伙子一些特殊的优待，免除他们被沉重的劳役和饥饿折磨而死的痛苦。从那时候起，每次甄别犯人时，我都亲自到场进行挑选。把身上刺有美丽花纹的年轻小伙子都挑选出来，然后他们就奉命到'医务所'去报到。在那里，一个名字叫作贝斯·弗洛姆的'卡波'①，会给他们进行一次医疗上的注射，把

①卡波（Kapo），德国集中营实行的一种犯人管犯人的制度。通常是从一个普通集中营中找来一些德国普通犯人，被委派管理其他犯人，或担任集中营里的一些勤杂工作，这些人就被称为"卡波"。

一种致命的毒药注射进他们的血管。这是一种特殊配制的药水。
过去我们有几个卓越的医生，曾经发明过给犯人注射石炭酸的
有效的杀人方法，然而被那样处死的人，死后皮肤会改变颜色，
当然不符合这种高贵艺术的要求。而这种新的药水却具有这样
的优点，被它注射过的人，死去以后，皮肤仍然鲜润如生。这
是我们德国医生对于世界医学的一项伟大的贡献。弗洛姆是注
射这种药水的行家，被他注射过的人半点钟以后就会毫无救药
地死去。在集中营撤退的时候，他自己身上也被注射了这种药水，
可怜的弗洛姆！

　　"死者的尸体被送到病理学部。在那里，死者的皮被小心地
剥下来，加以精工炮制。成品最后交到我手里，由我亲手将它
们缝制成各种玲珑小巧的物品，灯罩啊，书皮啊，手套啊，提
包啊……正像你现在所看到的。就这样，我一天比一天更加着
迷地爱上了这门高贵的艺术。后来我甚至学会了亲自给选中的
小伙子注射。我现在仍然清楚地记得那是一些多么可爱的小伙
子啊！"

　　她情不自禁地抚摸着面前各色各样的精致的人皮制品，嘴
里发出了无限深情的赞叹。

　　她的话没有继续下去。诺当夫人摇摇晃晃地从座位上站了
起来，脸色十分苍白，两手伸向书桌，痉挛地抓住了那顶精美
的灯罩。从胸口迸发出几声断续的心碎的哀鸣：

　　"乔治……我的儿子……乔治……我的儿子……"

　　突然，母亲猛然从桌边扭转了身子。一双眼珠布满了赤红
的血丝，燃烧着愤怒和疯狂的火焰。双手颤抖地对准她面前的

长发魔鬼的咽喉伸了过去。

海林格夫人这时才从迷醉中惊醒，开始懂得眼前发生了什么可怕的事。为了拯救自己，她两手紧紧地抓住了诺当夫人的手腕。两个女人都使出了全身的力气，悄无声息地在沙发上挣扎搏斗。

一时突发的疯狂与兴奋很快过去，母亲的心再也经受不住如此剧烈的悲伤的侵袭。她喑哑地喊叫了一声，吐出了压抑在心头的全部无力的怨恨，终于昏倒了过去。

海林格先生和诺当先生听见了这些奇怪的喊声，慌忙地冲进了卧室，看到了沙发上躺着昏倒的诺当夫人。面色苍白的海林格夫人，正从她女友身边站了起来。脸上泛起了惊惶与伤痛的神色，身子摇摇欲倒。她现在才想到了事情的全部可怕的意义。她咒骂自己的疏忽与疯狂，把过去的一切都讲了出来。如果这个女人清醒过来，她和她的丈夫就完蛋了。从海林格先生向她投射过来的凶狠的眼光里，也说明他已经猜到了一些事实的真相。她慌乱、恐惧，全身颤抖。然而这一切都被诺当先生看成了友谊与关怀的深切的表现。他压抑着自己心里的焦虑，赶紧上来安慰她：

"不要紧，海林格夫人。她过去就有过心脏病，也许现在又发作了。"

几句话，终于使海林格夫人从惊吓中镇定下来。好像精神上果真得到了一些安慰，脸色也恢复了平静。这样，就使得她马上想出了一个急救的办法：

"如果是心脏病，那就好办了。我这里还有着两剂强心针，让我马上就取出来，给她注射一针。"

看到诺当先生脸上疑惑的表情，海林格夫人妩媚地笑了一笑："我们经过大战的每一个德国女孩子，都学过简单的军事医疗护理。你放心吧，出不了错。"

于是她从箱子里拿出了一瓶没有标志的透明的药水。这种曾经在集中营里，像毒蛇的液汁一样，夺去了千百万战俘的生命的药水，又一次从海林格夫人的手里，流进了牺牲者的血管。诺当先生亲自扶着妻子的胳膊，海林格夫人慈祥而充满同情的眼光，使他产生了信任。

然而无论海林格夫妇表现出多么深切的友谊的关怀，一直守候在病人的床边，病人也始终未能恢复知觉。半个钟头以后，可怜的母亲的心脏停止了跳动。

阴冷的墓园里，竖起了一支新的白杨木的十字架。送葬的人叹息着离开了墓园：

"可怜的母亲，她终于没有等到自己的儿子。"

白发的诺当先生完全被悲恸所压倒。在整个丧礼筹备和进行过程中，他几乎没有力量处理任何一件细小的事务。他心里不由暗暗怀着对他的新来的同事的感激。他们夫妇两人给予了他那么深切的同情与帮助，几乎代他担负起了丧事中全部的责任，使死者体面平安地进入了坟墓。

"谢谢你们，我的忠实的朋友！"

1959 年 6 月于长春

虹

雷阵雨过去了，天空留下了一道彩虹。

美丽的大自然！你用眼泪微笑，你用沉默说话，你用缥缈的浮光掠影叙述着一个永恒的故事。

黄金的琴弦啊，你在这五色缤纷的和声中颤动；但是我不知道，你的故事会带来欢乐还是忧伤？

"是的，我自己也不知道，这是一个关于人的故事。我将告诉你伊丽思①的微笑，怎样变成了罗吉尔·培根的眼泪……"

1

在四面牢狱的高墙中，他想起了五月的春光，英格兰的田野……

在那儿，黎明的露水在樱草花上闪耀，晨星的眼睛模糊了，

---

① 伊丽思，希腊神话中彩虹的女神。

薄雾像一片轻纱。这时候，守林人法兰菲尔的女儿、林边空地上玫瑰花的主人、白衣裳的少女伊丽思，就来到井边打水。她总是把第一桶清水提到他的面前来：

"早安，培根先生。"

"早安，伊丽思姑娘。"

"你要洗脸吗？水很清凉。"

"谢谢你，我已经洗过了，让我帮助你把水提回去吧。"

女郎微笑着，赶快抢过了水桶。一会儿，轻盈的脚步声就远了，渐渐听不见了。

清晨的微风温柔地从他身边飘飞过去，第一缕阳光落在他的头上。

多少个早晨他们这样相会，谁都没有感到奇怪。他们一定是醒得最早的人。

"伊丽思，多么美丽的名字，你明亮的、北国天空魅人的彩虹啊！"

在孤寂的古塔里，四周沉默的敌意中，心中的怀念又飞向了牛津的讲坛……

在那里，他谈论过真理和生命、科学和教育。千百双燃烧着青春火焰的目光，在他的眼前闪耀。他有时感觉到，这里面有一对他那么熟悉的黎明的星星，但是每当他注意地去寻找她们，她们却消失在人群之中，看不见了。直到那一天，圣诞节的前夜，他接到了一封别致的小信，灵巧的手用蔷薇花瓣缀成他常常爱说的一句话："生命为了真理，真理为了生命。"这时候他才知道伊丽思曾经来到过牛津，只是在最近才回到易尔彻斯特的森林小屋，她父亲的身边去了。

"遥远的永不暗淡的青春的星辰啊！你曾经照耀着我走向斗争。"

后代的历史学家这样记载着："在中世纪的黑暗中，罗吉尔·培根的讲座是一盏光芒四射的明灯。"然而这盏明灯亮得并不长久，黑暗随即吞没了它。圣弗兰西斯派教团长依奥安·蓬那文丢尔把他召回巴黎，监禁在高塔中，已经快 10 年了。因为他竟然敢在牛津的讲座中，讨论真理的标准和生命的意义，讨论科学的作用和教育的使命。并且他还公然藐视伟大的托马斯·阿奎拿的权威，这位天使博士曾经提出了，并且绝对精确地回答了那么多的圣灵感应的问题，人们可以从他的《教义问答》里知道上帝的脾气、天使的习惯、魔鬼的种类以及在一颗大头钉的尖顶上可以站立多少个天使等诸如此类的重要问题；教廷已经明文规定把这部书列为划分异端的标准，谁的想法不同，谁就是异端。而罗吉尔·培根竟然胆敢评断这部渊博的巨著，说它里面充塞着无聊的谎言和有害的胡说。并且他还不无讥讽地提到阿奎拿写给教廷的要求把异端处以死刑的信件，说这显然是由于阿奎拿相信自己真理的动人的力量，才要求砍掉一切怀疑者的头颅。而培根却宣称："我相信怀疑是寻求真理的一条途径，在上帝的圣殿里怀疑天使都有他的座位，为什么在人间他竟被放逐？"

依奥安·蓬那文丢尔听到了这一切关于培根的报告，愤怒使得他咬牙切齿，发誓要惩罚这个大胆的异端。他的信使来到牛津，要求培根立即到巴黎去。

朋友们都劝告培根不要前往巴黎，他们曾经听闻蓬那文丢尔的愤怒的誓言，预感到威胁着培根的可怕的命运。但是培根仍然去了，他相信教会是天国的讲坛，人们不能在那里扼杀真理。

他去了，果然没有再回来。

10年的时间过去了，这位倔强的人，忍受了长期的禁闭和可怕的折磨，满头的浓发已经完全变成灰白。然而在一个温暖的五月的早晨，他却突然怀念起故国的春光、晨星的眼睛和彩虹的微笑来，沉入了深深的回忆。人的心是多么奇怪啊！

2

培根被囚禁在高塔中。

有命令不准他看书，不准他写作，不准他接触实验的器具，不准他会见探访的朋友。教会仁慈地宽待他，使他和世界完全隔绝，以便用祈祷和忏悔来洗净他灵魂的罪恶。

没有星星的天空！没有花朵的春天！没有真理的讲坛！没有创造的生活！教团把培根活着送进了坟墓。

但是有一天，守塔人奥列塔尔老爷爷，悄悄地带给了培根一封长信，这是索美塞得郡的乡下牧师，受一个姑娘的恳托，辗转托人带到巴黎来的。

培根借着黄昏的微光，一个字一个字地读着这封信，他的眼睛渐渐模糊了。

"……他们告诉我你走了，永远不会再回来了，但是我不能够相信，心难道能够相信这一切是真实的吗？

"告诉我，你有什么罪？……

"我现在仍然住在乡下，陪伴着父亲，在你所熟悉的那块林间空地上种植着玫瑰花。我在心里为你选择了一株最美的玫瑰，每天用净水滋润她，等待着她开放。然而她始终没有开花，只是长着很长的刺。不知道为什么，这反而使我感到了欣慰。我在心里想，等到她开花的时候，你一定会回来了。今年的春天她果然开花了，这使我多么高兴啊，我感到自己的心也在开花，它渴望着美满的幸福。但是你没有回来。我忍受着，忍受着，实在忍受不住了，泪水自己从眼睛里涌了出来。玫瑰花开了，又凋谢了，我仍然等待着，一直到只剩下了最后一朵玫瑰。没有等到她自己凋残，我把她摘下来了。我用常青的柏枝做成了一颗心，把这朵最后的花嵌在心的中间。我希望你能够收到这件礼物。作为纪念，我还为你搜集了她的种子和这封信装在一起。我们的牧师也认识你，他答应为我设法送出这一封信。如果这些种子能够来到你的手里，在你的身旁开花，那么她一定能够代替我说出很多很多我没有写出来的话……"

夜的阴影沉没下来，一天又过去了。

日子一天一天地消逝，生命是空虚的，如一张白纸。但是现在在培根的身边，却有了一小盆玫瑰。她是纤细的、柔弱的，却开出了大而美丽的花朵，使昏暗的囚室里充满了春天的芳香。早晨，太阳的光线从窗子上照进来，落在新鲜的蔷薇花瓣上，落在培根雪白的头颅上。一颗感情的露珠，罗吉尔·培根的眼泪，正好滴在盛开着的玫瑰的花芯里，在阳光中盈盈地滚动，发出虹一样的光彩。

"啊，伊丽思，伊丽思[①]，你在北国天空下魅人的微笑，凝成了蔷薇花芯里的一滴露珠。但依然是那样地色彩焕发、美丽迷人！"

一个突然的启示，仿佛天上的光明射进了培根的心灵深处。创造的喜悦又在他的心里歌唱，他微笑了，眼睛里闪耀着智慧的光芒。

高塔锁不住人的心灵，锁不住创造性的劳动。

培根设法弄到了几块玻璃镜片，这一次教团当局没有禁止他，因为无论怎样看，玻璃总是纯洁的。

依奥安·蓬那文丢尔，这一位有希望列入圣徒名单的忠诚的卫道者，怎么也没有想到，他自己也会犯下纵容异端的大罪。

就用了这样几块简单的玻璃镜片，培根在阴暗的高塔里，叩问着太阳的、天空的、光线的秘密。他，是世界上的第一个人，用太阳光使木头燃烧了起来。这最初的火焰终于会变成熊熊的烈火，把宗教的伪科学烧成灰烬。

在他的眼前展开着明亮的、充满了光的七彩的宇宙。

在他当时写给自己的朋友傅格、后来的教皇克力门四世的信中，曾经谈到过玫瑰上的虹彩，他说：

"这正是圣经上所说的沙仑的玫瑰花，是美与希望的象征。"

---

①这里的伊丽思，指彩虹女神，但同时又是守林人女儿的名字。

3

1265 年，培根在巴黎修道院的高塔里已经被禁闭了整整 10 年，教皇克力门第四即位了。他解除了不许培根写作的这一条禁令，命令他写一部关于当时各种学术的百科全书；然而其他的禁令仍然存在，他不能得到任何的书籍和参考材料。于是培根只是凭着自己的头脑和记忆，在一年半的时间里，写好了三大卷书进呈给教皇。这是真正的名副其实的《大著作》，是一个人处在他的时代所能献给世界的最珍贵的礼物，是整个人类的无价财富。

可是时代怎样回报了他？

教皇克力门第四在位不久，接替他的是教皇尼古拉三世。他看到了培根的著作，但是他还没有把《大著作》全部看完，就已经被吓得目瞪口呆，立即召来了最亲信的枢机主教们，命令他们回答问题：

"请告诉我，虹是什么？"

"它是耶和华的恩典，是一种宽恕、一种应许。"

"它是一种祝福、一种启示。"

"它是一种警告。"

"它是上帝的手指在天空划过的痕迹。"

"你们看看《大著作》，培根是怎么说的？"

"虹是一种壮丽的自然现象，是雨水所反映的太阳光。"

"露水和海洋的波浪所反映出来的彩色和虹是一样的，因为它们都来自太阳……"

"够了，你们再看看这里，他又说了一些什么？"

"……我们可以使大的东西显得很小；反过来，也可以使小的东西显得很大；使远的东西显得很近，使隐藏着的可以看见。"

"我们甚至可以使太阳、月亮和星星都变得似乎低一些，还可以做许多许多不懂得的人会拒绝相信的事情。"

"这里都是说的一些什么话？"

"这里说的是玻璃镜片。"

"玻璃镜片？除了上帝，谁还能够使大的变小，使小的变大？"

"谁能够使日、月和星辰降低？我们怎么可以睁着眼睛，准许把这样的文字写成书籍？"

"请再看看，他对科学研究的方法是怎样说的？他对达到真理的途径是怎样说的？"

"要证明！要实验！不要盲从！"

"这是在针对谁说话？这样可怕的异端气味，我们竟嗅不出来？"

"难道还要我们来证明神的存在？难道对于《圣经》的真理也不服从？"

"请告诉我，有了基督，我们还要科学干什么？"

枢密会议决定，培根应该交付审判。

在僧院的法庭上，只有教廷的控告，被告甚至没有为自己辩护的权利。

"《大著作》是你的著作吗？你是诚心诚意地相信着自己所

说的话吗？"

"是的，我把自己诚实的工作献给天主。"

"好了，不要再说了。"

"你说过将来会有不用桨手的大船，不用马拉的车子，以及在空中飞翔的人类吗？"

"是的，我说过。"

"回答我，大船没有桨手，如果不靠魔鬼的呼吸，它怎么能够行动？"

"车子不用马拉，难道鬼王自己来拉车吗？"

"除了天使有翅膀，只有魔鬼和巫婆才能在天上飞翔，你为什么要侮辱人类？"

"崇高而可尊敬的红衣主教大法官们，巫术是没有的，我请求你们按照上帝的公义来裁判我，你们不能把自己所不懂得的一切，都说成是魔鬼的工作。"

"住口！难道我们还会冤枉你吗？你的那些机器、烧锅、镜子以及种种奇奇怪怪的动物和昆虫，就足以把你送进地狱。何况你还亲口讲出了那么多的渎神的异端邪说。"

"你们的这种迫害是一个没有结果的悲剧，最后它必将使信仰在人类的心灵中完全毁灭。但是在这种堕落和无耻的时代，难道还可能不是这个样子吗？"

宗教的法庭判决："罗吉尔·培根是魔鬼的仆人，他以行巫术为职业，本来应该处以火刑，但是教会宽仁为怀，从轻判处终身监禁，立即执行。"

1278 年，培根第二次被投入监狱。这一次他在地牢中被整整关了 14 年，直到最后他的精神和肉体都已崩溃，整个人成了一具用骨骼拼成的活的尸骸。

这时候，仁慈的教皇忽然大开洪恩，准许了培根的朋友们的请求，下令释放罗吉尔·培根出狱。

他已经不能行动，奄奄一息地躺在友人的家中。

这一个应该用黄金来给他立像的人，神经已经错乱，但是心还没有死亡。他有一个最后的心愿，想要回到自己出生的故乡，去看看易尔彻斯特森林的小屋，他相信伊丽思每天早晨仍然在那里浇灌着那一株最美丽的玫瑰。

这个愿望没有能够实现，因为他身体太坏，出狱后不到两年就死去了。

不要奇怪伊丽思一直没有消息，因为寄出那封长信以后不久，她就离开了这个残酷的人世。

4

培根死去以后，他的著作也被搜集焚毁。

这个有心的人，受到时代的虐待，他的一生的绝大部分光阴，都在阴暗的牢房中消逝过去；但是他喜爱光线，喜爱大自然的这种神奇美妙的语言。在黑暗的囚室里用它和太阳、月亮和宇宙深处的星星谈话，把他听懂的自然的奥秘留给人类。

他的著作在黑夜中被焚烧，人们只能看到残存的几点火花。但是就从这些随风飘散的闪光的片段中，我们也能看到一颗科学巨星的难以掩盖的光辉，他超出了他的时代三四个世纪。在整个中世纪，他是能在精神上接近他以后的文艺复兴时期的那些科学巨人——无论是在思想能力和热情方面，还是在多才多艺和学识渊博方面——的唯一人物。我们知道他曾经熟悉奇妙的光线的语言，他懂得了光的几何性质，他发现了光的反射定律和折射现象，他不仅第一个用光的原理正确地解释了虹的成因，观察到了阳光是由七种颜色组成，并且懂得了望远镜和显微镜的原理和应用。这一切都得等到三百年以后，才由开普勒和伽利略来重新发现。因为教会严禁培根的著作，严禁他的思想。

在培根死后 300 年，意大利学者达米尼斯还因为用自然的原理来解释虹的成因，被宗教裁判所判处火刑。他在刑期以前死在牢狱中，尸体被砍成肉酱，和他的著作一起用火烧成灰烬。

这并不能说明愚昧和黑暗的胜利。这正好说明了培根热爱真理追求真理的严肃态度和科学精神，已经成为人类的财富，这份珍贵的遗产一直传留到了今天。

人是胜利者！

在培根的生命中最初闪耀着人的光芒的彩虹，今天已经成为人类亲密的朋友和助手。

玛尔琪用三棱镜分解太阳的光线，得到了人造的彩虹。

牛顿用实验和数据建立了光的精确的科学理论，从此虹就有了一个新的更美的名字，科学家把它叫作"太阳光谱"。

光谱带着人类的智慧，飞翔在亿万光年以外的太空，叙述着隐藏在宇宙深处的遥远的太阳——恒星的秘密。

人的认识没有止境。人的成就没有止境。

人不仅是星球的，而且是宇宙的主人。

人是胜利者!

前驱者为了人类幸福所忍受的苦难,永远照耀着人类的辉煌前程,伴随着我们前进,真切地揭示出伟大的生命——人的精神的高度。

5

在希腊的众神祇中,伊丽思有着最美的微笑。

大雨以后,天空的虹彩特别鲜艳灿烂。她的微笑预示着旅人的平安、葡萄的丰收和城邦的结盟。她是给人类传送佳音的信使。

从什么时候起,这位女神的微笑开始在人类的天空里暗淡?美丽的虹不再预言幸福而预言忧患?

有过这样一个古老的传说:

古代的希腊用人血祭神。一天,雅典的暴君克苏里阿士给伊丽思的神庙带来了一对年轻而美丽的奴隶,他们两个因为爱情逃亡而牺牲,他们的头颅在神坛上流着眼泪和鲜血。

奴隶的血激起了伊丽思的震怒,她的祭师作出了可怕的神谕:

"我憎恶血腥,我憎恶奴役。

"奴役的人和被奴役的人一样,永远不能看见幸福。

"我将离开这以奴隶为财富、以流血为骄傲的丑恶的人类。天空的虹不再是我的笑容,而是燃烧着的神圣的愤怒。

"只有自由的真正的人类,才能够重新见到我,在天空与大地交接的地方，在白昼和黑夜分离的地方。"

没有人知道白昼和黑夜在何处分离，也没有人能走到天空和大地交接的边界，就这样，人们失去了幸福的微笑。

这只是一个神话传说。然而在所有那些为高塔囚禁者的白发和森林小屋里凋萎的玫瑰而哭泣的人们心里，古老的传说被赋予了新的悲哀的和音。

据说培根的朋友们特别喜欢这个故事，不过他们宣称，伊丽思的神谕不是在暴君克苏里阿士的时代做出的，而是在公元后13世纪做出的。在他们的心中，这一对牺牲在专制与奴役的祭坛上的男女，有着真实的名字。虹彩女神的微笑在天空熄灭的时刻，正是她那美丽的同名者——看林人的女儿的心脏在忧思中停止跳动的时刻。伊丽思不能不离开人间，因为她受到了教皇尼古拉三世的残酷迫害。

无论哪一种说法，对于我们都是同样的亲切和沉重，因为它们都同样地宣述着一个身为奴隶的人对于幸福的渴望，以及理想终丁幻灭的无可奈何的悲剧，这曾经是人类过去世世代代的悲剧。

1961年4月12日，这个历史性的辉煌时刻突然使人回想起传说中古老的故事。现在自由的人终于来到了太空，跨进了宇宙。

宇宙航天员们看见我们的行星在宇宙中，像一个天蓝色的大球。

他们看见天空怎样环拥大地，白昼怎样和黑夜分离。伊丽思果然在那里幸福地微笑，她的绚丽的美色无法用人间的语言描述。在他们的一天中有无数次黎明，每一次伊丽思都在地平线上向他们挥舞自己的彩带，彩带的上空出现着虹的全部颜色。

英雄的人带回了幸福的彩虹。

一个新的比一切神话都更加美丽的故事开始了。

共产主义的人类将在自己亲爱的星球上，观看宇宙虹的奇景。

1961 年 11 月于北京

1962 年 5 月改于长春

生命的珊瑚

1

1858 年 6 月，距离伦敦 20 英里的丹恩村（Down）发生了猩红热。

在村子西头，靠近威斯特拉罕大道的查尔斯·达尔文先生的住宅里，今天一切都是静悄悄的。达尔文先生两岁的爱子也被传染上了这种可怕的疾病，正发着高烧躺在床上。

7 年以前，他心爱的 10 岁的女儿安妮，也是染上这种疾病死去的。难道病魔又要来夺走他的这个孩子，夺走他老年的最大安慰吗？

他刚刚从孩子的病室里走出来，眼里还噙着模糊的泪水。可怜的爱玛①还留在孩子身边。

达尔文先生已经 50 岁了。由于长年忍受着疾病的痛苦和繁

---

①爱玛，达尔文夫人。

重的工作负担，他看上去比他的实际年龄还要老得多。

当他看到孩子可爱的脸庞软弱地贴在枕头上（已经因为疾病消瘦了许多，并且失去了那种令人欢悦的红润和生气），两只小手依恋地紧紧抱着母亲的一只胳臂不放的时候，他的泪水只是勉强抑制着才没有淌出来。他想起了当这两只小手还是健康有力的时候，每天都要不止一次地攀上他的膝头，替他抚弄稀疏的头发，为了要使它们变得好看一些。就是现在，当他被高烧折磨的时候，他那两只天使般的眼睛依旧充满温柔地望着他，那里面的神情完全不像是一个两岁的孩子。在他整个生病期间，他一次也没有发怒过、抱怨过，一次也没有哭泣过、喊叫过。这么小他就懂得了体恤别人。只是对他的母亲有时暂时走开表示出一种强烈的恐惧，一刻也不肯放她离去。

"残酷的命运啊，请求你千万不要把这个孩子从我的身边夺走！"他在心里向一种不可知的力量祈求，"每天下午，他还要和我一起到沙径上散步；我还要再看见他两只肥壮的小腿蹒跚地在我的前面奔跑；我还要再看见他为我采摘各种各样的小草；并且用他那口齿不清的童稚的话语夸说他是一个好的寻草的人。"

他怀着悲痛的心情，走进了自己的书房。

在这些天里，连这间小小的房间也感到了屋子主人的巨大不幸。书桌上已经蒙上了厚厚一层灰尘；靠着一扇窗口的解剖台上，几件工具散乱地放置着；解剖台旁边的木座上，摆着一架用旧了的复式显微镜（谁也不会想到，著名的《贝格尔号航行期间的博物研究和地质研究日记》的作者，是在用这样一台普通的仪器工作），现在也显得孤零零的，毫无生气；一个用来使种子发芽的铅饼干盒丢在地上，里面盛放的沙土都已经干了。窗台上的几盆珍贵的兰花——红门塔兰和龙须兰，由于得不到及时的浇水，叶片已经微微有些发黄，美丽的红色花蕾也已经凋谢了两朵……一切都说明书房的主人已经有好几天不到这里来了。由于孩子的病在他心头引起的焦虑，使他沉痼的旧疾又犯了。

今天他仍然感到胸前疼痛，全身疲惫，头也有一些晕眩。只是由于一种习惯，同时也是由于几天没有到书房看看，心头有些惦记，他才又来到了这里。进屋以后，他的眼光首先就落到了书桌左边那高高堆着的一叠手稿上。顿时，他脸上严肃的愁苦的神情稍稍变得柔和了一些。这是他正在精心撰写的一部关于神奇的物种起源的书，一部探索生命奥秘的书。对这部他称之为自己毕生唯一心愿的著作，他已经进行了 20 年的准备。在这本书里，他将揭示一个已经困惑了他 20 多年的问题的答案。他一生的研究和劳作，甚至包括他青年时代进行的环球航海考察（尽管他当时还没有意识到这一点）都是在为这件工作做准备。为了它，他多少次跋涉异域，忍受着烈日的暴晒和风雨的袭击，进行勘察；为了它，他多少次涉猎一个又一个过去他不熟悉的新的知识领域，寻找有利的根据；为了它，他放弃了伦敦的繁华，隐居到这穷乡僻壤来，专心从事著述。这件规模宏伟、工程浩大的工作，对于他多病的身体来讲，实在是一项过重的负担！他曾经担心过，害怕自己会来不及完成它，然而他仍以惊人的毅力进行着搏斗。特别是最近这一年，他几乎在不间断地进行写作。现在谢天谢地，几百页的手稿，已经写了出来，全书的工作量已经完成了一半。看来，只要能继续坚持下去，在他生前亲手完成这一工作的心愿是可以实现的了。想到这里，他不禁又有一些为白白放过这几天而感到惋惜。同时，对孩子病的担忧又一次黯然地升起在他的心头。

啊，生命，你究竟通向哪里？我在这里苦苦地将你的奥秘追求，而在那边的一间小屋里，一个美丽的生命也许就要离开这个世界，我对它却丝毫无能为力！

他痛苦地走到窗前，站了下来。

窗外，大自然以一片绚丽斑斓的色彩和蓬勃旺盛的生机呈现在他的面前！

是啊，屋里正有一个生命濒于毁灭，而屋外，却是万木争发，欣欣向荣！神秘的大自然，你究竟是有情还是无情？

然而他的心仍不能不被眼前的景象所吸引。正如过去每一次他遭遇到痛苦的时候一样，大自然对于他，永远有一种奇妙的愈合创伤的能力。

在他的住宅周围，是一片占地 18 英亩的花园和树木。对于他，这是一个无比神奇、瑰丽和丰富的世界。

靠近书房窗前，是一块五彩缤纷的花圃和碧绿的草地。花圃里，火红的杜鹃花，粉白色下垂的荷包牡丹，娇小的蓝色的半边莲，红色的蝶形的四季豆花……正在竞相开放，争奇斗艳。秀曼的含羞草，优雅的三色堇，妩媚的金雀花和窈窕的飞燕草，个个临风搔首，摇曳生姿。

在这里，美丽的凤尾蝶围绕着花丛飞舞，辛勤的蜜蜂忙着在花芯采蜜，连小小的蚂蚁也在地面上忙碌地来来去去。

花圃后边，是一片枝叶扶疏的狭长林带，他给它起了一个诗意的名字：沙径。这里的每一棵树：榛树、赤杨、菩提树、鹅耳枥、水蜡树、白桦、山茱萸、冬青，都是他在1842年刚刚迁居到这里来的时候亲手栽种的，如今都已经长成大树了。沙径旁边那一片蓊蓊郁郁的林莽是古老的自然林，那里生长着橡树、桦树、榉树、山毛榉，以及一大片落叶松林。它们把树冠高高地伸向天空，用密密的绿叶覆盖着大地。在它们的庇护下，嫩弱的花朵得以在它们的根部生长：在桧树中间，生长着捕蝇兰和麝兰；在山毛榉的树叶下，长出了头蕊兰和纽夏兰。那里是他散步时最喜爱去的地方，现在从那里又传来了使他心醉的潇潇的风声和群鸟的啾鸣，时时还有啄木鸟"梆梆梆"的叩击声，给森林的合奏敲出了美妙的节奏。

在一切人的眼里，这都是一个和平的宁静的世界，一个远离尘世喧嚣的世外桃源。在这里，一切都是那样美丽，那样和谐，那样生机勃勃！

达尔文的许多住在伦敦的朋友，都喜欢在周末时跑到这里来，和他一起度过一个安静的下午。

然而对于他，一个观察敏锐的伟大的博物学者来说，这儿的一切都绝不是和平的宁静的。在牧歌式的恬静的后面，潜藏着的是激烈的斗争。

他是那样熟悉大自然，熟悉它的恶习与嗜好，熟悉它的残忍与强暴，熟悉它的奢靡与自私！

他几乎是用一种怜悯的心情（当然同时也有赞叹）注视着

眼前的大自然中正在发生的一切。

在他的心目中，每一种动物和植物都是一个可爱的生命，仿佛和人一样都有着感觉与感情。他常常饱含着柔情去描绘它们，难怪人们喜欢把他叫作诗人。

这些可怜的生物，它们时时刻刻都在为自己的生存向大自然、向强者，进行着殊死的搏斗！

树木高高向上生长，向外伸开枝叶，不过是因为它们需要更多的空气和阳光，需要一块生存的空间。

在花朵与昆虫谈情说爱的面纱下，掩盖着的是它们传宗接代、延续生命的本能！

然而伟大学者的思想并没有简单停止在这里。

在他的眼睛里，整个大自然充满了各种各样神秘的谜，而他的责任是去揭开它们。

大自然中如此繁多的物种，形形色色的草木花卉、鸟兽鱼虫，究竟是怎样来的？

他花园里有的只是极少极少的一部分。

世界上至今已经发现的动物就有100万种以上，植物有30万种以上。每年还有大量新的品种被发现出来。

从他童年时第一次走进教堂，直到成年后坐在牛津大学庄严的科学大厅里，他都被告诉说：一切生物都是上帝分别按照一定的计划创造出来的①。

《圣经》上记载得很清楚：世界是上帝创造的；日月星辰是

①这就是生物学上的"神造论"，也叫"特创论"。

上帝创造的；人是上帝创造的；一切生物都是上帝创造的。除了上帝，谁还能有这样广大的神通？

各种生物都是以现在的形状和面目一下子出现的。上帝开天辟地时创造出了多少种生物，现在就有多少种生物，既不会增加，也不会减少①。

上帝创造万物是按照一定目的进行的。猫被创造出来是为了吃老鼠，老鼠创造出来是为了给猫吃。而这一切，最后又都是为了满足人类的需要：猫吃老鼠，是因为老鼠对人类有害。只有人类才是上帝的骄子②。

上帝创造万物虽然有一定的目的，但是为什么创造的动物是 100 万种而不是 200 万种？为什么吃老鼠的是猫而不是另外一种八条腿的动物？这里又存在偶然性。就是说：上帝所以创造出现在这样一些物种，既是有目的的，又是偶然的③。

是的，上帝创造世界的时间只有 6 天，用在如此众多的生物身上的时间只有一天，尽管他是万能的，但在创造万物时带有一些偶然性，不能尽善尽美，我们也应当谅解。

至今统治着博物学领域的（包括地质学、动物学、植物学、生物学等），就是这种"特创论"——"物种不变论"。

尽管哥白尼的地动学说已经动摇了上帝在天文学领域中的权威地位，然而生物学，这门直接关于生命的科学，却是宗教最后据守的最顽固的阵地。

①这就是"特创论"的一种，叫作"物种不变论"。
②这也是"特创论"的一种，叫作"目的论"，或称"人类中心论"。
③这是"特创论"的又一种，叫作"偶然论"。

因为生命的科学实在太奥秘！只有伟大的造物主才能解开。

然而这种理论，无法使追求真理、尊重科学的达尔文满足。

是的，当他第一次乘"贝格尔"号军舰到南美进行海洋考察时，他也是一个"特创论"者，一个"物种不变论"者，一个"偶然论"的崇拜者。他也曾经和每个人一样，在大自然的宏伟、丰富与壮丽面前感到了自己的渺小，被它的神秘、偶然与变化莫测所眩惑，不得不拜倒在创造这一切、支配这一切的造物主面前。他还记得提厄剌·得翡哥岛上雄伟的海潮，那万马奔腾般的潮水的呜呜咆哮，那奔向海堤的波浪呈现出的千变万化的曲线和形状，那撞碎在岩石上的浪花激起在空中随风飘舞的泡沫，以及它们在夕阳下反射出来的瞬息即逝的熠耀的虹彩；他记得热带海洋的夜航，头顶桅帆鼓荡着的方向不定的海风，船身突然驶过一片由浮游生物形成的闪烁不定的磷光的长流，整个海洋都被这种奇异的光辉所照亮；他记得加拉帕戈斯群岛的种类繁多的物种，那嘴喙长短不同的莺鸟，那飞翔能力各异的甲虫，那奇妙的变换颜色的章鱼，那五颜六色的海贝；他记得圣特雅哥岛上斑斓的热带植物群：罗望子蓝色的树叶，翠绿色优雅的柑橘，浅湾里红色的珊瑚，匐行藤萝把整个小岛铺上了一层深绿色的地毯……是的，大自然在他面前摆下了那么众多的偶然性之谜的迷宫，等候他去叩拜。

然而他并没有完全折服，还敢于从迷宫中走出来，直接向大自然索取谜底。

在几十年的思考与探索中，在大量的观察和实验的事实面前，"特创论"无论乞求于什么神灵，也无法用它的谎话继续来欺骗他了，偶然性也再不能使他眩惑了。在一切偶然里，都存在着一种完美的秩序与规律。现在他已经懂得：波浪上的每一条曲线，泡沫上的每一次闪光，小鸟歌喉中的每一个音调，花朵散发出的每一种芳香，昆虫身上的每一根绒毛，珠贝壳上的每一道痕印，都有着它特别的意义，都是默默中由一个铁的自然法则支配的必然结果。

他20年来就是在寻找这个法则，发现这个法则，这就是将要揭示在他目前正在写的《论物种起源》一书中的真理！

现在他站在窗前，面对着自然界宏伟的景象，又情不自禁地回溯了一遍自己头脑中思想发展的历程：

如果如此众多的物种都是上帝在一次工程中所创造出来的，为什么同一种类型的动物和植物，他要创造出那么多不同的品种来？

就在他的花园里，仅仅是兰花，就有红门塔兰、卡特来亚兰、香子兰、树兰、钩瓣兰、杓兰、对叶兰、凤兰、捕蝇兰、头蕊兰、麝兰、龙须兰、眉兰等几十种，而全世界的兰花，有一千多种。

一种小家鼠，他在南美洲考察时，就亲手采集到17种。隔着一道安第斯山脉，东西两边的鼠种就有着显著的差异。

在加拉帕戈斯群岛，同一种莺鸟，在每座小岛上都生存着不同的物种：有的喙长，有的喙短，有的喙尖，有的喙弯……

这样繁多的物种，都是上帝一个一个地创造出来的吗？难道他不嫌这样做过于麻烦、过于琐碎了吗？

在巴西彭巴大平原的地层中，他发现了一些巨大的贫齿类动物的化石，与现在还在那里生存着的犰狳、树懒、食蚁兽，有着明显的形态上的相似，都披着同样的甲胄，为什么这些巨大的动物今天都灭绝了？而现存的和它们的形态密切近似的动物在古地层中又找不到一块化石？如何来解释这些动物在地球上的出现和消失？

他常常会在观察兰科植物的异花受精时感到惊异：植物的花同能使它受精的那种特殊的昆虫之间的配合有时能微妙到好像一把锁同钥匙那样天衣无缝。红门塔兰那些发黏的腺，生来就连成一个鞍状的器官，可以巧妙地捉住蜜蜂的长吻；龙须兰的雌蕊，总是朝向花蜜分泌出来的通道弯曲，当蜜蜂来采蜜时，它的柱头总是恰好触到粘满花粉的蜜蜂的腹部。更使他惊异的是凤兰和一种长吻蛾的互相依存的关系：凤兰的蜜腺长达 14 英寸，没有任何昆虫能有这么长的吻，看来它几乎肯定会是不育的了，而这种蛾却恰好生有一根 14 英寸的长吻。难道这一切也是上帝在创造万物时就做好的安排？这鞍状的腺？这雌蕊的弯曲？还有那古怪的 14 英寸的蜜腺和专门为它创造出来的长吻？

不！他不承认有这样的造物主！

现在地球上的一切物种，并不是以现在的形态一下子就出现的，而是生物在一定的环境中，通过逐渐转化的过程，长期演变而来的。他把这个演变过程叫自然选择，即生物在生存斗争中，具有有利变异的物种，也就是更能适应环境变化的物种得到了生存的机会，并能传留后代；而具有有害变异的不能适应环境变化的物种就被淘汰。久而久之，终于导致了生物类型的变化。

在这种理论下，自然界中一切神秘的现象都可以得到解释。

南美大陆的家鼠和加拉帕戈斯群岛的莺鸟物种的繁多，正说明了每一物种为了能生存下去对于各自不同环境的适应，造成了自身的逐渐变异。

啄木鸟和雨蛙能攀缘树枝，一粒种子借着小钩或茸毛进行散布，都说明了每一物种都能奇妙地适应它们的生活习性。

凤兰和长吻蛾的奇妙配合，是这种适应同时在主动被动双方面都造成变异的美妙的实例。

南美的动物化石说明了古代贫齿类和现代的犰狳之间的亲缘关系，雄辩地证明地球上旧的物种消亡、新的物种出现的伟大进化过程！

南美的巨树懒演变成了今天的犰狳；

非洲的化石马演变成了今天的斑马；

现存的一切生物都是在长时期中由古代的生物逐渐演变而来的！

一个不可避免的推论来到了：如果一切动物都是在长期进化过程中由原始生物演变成今天的形态，那么人呢？人是怎样来的？

这是一个令人毛骨悚然的问题！《圣经》上记载得明明白白：人是上帝按照自己的形状创造的，他怎么能够演变？

然而达尔文没有在这里却步不前！对科学的忠实，终于使他向前跨出了大胆的一步！

这是人类发展史上伟大的一步！

他在自己正在写的著作中这样写道："如果我们放胆推测的话，那么各种动物——在地球上存在的各种痛苦、疾病、死亡、灾难和饥荒面前，是我们共患难的兄弟——很可能同我们起源于一个共同的祖先。"

人同样也是由原始的生物演变来的，我们也同样走过了漫长的进化的道路。

人和猿猴，猪和貘，都来源于一个共同的祖先！在它们演变成今天的形态之前，还曾经历过中间的无数级阶梯！

今天我们看不到这一点，是因为这中间的阶梯已经在漫长的进化过程中被淘汰、被湮没。

想到这里，他睿智的眼光，投向了摆在书架上的那一盆他从航行中带回来的珊瑚树上。

这浅红色的枝丫迭出的珊瑚，正仿佛是一棵美丽的生命之树！我们现存的各种物种，正位于它的各枝的顶端，是生命发展的最高阶段！各枝的基部已经死去，所以过去变迁的脉络已经看不出来了，但是在若干亿万年之前，它们都发源于一个共同的根部！

他相信：将来人类一定能从大量的化石——太古给我们留下的唯一信息中，寻找到这些生命链条中失去了的环节。

那么，对那个上帝创造人的鬼话怎么办呢？

想到这里，他的心感到了一阵寒栗！仿佛罗马鲜花广场上的火已经在烧灼他的皮肤。要知道他现在闯的是基督教世界最大的禁区——生命的禁区！尽管今天已经不是黑暗的中世纪，但是教会在国家生活中，甚至在科学领域中，仍然占有着强大的支配势力。他们绝不会容忍这个理论的出现。

为科学的真理而斗争，他决不后退！正是为了使这个真理能立于不败之地，他已经埋头工作了 20 年，孜孜不倦地为它寻找更充分的根据和证明。

个体的生命会死亡，然而它所获得的适应性会传递下去，从而使生命愈来愈完美，愈接近崇高的理性！

个体的生命会死亡，然而思想是永恒的！不朽的！正是它帮助人类在漫长的生存斗争中从一切物种中的弱者变成了最强者！帮助人类战胜了一切体力上强过他无数倍的猛兽和自然灾害，成为整个地球的主人！今后它还将帮助人类揭示一切自然的奥秘，包括生命的奥秘，帮助人类征服浩渺的太空，成为整个宇宙的主人！

他想到了他现在正在撰写的著作，关于物种起源依存于自然选择，依存于生存斗争的学说。一种对于完美的严整的科学思想的赞赏从他心底油然而生，他的心感到了创造的激动和欢悦。

当 20 年前，这个理论第一次完整地在他心头形成的时候，他就预感到它将是一次生物学上的划时代的革命，他将终生为建立这个学说而斗争。然而有时候他也担心他的身体将不允许他完成这项工程。但是并不要紧，对这一点他也早已做好准备。还是在 20 年前，也就是在这个理论刚刚完整地形成的时候，他就已经写出了一份包括他的理论的全部重要细节的摘要，并且还留下了一份遗嘱给他的夫人，万一他来不及完成这项理论的建立就死去，他将从自己的遗产中提供一笔经费给愿意继续从事这项研究的人，并把自己的摘要，全部未完成的手稿和他长期搜集的全部资料，都无条件地转赠给这个人。由谁来完成这个理论的建立对于他来讲并不重要，重要的是真理必须胜利！
物种变异的学说必须胜利！

而且，20 年来，他已经就这个理论和他的几位最亲密的朋
友进行过无数次通信讨论（为了慎重，这种通信只严格地限制
在几个人之间，其中有皇家学会会员、地质学会会长赖亦尔爵
士，爱丁堡大学植物学教授虎克爵士，美国博物学家爱沙·葛
雷）。如果他一旦死去，他也相信：尽管他们几个人都并不赞成
他的物种变异学说，但是出于一种对友谊和科学的忠诚，他们
是会运用他们在科学方面的巨大影响，来推进这项理论的最终
完成的。

只要一息尚存，他就要亲自为这一崇高的目的而斗争！

他感到了火焰的灼烧，但已经不是在他的皮肤上，而是在
他的心头！这是思想的火焰！创造的火焰！他感到爱子生病的
悲痛和自己身体的不适都突然减轻，一股奇异的力量重新回到
了他的身上。他必须战胜自己肉体和精神上的软弱，他必须继
续工作，20 年的准备就是为了这一天。

他快步走到书桌边，坐下去，打开了《论物种起源》的手稿，
接着上次停笔的地方继续写了下去。

2

看见达尔文先生又开始他中断了几天的工作，他忠实的仆
人和助手约瑟夫·柏斯劳走进书房，给他送来了这几天的邮件。

平时都是他的妻子爱玛拆开每一封信件，将重要的内容朗

读给他听。这几天因为她要照料孩子，而他自己又在生病，所以信件都积压了下来。他翻了一下，里面多半是亲友们的来信，他想还是把它们留到和爱玛在一起的时候再读，这样更好一些。他只从其中挑出了几封属于学术方面的来信，其中一个厚厚的信封引起了他的注意，那是华莱斯先生，一个年轻的有才华的博物学者写来的，目前他正在马来群岛一带进行科学考察。他非常尊崇达尔文的学问和文章，一直把达尔文20多年前乘坐"贝格尔"号航行中所进行的考察工作当作自己的楷模。他们之间已经进行了很长时间的通信。"他在这封信中又会有什么新奇的发现告诉我呢？他现在到了什么地方呢？"达尔文想。他看了看发信的地址，哦，多伦特岛，他知道这个小岛！接着便拆开了那个大而华丽的信封。

他开始读了下去，信的一开头就告诉他：他生病了。是呀，多伦特岛潮湿而多雾，在那里人是容易生病的。

谢天谢地，他已经好了一些。达尔文继续读了下去。他在病中想到了一个奇怪的理论，已经写成一篇论文，想要征求一下达尔文的意见。很有趣，是什么理论呢？他已经把文章寄来了，这是题目——论变种无限地离开其原始模式的倾向。

变种？这不正是他现在正在考虑的问题么？这不太奇怪了吗？他怀着愈来愈增长的兴趣细细读了下去。

他愈读下去愈激动，感到一阵狂喜。真了不起，华莱斯！这里写的每句话、每个设想，几乎都和他的思想不谋而合。甚至连他用的那些术语和特定词汇，也都和他自己正在写的这本书中所用的一样，有些甚至就是他原来那个摘要的某几个章节的标题。如果不是他手边还躺着那个信封，上面有来自万里以外的邮戳，他几乎会把这封信当成是他自己写的了。

多么好！他的物种变异理论，连他的一些最好的朋友，一些真正的学者都不敢承认、接受的理论，现在却突然出现了一个天然的同盟者。虽然他的论文很显然也只是一个概要，但已经可以看出在一切主要观点上他们之间都是那样一致！他曾经有过的害怕自己死后这项工作没有人来继续完成的担心，现在也根本不存在了。已经有了这样一个人，而且是这样卓越的一个学者，他独自地从自己的观察出发，找到了同一条通向真理的途径。

信中最后几句话是："你觉得这封信有给赖亦尔看的价值么？以前我有一些思想他都是很赞许的。"

当然值得，这还有什么问题么？他不但要把这篇论文推荐给赖亦尔看，而且要建议《林纳学会会报》马上发表这篇东西。不过，他暗暗觉得有一些好笑：不要希望这篇论文的观点会得到赖亦尔的赞同，20年来，这个老家伙已经不止一次地反对过他的同样的观点，说他是疯子。现在好了，世界上又多了一个疯子。但是赖亦尔是一个非常公正的人！这篇论文的观点他可以不赞成，但是他一定会欣赏它所表露出来的才华，一定会毫无疑问地支持它发表。

达尔文一分钟也不肯拖延，拿起笔就给伦敦的赖亦尔爵士写了一封热情洋溢的推荐信。他在信中高兴地告诉他的老友：华莱斯先生给他寄来了一篇值得一读的精彩文章，他觉得应该立即将它转给他（这也是作者本人的愿望），他希望赖亦尔会赞成这篇文章，并将它发表在《林纳学会会报》上。

最后他谈到了："你的话已惊人地实现了，那就是别人可能会跑在我的前面。当我很简略地向你解释自然选择依存于生存斗争这一观点的时候，你说过这句话。我从未看到过比这件事更为显著的巧合：即使华莱斯手中有过我在1842年写出的那个草稿，他也不会写出一个较此更好的摘要来！甚至他现在用的那些术语都是我那些章段的标题。"

他完全知道华莱斯文章的发表，就意味着取消他20年来全力以赴所从事的这项工作的开创意义。他在信中说："因此，我的创造，不论它的价值如何，将被粉碎了。"同时他也完全知道这一理论将要在人类历史上发生的影响。正因为这样，这些年来他才如此慎重地对待它，使它更加完美和严谨，能够经受得住在它发表以后必然将要招致的凶猛的攻击。而华莱斯的文章，却还只是一个初创的设想，甚至远远不如他20年前所写的那个提纲完备，对于敌人的进攻，它是无力防御的。但是他仍然要主动地推荐并帮助华莱斯发表这篇文章，从而将发现这一划时代理论的优先权轻而易举地送给华莱斯，而他自己则甘愿把他毕生工作的成果用在保卫这一理论，以及它的应用和发展上去，使它不受击。他认为自己只应该这样做，不存在任何第二种选择！

追求任何个人的优先和个人的荣誉，对于他来讲，从来都是极其可耻的！他追求的只是真理的优先和科学的荣誉！

20年来，当他和他的两位老友赖亦尔爵士和虎克爵士多次在通信中讨论这个惊人的理论时，他们曾经不止一次地督促他尽快地将这一非同寻常的学说写出来公开发表；他们还开玩笑似的警告过他：这理论积压在他手里的时间太长了！如果再不赶快拿出来，小心有一天别人会赶到他的前面去！他听了只是置之一笑而已。而这样的事也确实发生过一次：在他的理论中有一个重要的观点，即根据冰期解释在相隔遥远的山顶上和北极地区为什么会存在着同种的动植物？就已经被一个叫作福勒斯的青年人独立发现了，并先写出了文章。他知道这件事后丝毫没有感到遗憾，还很高兴地向作者表示了祝贺。

但最后他还是同意了赖亦尔的劝告：为了科学，也应该早日把这一理论用严整的形式写出来，因此他已经从一年前开始了这部规模庞大的著作的撰写。而现在，他们两人的预言果然应验了。当然，失去了一项自己为之倾注了全部热忱并花费了20年时间的理论的优先权，心里也不能说没有一点遗憾和懊丧，然而他是那么坦然地对待了这个现实，心中翻滚着的感情更多的还是一种欢欣和安慰，他终于有了一位坚强的同盟者了。

3

赖亦尔爵士很快写来了回信。

为了公正，也为了科学的利益，他不能接受达尔文的建议。

不久，虎克爵士也来信表示了同样的看法。

因为他们了解他的工作已经进行了20年。20年中，他几乎在书信中，在谈话中，与他们辩论过这个理论的全部主要论点。他们读过他的"摘要"，它本身就是一篇完整的进化论的论文。

　　他们建议：将达尔文在 1844 年写的那份关于物种起源论文的摘要，和他在 1857 年 9 月 5 日写给爱沙·葛雷博士的一封讨论物种起源的长信（里面包括了进化论的完整的观点），与华莱斯先生的论文一同发表。

　　达尔文十分感谢他们所表现的友谊与公正。然而他认为这样做是不光荣的。他在回答赖亦尔的信中说："华莱斯那篇草稿的全部内容确实在我的草稿[①]中都有，而且写得更充分。"但是，"我本来并没有想发表任何概要，现在因为华莱斯把他的学说的论文寄给了我，我就想发表概要，这样做是不是光明正大呢？"

　　然而赖亦尔和虎克决不肯这样放过他。他们要达尔文相信：摆在他面前的不是一个争取优先权的问题。他们已经意识到，随着这一论文的发表，在生物学界必将掀起一场风暴。华莱斯先生的论文还是一棵嫩芽，为了使真理不至于在刚出土时就被摧残，必须同时发表达尔文先生 20 年成果的拔萃。它是一棵巨树，将能抗击任何狂风暴雨。这个理由似乎使达尔文先生动了心，然而如果不是正在这时另外又发生了一件不幸的事，也许他还不会马上同意老友们的建议。

　　就在 6 月 29 日这一天，他心爱的小儿子死去了。

　　达尔文沉浸在巨大的悲痛里。一棵生命的美好的幼芽，就这样被无情的自然力摧残了。他在回答虎克的信中说："我已接到了你的信，我现在根本无法想到这个问题。我现在感到十分失望，什么事也不能做。"

---

　　①指达尔文 1844 年写的那份经虎克等人看过的"摘要"。

在巨大的悲痛和自觉无力的情况下，他同意了赖亦尔爵士和虎克爵士照着他们认为适当的办法去做！

这样，对于人类思想发展进程具有划时代意义的一天终于来临了！

1858 年 7 月 1 日，在英国皇家学会林纳学会①的正式学术会议上，宣读了由赖亦尔爵士和虎克爵士转交并郑重推荐的达尔文和华莱斯两先生联合发表的论文《论物种形成变种的倾向，并论变种和物种通过自然选择方法的存续》，其中包括华莱斯先生 1858 年的论文，达尔文先生 1844 年的论文摘要和 1857 年致爱沙·葛雷博士的信。

两位作者都未亲自到场，而由赖亦尔爵士和虎克爵士代表他们参加了宣读。华莱斯先生远在马来群岛；达尔文先生正在丹恩村自己的家里。丧子的悲痛使他身体十分衰弱，对论文宣读的整个过程他毫不知情，他只是在事后才从虎克爵士的信中知道他的论文也参加了宣读。他对自己的论文参加宣读并未感到高兴，然而由于这件事使得英国最伟大的两位博物学者对物种起源问题感到了"某种兴趣"②，却使他由衷地感到了欣慰，仅仅为了这一点，他就要感谢华莱斯。

以后发生的事实表明：使赖亦尔和虎克两位伟大的科学家感到的已经不仅仅是兴趣而已。由于他们亲自参与了这次为争取达尔文同意与华莱斯同时发表他的论文的活动，他们两人从

①即植物学会，以伟大植物学家林纳命名。
②达尔文在致虎克信中的话。

此就逐渐由进化论的反对者转变为进化论的坚定拥护者了，从而对进化论的胜利和传播发挥了巨大的作用。

特别是虎克爵士对这一事件自始至终所表现的热情是使人感动的。只有对于科学的使命抱有崇高信念的人才能这样做。由于达尔文先生当时处在极度的不幸中，没有力量顾及论文的事，他的致爱沙·葛雷博士的信是由虎克夫人一个字一个字代为誊录下来的。

在论文正式宣读前，由赖亦尔和虎克两人发表了一封信作为序言，他们在信中详细谈了发表这一伟大论文的真实过程："……达尔文先生对文中（指华莱斯的论文）所发表的观点有很高的评价，在他写给赖亦尔爵士的信中他提议在征求华莱斯先生本人同意后尽速发表这篇论文。我们非常赞同这一步骤，不过达尔文先生也得公布他自己对同一题目所写的那篇科学论文；为了华莱斯先生的利益，他极不想发表它。前面已经说过，我们中间有一个人已经在1844年读过了这篇论文，而且很多年来我们两人都预知了它的内容。当我们向达尔文先生提出这种意见时，他允许我们按照我们认为适当的方式处理他的那篇科学论文。在采取现在的步骤时，我们曾向他说明：我们不只考虑到他和他的朋友哪个应当享受优先权，我们也要照顾到一般的科学利益。"

这篇论文是这样新奇、这样骇人听闻！如果不是赖亦尔和虎克这样两位权威亲自到场，表述了他们对论文的巨大尊敬，并愿意在辩论中充当达尔文先生的副手的话，那些旧派的先生们很可能会在论文宣读中途就退出了会场。

然而强大的反对势力很快就穿上了全副甲胄,来向这一可怕的不祥的理论进攻了。

这是在科学发展史上唯物论与唯心论所进行过的斗争中少有的、激烈的一场斗争。马克思、恩格斯都给予了它以极高的评价,推崇它是 19 世纪自然科学的三项最伟大的成就之一,为辩证唯物主义奠定了自然科学的基础。

一切正如同赖亦尔和虎克所估计的那样,在这场斗争中达尔文本人起到了无可置辩的主帅的作用。

华莱斯先生在得悉了这件事的真实过程之后,深深为达尔文的自我牺牲和谦逊精神所感动。还在当时他就心悦诚服地把进化论创始人的位置让给达尔文,他以能与达尔文联合发表这篇论文而感到骄傲!

第二年 9 月,达尔文终于完成了他的划时代的巨著《论依据自然选择、即在生存斗争中适者被保存的物种起源》的全部工程。进化论从此奠定了它的巩固的不败的地位!

然而,最后胜利的到来是漫长的!

达尔文终其一生都要和形形色色的保守势力进行斗争。其中最大量的、最凶恶的是来自宗教。

在牛津召开的进化论与物种不变论进行决战的英国科学促进会上,牛津大主教威柏福斯亲自出马,充当了向进化论进攻的急先锋。他竟然向为进化论辩护的赫胥黎先生发起了人身攻击:"请问赫胥黎先生,是你的祖父这一边还是你的祖母那一边是从猴子变化来的呢?"

这种愚蠢的谩骂只暴露了保守派们的极端无知。赫胥黎义正词严的回答至今还脍炙人口："我重复地断言：一个人有人猿为他的祖先并不是可耻的事。如果他有这种思想，他一定是一个渴望变化的人，不满足自己的环境现状。他决不会钻到自己所不熟悉的科学圈子里来，用无意思的好听的词句和宗教的偏见来扰乱听众的注意力。"

然而达尔文的妻子，虔诚的基督教徒爱玛却被这种恶毒的进攻和汹汹的声势吓住了，她热爱她的丈夫，忧心忡忡地问他："你的文章究竟怎样冒犯了他们的上帝呢？"

达尔文回答她："我做的事与上帝毫不相干，丝毫没有触及他们的上帝。"但是他告诉他的妻子，"诸神都是会因为老而死去的！让上帝永远不死是不会有的事！波斯的诸神，埃及的诸神，希腊的诸神，罗马的诸神，不是都因为太老而死了吗？当然希伯来的上帝①也可以因为太老而死去！"

"旧的死了，新的才会生！"

这时他又突然想到了他死去的爱子，泪水模糊了他的眼睛。"一切个体都要发生变化，一切物种都要发生变化，永远渴望使自己走向更完美。每一个个体最终都会死去，包括上帝在内也是要死去的，但是由一代又一代的个体繁衍、延续而成的生命之珊瑚却是永存的！它的根部虽然死亡了，也留下了壮丽的固体形象，那是对过去的永恒的纪念。然而它的顶端却要伸向未

---

①基督教信仰的上帝是从犹太教来的，故称希伯来的上帝。即犹太人的上帝。

来！未来永远要比过去更绚丽、更美好、更崇高！"

"人类的前景是光明的！"

"世界的前景是光明的！"

这就是伟大的学者达尔文为之奋斗了一生的信念！

最贵重的金属

1

"妈妈，我也要和你一起走！"小女儿眼里含着泪水，楚楚可怜地请求着。

"伊蕾娜，听妈妈的话，和爸爸一起留在家里。"

"不，妈妈，我不愿意离开你。难道你不爱我了吗？"

在女儿的眼泪面前，母亲的心软了，带她走吧？她看了一下眼前的三等车厢，一片乱哄哄的景象：拥挤、嘈杂，一个肥胖的中年妇人正把头从窗子里伸出来，与站台上的小贩高声骂架；一个身穿铁路制服的老人正夹着一只大鹅向车上挤去……她心烦意乱地回过头来，不，无论如何不能叫孩子跟着她遭这样的罪，火车要在路上走两天两夜才能到达华沙。她说："孩子，不是妈妈不想带你，你的病还没有完全好。路途这么远，你的身体怎么吃得消呀？"

"你不也在生病吗？"孩子更觉得自己有理了，紧紧搂住了妈妈的颈子，再也不肯松开。

居里先生费了好大劲才将伊蕾娜抱了过去："妈妈过几天就从华沙回来了，你和爸爸一起在巴黎等妈妈，好吗？"

孩子不再固执了，金色的鬈发披拂在爸爸的肩头，伤心地抽泣着。

孩子的话加重了居里先生心头的不安，他看着玛丽雅瘦弱的身子和苍白的面容，忧心忡忡地说："我真不放心你一个人走。玛丽雅，近些时你确实太累了，我想我还是应该陪你一同回去。"

"别说傻话了，比埃尔！我也希望在这种时候有你在我的身边，可是你在大学的课程怎么办？还有我们的实验，还有小伊蕾娜。再说，又从哪里找这样一笔路费呢？"

比埃尔眼光暗淡了，是啊！为了从他们两人每年不到 8000 法郎的菲薄的薪金里积攒这笔路费，他们已经省吃俭用了好几年，如果早有这笔钱，玛丽雅一年之前就可以去探望她的父亲了。他的眼光投向站在他面前的这个无比亲爱的人，他仿佛是第一次发现：她身上穿的依然是她 11 年前到巴黎来时穿的那一件宽大的藏青色带浅色条纹的粗呢外衣，已经磨损得露出了线底子。这么多年来，他没有为她添置一件新衣。可是无论她穿着什么，他又无不骄傲地想：他的玛丽雅，永远是那么光艳照人，在四周的人群中她永远会是最美丽的一个。

开车的预备铃声响了，玛丽雅的心激烈地跳动起来，几天紧张的等待终于结束了，她现在就要踏上去华沙的归途了，反而是在这时候，一种不祥的预感突然袭上她的心头，她脸色苍白地抓住居里的手："比埃尔，我真担心我回去得会不会太晚了？"

她的嘴唇颤抖，另一只手紧紧捂着胸口，就在那下面的口袋里，放着那封不祥的信。

"不要紧张，玛丽雅，上帝会保佑他老人家的！"

她默默地最后一次吻了伊蕾娜，神情恍惚地上了车，挤到自己的座位前坐下，一只手始终没有离开她的胸口，她仿佛感到，现在是那封信在那里跳动。

这封信还是一个星期前收到的，里面其实并没有什么值得惊慌的事，她哥哥约瑟在信上告诉她：父亲突然住院了，是胆结石，开刀情况很好，取出了一块很大的结石。然后提到父亲非常想念她，希望能见她一面。

然而她的心预感到了不祥，她是太了解那位刚强的老人了，（某些地方她自己不正像他一样吗）如果不是情况十分糟糕，他是不会容许别人用他的病来打扰女儿的工作的（她还不知道：就是这封信，约瑟也是背着老人写来的）。

接到了信，她恨不得当时就插翅飞回去。她早就在盼望着与老人见面的这一天。过去由于没有筹齐足够的路费，最近又由于她和比埃尔正在进行一项重要的研究，他们的成功将能最大地满足老人的期望。她一直以为还有充足的时间，老人身体虽然衰弱，却并没有什么明显的病症，谁能想到突然间来了这样一封信？痛苦与懊悔在折磨她的心，她感到自己对不起老人，她无论如何要见到老人一面，她有那么多话要告诉他……然而她的火热的愿望却碰上了一面冷酷的墙，她的祖国已经不再存在，她要回到自己从小生长的地方，还必须向俄罗斯帝国驻巴黎大使馆办理护照，拿到这样一纸小小的官方文件，想不到竟会遭受那么多的刁难和阻挠，如果她有钱进行贿赂，一切将会顺利得多，然而她没有力量再额外拿出这笔钱来，结果，当护照最后终于到达她手中的时候，七天宝贵的时间已经白白过去了。

想到这一切，她五内如焚，如果在这七天中，她爸爸出了什么事……她实在不敢想下去。

她是这样沉浸在自己的悲哀之中，以致列车是什么时候开动的她都不知道，比埃尔的祝愿和孩子叫喊妈妈的声音她都没有听见。直到火车已经驶出月台，站台上阴森森的廊柱一根根向后闪去的时候，她才想起了自己还没有与丈夫和女儿告别。她丧魂失魄般地冲向车窗，从窗口探出头去，她看见伊蕾娜正追逐着列车在站台上奔跑，口里喊叫着什么，比埃尔呆呆地站在原处，可怜地无助地张开着双手。她的眼泪夺眶而出，大声向他们喊叫了一声："伊蕾娜！"声音随风飘散，他们还能够听见吗？

站台已经从视野中消失了很久，她才回到座位上来。就这样和亲人分手了，耳边似乎还回荡着伊蕾娜的哭声，这使得她的情绪更加恶劣，沉浸在一种难言的惆怅里，几乎无力自持。

2

她长久长久地倚靠着窗口，眼里的泪水已经被风吹干，这时，11 年前一幅相同的情景又重新回到她的眼前，站台上比埃尔最后孤立无助的形象，变成了另外一位老人……

那还是她第一次远离家乡，来到巴黎求学，她的父亲斯可罗多夫斯基先生亲自将她送到车站。那时他的身体就已经很衰弱。他也是那么沉默地站在月台上，一双凝望着她的眼睛里，也是那样混淆着忧伤与惭愧。

是的，他为他的聪明的玛纽希雅[1]不得不在从女子高等中学毕业 8 年之后才能去上大学而内疚，因为他无力帮助她，只能靠她自己当了 6 年的家庭教师才积攒起了一笔路费和学费。他为他体质单薄的玛纽希雅不得不乘坐四等车去旅行而内疚，她没有座席，只能自带折叠椅坐在拥挤的车厢过道上，紧紧搂着一个装着食物、书籍和毯子的网篮……

女儿心里也同样充满痛苦，她为老人眼里内疚的神色而痛苦。"这怎么能怪你呢，爸爸，"她在心里叫出来，"你辛勤劳动了一生，你已经为我们做了你能做的一切，为了我们受到良好的教育，你牺牲了自己的健康，沙皇就是这样对待优秀的学者，这难道是我们一家人的悲剧吗？"

她更为自己不得不离开老人而感到痛苦。她是父亲最钟爱的小女儿，她们姊妹兄弟四人，父亲常常对人说："将来我退休以后，就和我的玛纽希雅住在一起！她有着一颗天使的心！"然而现在，正当他的身体愈来愈坏、需要她照料的时候，她却要远到巴黎去求学。虽然他什么也没有说，她却懂得老人内心

---

[1] 玛丽雅的爱称。

是渴望她留在他的身边的，她紧紧拥抱了他，无限温柔地说：
"我不会离开很久，两年，最多三年，我一学完学程就立刻回来，
我们又会住在一起，永远不再分离，是不是，爸爸？"

老人含泪抚摸着女儿的头发："一定会是那样，玛纽希雅，
上帝保佑你！早些回来！"

临开车前，老人把一块古老的银表从贴胸的口袋里取出来，
放在了女儿手中："困难的时候把它卖掉，对你也许还能有一些
帮助。"

在巴黎的那些学习的日子里，她常常整天吃不上一顿饭，
只能吃两颗樱桃，嚼几片茶叶，好几次昏倒在自己临时租用的
小阁楼上，即使那时候，她也舍不得卖掉这块表，一直珍藏着它。

现在她重新想起了这一切，因害怕再见不着老人而战栗。
她感到自己对不起他，她几经推迟，终于没有履行回去的诺言。
只因为有一项更重要的使命在召唤她——那就是科学。

开头四年学习的时间很快就过去了，她以优异的成绩取得
了著名的巴黎大学的物理学、数学两项硕士学位！

她面临着人生道路上第一次困难的选择，是回到久已盼望
她的祖国和亲人中间去，做一名胜任的中学或大学教师；还是
留在巴黎、当时世界学术的中心，从事科学研究。一位巴黎理
化学校的天才的青年学者——比埃尔·居里已经向她提出了共
同进行科研的建议。他坚信她有着从事科研的优良的禀赋和毅
力，不应该让她的才能白白浪费掉。

她在事后曾经冷静地问过自己：当时是否也有她对那位青
年男子的倾心在起作用，使她最后终于离开了老父，选择了巴

黎？不，她回答自己：如果是现在，亲爱的比埃尔已经成为她生命的一部分，也许会不同一些；但是在当时，使她下决心不回去的，仅仅是她对科学的强烈的迷恋！

老人丝毫未在这个问题上阻拦她，只有他最懂得女儿身上越来越显露的才能，为了科学，他心甘情愿牺牲自己晚年的欢乐！

玛丽雅在巴黎开始了她的艰难、暗淡，但后来的成果无比辉煌的科学探索。两项硕士学位并没有使她满足，她决心进一步夺取巴黎大学的博士学位。与比埃尔的结合，成了她向高峰攀登的巨大助力，也帮助她减轻了一些心中的乡愁。

她写信告诉老人：一旦考取博士学位，她马上就回家去看望他。这段时间是不会太久的。

在选择博士论文的题目时，当时还不为人知的柏克瑞发现的铀沥青矿神奇的放射现象，激起了她探索的热情。

她当时怎么也不会想到，这个题目引导她通向的不是一篇博士论文，竟是诺贝尔物理奖金！而为了攀登这个高峰，她整整付出了四年的心血。回家的时间又不得不推迟了。

在试验中，她发现了铀沥青矿的放射性比纯铀更强的奇怪现象，经过对各种已知元素的放射性进行测定之后，她以非凡的判断力和勇气预言了在铀矿物中有另外一种放射性比铀更强大的新元素存在。

为了回答各种怀疑、讥笑和反对，她必须找到这种元素！

横亘在她前进道路上的困难，比任何探索者所能遇到的都要多。首先难以克服的就是物质上的极端贫困。生活上的长期的贫穷她能够忍受，然而工作条件上的匮乏给她带来了意想不到的困难。

为了找到这种新元素，必须分析成吨的铀沥青矿，因为它在矿石中的含量极其稀少，只占百万分之一，而铀矿是极珍贵的玻璃原料，价格十分昂贵，她如何购买得起？

要提炼大量的矿物，一个设备完善的实验室是起码必需的，而直到现在，连比埃尔这样一位已经有了几项被世界公认的成就的学者，还没有能分配到一个专用的实验室，她又怎么敢怀抱任何奢望？

然而在这个顽强的波兰女子面前，任何障碍都无法阻挡她奔向目标。她从奥地利圣约阿希姆斯塔尔铀沥青矿场弄来了她需要的成吨的提炼铀以后剩下的残渣，为了弄到这种无用的废料，她只需要付出少数的钱和一笔运费。而在提取过铀盐的残渣里，没有任何理由不能提炼出她所预言过的那种放射性强烈的新元素来。

一间理化学校久已废置不用了的堆放杂物的仓房，经过比埃尔的再三请求，终于变成了他们的工作室。

她的比埃尔，法国最有天才的学者，也成了她最亲密的合作者！

他们就在这样一间夏天屋顶漏雨、冬天室内结霜的屋里，开始了艰巨的探索。

她日夜站在烟熏火燎的冶锅面前，用几乎与她身体一般长的铁棒搅动着沸腾的铀沥青矿渣的溶液。

就在她宣布这种神奇的强放射性元素——镭①可能存在的
45 个月之后，她和比埃尔亲手从将近 1 万公斤的铀矿物中，提
炼出了 1 毫米的纯氯化镭！

这 1 毫米在试管中发出美丽的荧光的元素，与他们前些时
候发现的另一种放射性元素钋②一起，成了他们的毅力、勇气
和智慧的结晶。为了它，他们把生活的需要压挤到了最低的程
度，经常连饭都顾不上吃，有时站在冶锅旁边嚼两片面包了事。
为了它，她一再推迟了与自己最亲的人见面……

她的父亲能够原谅她吗？

使她稍稍得到安慰的是：从她父亲的每次来信中看，老人
从来没有怪罪过她，他一直用最大的关切注视着她的工作，他
完全懂得她的工作的价值，他自己就是一位造诣很深的物理学
教授，他年轻时也曾经有过宏伟的抱负，然而在他贫穷而不幸
的祖国里，他得到的只是不安定的生活、恶劣的工作条件和沉
重的家庭负担，现在他在她身上寄予的正是他自己破灭了的
希望。

她还不知道：当老人每次读到世界著名的法兰西理科博士
学院学报上署着他女儿签名的报告时，他的心情是何等激动？
这是他自己不敢向往的，只有少数杰出的人物才能得到的荣誉。
两种新元素的发现！许多篇关于元素放射性的惊人的论文！特
别是元素钋的命名，使老人的爱国心得到了最大的满足。

---

①镭，意为放射。
②钋，字头为波兰，用以纪念玛丽·居里的祖国。

老人唯一感到遗憾的是：这两种新元素暂时还看不出能对人类的生活产生什么实际的影响。她知道老人的这个愿望，她怀里还揣着一封老人不久前的来信：

"你现在有了纯镭盐了！若是计算一下所费的劳力，这真是化学元素中最贵重的！这件工作似乎还只有理论上的价值，实在太可惜！"

她和比埃尔最近所进行的一连串对于镭的特性的研究，正是想在这方面有所突破。她高兴的是现在终于有东西可以告慰老人了，随着对镭的深入研究，他们已经愈来愈发现他们的这个淘气的孩子具有惊人的多样的禀赋：它具有超过铀200万倍的强烈的放射性。而且已经证明：这种放射线是镭原子在不受任何外来力量的影响下不断放射出来的，伴随着它还产生出一种被他们称为"镭射气"的气体。这个惊人的现象，从此将打破长期以来被人们认为是确定不移的"原子不可变"的观点。这种射线能穿透最不透明的材料，使包在黑纸里的底片感光；它能自动放热，它在一小时内放出的热，可以熔化与它相同重量的冰块；它能使实验室里的空气成为导体，从远处就能使验电器放电；它能使实验室里用的各种仪器都带上放射性，使装置它的玻璃试管变成紫色，使包裹它的棉花变成粉末；它能自己发出美丽的磷光，借助它她可以毫无困难地在黑暗中看书；不但如此，它还能使周围不会发光的东西也和它一样发出磷光……

如果这一切都只不过是它的小小的淘气行为的话，那么它还有一个本领，却必将被证明会对人类生活产生巨大的影响……

它能烧灼人的皮肤，使表面的肌肉坏死脱落，而底下却又重新长出健康的组织。这是她和比埃尔用自己的手臂做实验而证明了的！

为了老人和人类，她愿意去做一切！

和他们熟识的几位著名的大夫已经表示：它将开辟人类战胜恶性肿瘤的光明前景。

它将成为名副其实的世界上最贵重的金属，就像老人信中讲到的那样。

她这次回到华沙，要将这一切都告诉老人！万一老人已经不能等到她回去呢？这个可能又一次恐怖地升起在她心里。不！命运决不会对她如此残酷！那样她将终生不能原谅自己！

她不禁痛苦地问自己：你是不是为了科学牺牲得太多？不，如果要她重新生活一次，她也依然会做出同样的选择！

3

看见她整整一上午坐在窗前没有动弹过，不吃不喝，也不说话，同车厢的旅客不安了。

"夫人，你要到什么地方？"一位老人问道。

玛丽雅忧伤地回答："我到波兰！"

老人惊恐地向四周望了望，如果这里有一个坏蛋和告密者就糟了！同座的人都惶惑地扭过头去，谁都装着没有听见。"夫人，地图上已经没有这个名字了，不知您是到俄罗斯帝国？还是奥地利帝国？还是德意志帝国？"①老人轻声地说。

----
①波兰在 19 世纪末被这三个帝国所瓜分。

玛丽雅由于自己给别人带来了这样大的不安，脸涨得通红，嗫嚅地说："我到华沙！"

没有一个人对她刚才的错误提出抗议，看来同车厢的都是好人，也许还都是波兰同胞。这是一列巴黎经维也纳开往华沙的客车，她买的是三等车票，这比她到巴黎来时坐的四等车已经强多了。但是高贵的征服者们对它不屑一顾，他们都聚集在头等或二等车厢里。

"是的，他们把波兰这个名字从地图上取消了，"一个上唇留着黑胡子的青年愤怒地说，"但是他们永远也不能从我们心中把它取消掉！你们可知道？我不久以前从巴黎理科博士学院的学报上看到：构成我们宇宙的几十种基本元素中又多了一个新的元素。你们猜它被命名为什么？"

"不知道！"

"波兰！我们可怜的祖国！"

在座的人都兴奋起来："这怎么可能呢？你没有看错吗？"

"确确实实，我没有看错！只因为发现它的人是我们的一位光荣的女同胞！"

"这位杰出的妇女叫什么名字？"

"玛丽·斯可罗多夫斯卡！"

"斯可罗多夫斯卡？是不是华沙诺佛立普基男子中学的斯可罗多考斯基教授的女公子？他们的家就住在中学校附近。"

"是呀！你认识她吗？"

玛丽雅一惊，说话的人是一个头戴毡帽的五十多岁的商人。他怎么会这样熟悉她的家呢？她好像从来没有见过他呀！这时她真害怕这个人会认出她来。她生性谦逊、纯朴，厌恶虚荣和浮华，从来不愿矫饰自己的感情去扮演一个她不熟悉的引人注目的人物。

还好，回答使她放了心："不认识，但是华沙的人都知道斯可罗多夫斯基教授，一位有学问的受人尊敬的老人；也都知道他有三位天资极高、相貌美丽的女儿。这位玛丽女士是最小的妹妹。她还有一位姐姐在华沙教书，一位姐姐在奥地利行医。"

她的担心是多余的。即使这个人过去见过她，他现在也决不会想到，坐在他面前的这个梳着短发，穿着褪色的粗呢外套，乘坐三等车旅行的普通妇人，就是大名鼎鼎的发现了新元素的女科学家。

旁边一位老妇歆羡地说："斯可罗多夫斯基先生真好福气，有这么三位杰出的女儿！"

"但是斯可罗多夫斯基先生的生活很不幸！"黑胡子的青年说，"对他这样一位优秀的学者，生活给予他的只是极度的贫困，他的三个女儿都不在他的身边。我两天前刚从华沙回来，我在那里听到了一个确切的不幸的消息：老斯可罗多夫斯基先生已经去世了，人们都为他的死感到悲哀！"

"什么？"玛丽雅不禁惊叫了起来，她不能相信这个消息，用颤抖的声音问道："先生，你听到的这个消息是真的吗？"

"我是从斯可罗多夫斯基先生的一位学生那里听来的。是千真万确的，夫人。"他看见玛丽雅脸色突然变得惨白，好像马上就要晕倒，不禁着了慌："你是怎么了，夫人？难道你认识斯可罗多夫斯基先生吗？"

玛丽雅压抑着内心的悲痛，用低得几乎听不清的声音说：
"是的，我认识他。他是世界上最好的人！"

火车在维也纳停车时，她给华沙的约瑟发出了一封电报，
要求他们暂缓下葬，等待她回去。

她必须见到她父亲一面。

老人死前住在约瑟家里，他的卧室就变成了灵堂。死者安
详地躺在从原野里采摘来的鲜花丛中，临终前，约瑟、海拉、
布罗妮雅都在他的身边，唯一缺少的是他最心爱的玛丽雅。

老人脸色苍白、平静，仿佛正进入一个漫长的睡梦之中。
看来他临终时并没有遭受剧烈的痛苦。然而细心的玛丽雅仍能
从他嘴角的一条皱纹里窥见老人最后经历过的内心的期待与绝
望。她知道他是在等待她。她长久地站在他的面前，内心严厉
地谴责着自己。"我本应该回来得更早！"她心里机械地反复着
这一个念头。"如果我知道老人会这么快和我们永诀，我是会抛
开一切赶回来的，然而谁也没有告诉我！"尤其使她难以忍受
的是：老人是在穷困潦倒中死去的！如果他能得到更好的治疗
和营养，他是能够活得更长久的。可是无论是她还是哥哥姐姐
都没有能力做到这一点。

她最后与老人告别："永别了，亲爱的爸爸。我不须向您
请求原谅，因为您从来也没有怪罪过我，可是悔恨将永远吞噬
我的心。唯一可以告慰您的，是您所关心的镭的用途，我们已
经为它找到了令人鼓舞的前景。可惜的是您已经来不及知道了。
我在这里向您发誓：我们一定要把这项研究进行到底，使它能
早日为千百万人服务。"

4

她在深沉的悲哀中回到巴黎，却有更多的忧虑在巴黎等着她。

在车站上，她没有看见伊蕾娜。小女儿病了，近来咳嗽得很厉害。在她身上已经开始发现了斯可罗多夫斯基家遗传的肺病的征兆。孩子需要更多的新鲜空气和阳光，需要更丰富的蛋白质和维生素，应该送她去疗养；

比埃尔越来越厉害的风湿痛也使她忧心如焚；

他们为实验室进行的新的努力依然毫无结果，他们还得继续在破棚屋中工作；

比埃尔和她每周讲课的时间都增加了，因为他们已经入不敷出；

……

一切仍然是绝望的贫穷！

然而他们的科研工作仍旧井井有条地顺利地进展着。在这个身体柔弱的女人身上，有着一颗比一切金属都更刚强的心！

一篇又一篇由他们夫妇两人联合署名或单独署名的重要论文陆续发表了出来：《论放射性元素》《论感应放射性及镭射气》《论镭盐自动放出的热量》《放射性物质的研究》《论温泉所发气体的研究》《镭射气的生理作用》……

打开原子结构内部秘密的这门新科学——放射学的宏伟大厦，由于它的奠基者的顽强努力，已经渐具规模，日益壮观，开始走上了征服全世界的胜利航程；

镭在生理上、医疗上的重要效用已经得到了公认。镭射线可以杀死肿瘤细胞，治愈狼疮和几种恶性癌肿，已经被巴黎的几位著名的开业医生兜娄、威卡姆和德格瑞所接受，将它用在临床上，取得了满意的效果；

以它的创始人命名的"居里治疗法"，已经成为全世界千百万癌症患者的救星和福音；

从英国、德国、比利时、美国，每天有大批信件向克勒曼大道①的小屋飞来，对神奇的放射性金属镭的日益增长的需要，已经使一种新的制镭工业的产生成为迫在眉睫的事；

玛丽·居里忠实地履行了她对故去的老父的诺言，这一次她没有再对死者失信。

一个晴朗的星期天的早晨，克勒曼大道的小屋里充满了灿烂的阳光。

这是一个酷暑的夏季。现在还是早上八点钟，温度计的水银柱已经升到 32 度。有钱的巴黎人纷纷到海滨避暑，蒙什，特累波，阿柔芒士……只有这两个苦行僧仍然留在他们的破陋的实验室里，与蒸馏器的烧烤和玻璃屋顶下烈日的曝晒搏斗。连星期天他们也不休息。

然而昨晚上伊蕾娜咳嗽又厉害起来，几乎整夜未停。今天清早他们就把圣路易医院的兜娄大夫请来了。兜娄大夫很为伊蕾娜的身体担忧，他给她开了一种新出品的很有效力的药，临走前又对忧心忡忡的母亲说："归根结底，你们应该改善孩子的

———
①居里夫妇在巴黎的住地。

营养状况和环境。她需要海边新鲜的空气和阳光。"

居里夫人拿着药方怔怔地出神，又是20法郎，到哪里弄这笔钱呢？还有营养，疗养……

居里先生立刻懂得了玛丽雅在为什么发愁，他嗫嚅地向她建议："这个月我想不去进行水疗了，我的风湿痛已经好了。这笔钱可以节省下来，给伊蕾娜买药。"

他是在撒谎。昨天晚上她几次被他在梦中的呻吟惊醒过来，他自己还不知道哩。"不！"她凄惶地摇了摇头，"我想我的药可以不吃了。我的神经衰弱已经好多了，最近很长时间我已经不再梦游了，是吗，比埃尔？"

"是的，你不再梦游了。昨天半夜里你在走廊里干什么？"

昨天半夜，他因为四肢剧烈的疼痛醒了过来，看见她穿着一件白色睡衣，打开门向伊蕾娜的房间走去。他以为是孩子的咳嗽使她挂心，不料她很快就回来了，在房间里毫无目的地转了一圈，又走了出去。这时他也起来了，跟在她后面，见她在走廊里来回漫游，两眼直直地望着前面。这时他才明白她的梦游症又犯了，也许是孩子的病使她过于焦虑的缘故。

居里夫人笑了："根本就没有这事，你骗我！"

"算了吧，我的好夫人！你还是多关心一些你的身体吧！看你已经瘦成什么样子了？"

"比埃尔，我有了一个好主意！"居里夫人突然叫道，"我们好久没有到郊外去了。今天就不要再去做实验了，我担心在那玻璃炉子里再烤上一天你也就会彻底垮台了。咱们带着伊蕾娜一同骑车到克拉玛森林去，那里的空气对于我是比什么药都更好的治疗！我的药也就不用再买了。"

居里说："你的前一个建议我接受，后一个建议就不要再提了，孩子的药让我来想办法。"

这时门铃响了起来，他们的辩论也就暂停了。

邮差送来了今天的早班信件。在玛丽雅为孩子穿衣服准备野游的时间，比埃尔将信件匆匆浏览了一遍。一封从美国布发罗寄来的挂号信引起了他的注意，他打开了它，读了起来。

这是一封通常的向他们请教提炼纯镭方法的信，不同的是它不是科学界的同行们出于学术目的写来的，而是一些想要创立制镭实业的技师们写来的。因此信中同时还提出了对于他来说完全是陌生的问题——专利权的问题。

这是一个可笑的问题。如果是在平时，居里自己就可以很快回答他们。然而几分钟前在这里进行过的那场谈话无疑在他心头留下了很深的印象，他觉得在这个问题上首先应该征询一下他夫人的意见，因为如果说有什么权利的话，正是她应该享有更大的一份，他不能加以剥夺。于是他将它仔细折叠了起来，放进了上衣口袋里。

当教堂午祷的钟声响起时，居里夫妇已经躺在了克拉玛林中的草地上。开着花的芸苔枝子轻轻拂着他们的脸，白云在他们头顶上飘飞。伊蕾娜挥动着一个绿色的昆虫网，正在林中奔跑，不时传来她追逐蝴蝶的尖叫声。她早已把紧紧裹着她身子的外衣脱去，那还是去年她过生日时她妈妈给她做的，已经太小了。她下身滑稽地穿着一条男孩的短裤，这还是居里童年时穿过的纪念品，也被玛丽雅从箱底翻了出来，派上了用场。

比埃尔和玛丽雅靠近地躺着，奇妙的大自然有着治愈一切创伤的能力，在她的怀抱里，他们几乎忘记了巴黎的一切烦恼。突然，比埃尔长长地叹了一口气，他想起那封美国的来信，因为不得不在这样美好的时刻和玛丽雅谈论那么个不愉快的题目而感到抱歉，他有些犹豫地开了口："玛丽雅，有一件事需要和你商量。"

"你说吧，亲爱的比埃尔，我在听着。"

"今天我收到了一封布发罗的来信，有一些要想创立制镭工厂的技师需要我们的帮助。"

"你就答复他们好了。"

"不，这件事我必须听听你的意见。"

"难道这里面还有什么问题吗，比埃尔？"

"是的，信中提到了我们的权利问题。"

"什么权利？"居里夫人被弄糊涂了。

"是这样，他们在信中提出：由于我们是镭的发现者和制镭方法的创造者，我们在法律上就享有一种叫作专利权的东西。（当然，这还必须履行一定的法律手续）就是说，我们在世界各处所有制造镭盐的实业中都可以享受相当大比例的一部分利润。所以现在我们必须在两种决定中选择一种：一种是毫无保留地把我们的研究结果，包括提炼镭盐的手续在内，告诉所有想要知道它的人；一个是按照一般的做法，取得这种技术上的专利执照，从而确定我们应该享有的权利。"

玛丽雅简直不明白她的比埃尔在说些什么。什么取得专利执照呀，什么确定我们的权利呀，但是对于他提出的问题的实质她是清楚的：

"你今天是怎么了，比埃尔？难道这个问题还需要问吗？"

比埃尔立刻明白了她的选择是什么，这正是他预料到的。但是他觉得他还必须负责地对她做出更详细一些的解释："我的想法和你也是一样的。但是我不愿意由我一个人轻率地做出这个决定，因为它关系着你，还有我们的小女儿的物质上的利益。这种专利代表着很多的钱，据美国朋友估计，由于镭的存在极端地稀少和它在医疗上的特殊价值，1 厘米镭的价格大约在 20 万到 60 万金法郎之间。……"

玛丽雅不禁惊叫道："这么多？它可真是名副其实的世上最贵重的金属了！"

"即使给我们的是一个很小的百分比，它也意味着一笔极大的财富。而我们的生活一直是困苦的，恐怕将来也永远会是如此。如果有了这笔钱，我们可以摆脱生活的重担，有更多的时间从事科学研究；伊蕾娜可以得到她应该有的东西；而且——"说到这里，比埃尔不无向往地笑了一笑，提出了他唯一觉得放弃了会觉得遗憾的东西："我们还可以有一个久已期望的实验室。"

玛丽雅这次沉默了一会儿，物质条件的改善确实是她曾经向往过的……然而科学的良心还是使她拒绝了这种诱惑："科学家总是把自己的研究成果全部发表的。我们不是为了物质的利益来从事科研的。再说，镭将在治疗人类痼疾上有着广阔的前途，我们更不能借此求利。"稍停了一会儿，她又补充了一句："这样做是违反科学精神的。"

比埃尔轻松地叹了一口气，这个心灵无比纯洁、高贵的女人又一次帮助他解决了一个难题，只是这一次不是在科学上，而是在人的精神道德上。他们已经在贫穷与财富之间做出了永久的选择。

他怀着无比的骄傲凝望着躺在他身边的这位优美的小妇人。金钱、财富又算得了什么？世界上没有任何珍宝——黄金、镭，能比跳动在她的胸膛里的那一颗心更贵重！

他们又在林中躺了很久很久，宁静的森林、原野和天空给予了他们一种深沉、庄严的陶醉。探索宇宙的奥秘，追求科学的真理，在这种永恒的欢乐面前，生活中短暂的需求和享受显得是多么渺小！

天色已经黄昏，他们俩才从草地上站起来，轮流把伊蕾娜扛在肩上，穿过树林，向他们放在林边的自行车走去。他们在一个幽静的小湖边停了下来，湖面盖满了粉红色的睡莲，这时已经在朦胧的暮色中阖上了花瓣，森林的喧闹也都静息了下来，只有远处传来啄木鸟最后的几下敲叩声。他们不自觉地放轻了脚步，不愿惊动这无边的宁静，只在湖边采摘了几朵金色的鸢尾花，为伊蕾娜编了个黄金的冠冕。

直到夜幕低垂，他们才踩着自行车登上了返回巴黎的大道。在他们的车上，招展着一束紫罗兰和金雀花。

1981 年 7 月于北戴河

弯曲的球面

1

在一个晴朗的五月的早晨,幽静的杜梅塞街沐浴在阳光的瀑布里。街道两旁,一座座用乳白色、草绿色或者是米黄色的木栅栏围起来的花园里,五彩缤纷的花卉正在争奇斗艳。空气里充溢着采蜜的蜂群飞翔的声音,飘散着金雀花和木樨草淡淡的馨香,荡漾着袭人欲醉的初夏的暖意。

平时,小玛尔达遇见了这样迷人的早晨,一定会把她银铃般的歌声撒满花丛,她那粉红的脸颊上的笑靥一定会像玫瑰一样绽放。

然而,今天悲伤的泪水模糊了她的两眼,美丽的花园和树木,在她眼里都变成了一片黯淡的奇形怪状的线条和斑点,就如同她在雨天里看到的一样。

小玛尔达一边淌着眼泪,一边向前走着,直到她的头碰到了迎面走过来的一位行人的身上。

"早安！玛尔达！"传来一声和蔼的、苍老的声音。她抬起头来一看，映进她眼帘的是一头牧羊狗似的乱蓬蓬的白发，一张布满了皱纹的脸，一撮又粗又硬、横七竖八翘起来的胡子，而一双浅棕色的神情恍惚的眼睛正从深深凹陷的眼眶后面打量着她。哎呀！她碰到的正是那个不久以前新搬到这条街上来的、每天早晨都要在这条林荫路上散步的古怪的老人！不知道为什么，玛尔达平时有些害怕这位老爷爷。他总是一个劲地埋着头向前走，对谁也不看上一眼，好像是在想什么问题。他身上的衣着也很特别，一件袍子又肥又大，仿佛他整个身子是裹在一幅床单里，脚下还穿着卧室里用的拖鞋。她每天上学或放学时，只要远远看见了他，总要故意绕着道躲开他，不敢和他相遇。没有想到，今天竟然会和他面对面地碰在了一起，就是想躲避也已经来不及了。然而当她第一次从这么近的地方来观察他，才发现这位老爷爷并不是那么可怕。他脸上的皱纹是那样慈祥，而在那双凝望着她的眼睛里，如果她没有看错的话，闪烁着的是一道智慧的、调皮的光芒，正在向着她微笑哩！

"他怎么会知道我的名字呢？"这个问题使玛尔达有些迷惑不解。她忘记了，由于她每天上学去的时候，几乎都要忘记掉一两件东西，或者是钢笔呀，或者是作业本呀，以致每次都必须她的妈妈从后面高声喊叫着她的名字，把她召唤回去，所以，"玛尔达"这个名字在杜梅塞街早就已经十分响亮了。

小玛尔达已经不感到害怕了，她用手抹去脸上的眼泪，也想向老爷爷笑一笑。然而从她眼睛里吧嗒吧嗒掉出来的依旧是泪珠子，她只能勉强地用含混的鼻音回答了一声："早安！老爷爷！"

老人责备似的摇了摇头："唉呀呀，多不好！这么漂亮的眼睛，天生是用来欢笑的呀！告诉我，玛尔达，什么事叫你这样伤心？"

不知道为什么，她心里一开始就对这位严厉古怪的老爷爷产生了信任，于是哽咽着回答："有两道几何题，我证明不出来。一会儿到学校，老师就要惩罚我了。"

老人同情地说："你爸爸没有帮助你吗？"

"我爸爸不在家，他在很远很远的地方。"

"你妈妈呢？"

"妈妈说：她看见数学就头痛！一定是她的这种病也遗传给了我！"

老爷爷笑了："如果这只是一种病，事情就还有希望。让我们来看看，有没有什么办法可以补救？"老爷爷开始认真思索起来。

玛尔达的眼睛发亮了，希望开始在里面闪烁。也许这个奇怪的老爷爷真的能够帮助她？他的外表多么像一位会变出奇迹来的魔术师啊！

果然，老爷爷说话了："玛尔达，现在时间不早了，你把你的几何题拿出来让我瞧瞧，看我能不能帮助你证明它们？但是你要答应我：今天放学以后一定到我家里来，我们一起把这两个题目重新证明一遍，直到你真正掌握了它们，你答应吗？"

小玛尔达高兴地跳了起来，禁不住踮起脚跟吻了吻老爷爷乱蓬蓬的胡茬子。满天的愁云从她的脸上消散了，她眼前的世界重新放出了绚丽的光彩。

2

玛尔达一路上跳跳蹦蹦地走着,好像长上了翅膀似的。今天她的心情不用提有多么高兴了。在几何课堂上,老师第一次给她的作业打了一个最优。而在平时,她连良好的评语也很难得到,能勉强保持住"及格"就很不错了。这使她更增加了几分对那位老爷爷的感激和尊敬,她原来还有一些怀疑他做几何题的能力呢!

在她拿到最优的评语时,确实还提心吊胆了好一阵,害怕老师会追问她:这几个习题是不是你自己做出来的?幸运的是,老师什么也没有问,只是在把作业本发还给她的时候,用含有深意的眼光望着她,鼓励她说:"祝贺你,玛尔达,希望你今后永远保持这样优秀的成绩!"全班同学都羡慕地望着她,她的脸蛋涨得通红,心头却乐滋滋的。她就下定了决心,今后一定要努力把数学学好。放学以后,她哪儿也没有去,连她最要好的朋友贝拉邀请她去参加洋娃娃爱赛儿的洗礼,她都推辞掉了。爱赛儿是她的教女,要是在平时,她是无论如何也非去不可的。

她来到了早上老爷爷指引给她的那座小院。一栋雅致的二层楼的木板小屋,坐落在花园幽静的深处。一位三十多岁的妇人,正在百花丛中修剪花枝。玛尔达走了过去,这位妇人看见了她,很和蔼地问道:"小姑娘,你来找谁?"

玛尔达这时才想起,早上竟忘了问那位老爷爷叫什么名字了，就用双手在自己头上胡乱地比画了几下："是这样一位头发乱蓬蓬的老爷爷叫我来找他的。"

这位青年妇人笑了，大概她已经知道了这回事，指了指小屋的门说："进去吧，孩子！你进屋以后就上楼，对着楼梯口有一间橡木门的书房，你要找的老爷爷就在那里面等着你！"

玛尔达进了屋。哟！走廊收拾得多干净呀！地板擦得明晃晃的，过道两边摆满了花盆，整座小楼安静得就像没有人住似的。玛尔达禁不住放轻了脚步，沿着楼梯向着那扇橡木的书房门走去。

她胆怯地在门上轻轻敲扣了几下，她已经熟悉的那个苍老的声音立刻响了起来："请进！"

她推开房门，马上就看见了早上那位老爷爷，正伏在一张宽大的书桌上写着什么。那颗乱蓬蓬的白头这时抬了起来，一双炯炯有神的眼睛从一副架在鼻梁上的阔边眼镜后面瞅瞅进屋的人，立刻高兴地说："是你呀，玛尔达！快请过来！"

玛尔达走到了老爷爷的书桌前面。她一生中还从来没有看到过这么多的书，桌子上，沙发上，书架上，到处都堆满了。老人面前是厚厚一叠摊开的稿纸，上面画的都是一些她不认识的符号和数字。唯一使她感到亲近一些的是：墙上竟然还挂着一把小提琴。

"你在做什么？老爷爷！"

"和你一样，也在做数学题呀！"

"怎么！你也要做数学题？"玛尔达惊讶地叫了起来。在她心里，数学是一个叫作欧几里得的希腊老头子专门为了折磨孩子们才发明出来的。老爷爷年纪这样大了,怎么还要做数学呢?她不禁十分同情起他来。"你的数学题也像我的那么难吗?"

老人认真地点点头:"有时也像你的那么难!"

"你也像我一样每天都要做这些鬼题目吗?"

"每天都要做!"

玛尔达走上去,轻轻抚摸着老人的手:"你真可怜,老爷爷!可惜我也讨厌数学,没有办法帮助你!"

老人吻了吻她的额头,表示感谢:"谢谢你,孩子!你快些学好数学,就能帮助我了!来,把你早上的几何题拿出来,重新证明一次给我看看。"

玛尔达为了能够在老人面前顺利地证明这两道几何题,在白天已经花了不少工夫去求证,所以现在很快就将它们证明出来了。

老人看了很满意:"这不就做好了嘛,孩子?老师今天又给你们留下习题了吗?"

听到这里,玛尔达眉头不禁皱了起来,刚才的满腔高兴,顿时烟消云散。"今天老师讲的是任意三角形,留的题目可难了!"

"不要紧,"老人安慰她,"你今天就在我这里做作业,有不明白的地方,我尽量帮助你,好吗?"

玛尔达放心地舒了一口气,笑了起来,两排整齐、洁白的牙齿像珍珠贝似的在她嘴里灿灿发亮。她高高兴兴地在桌子对面坐了下来。

"现在,玛尔达,我们就来进行一场比赛,看谁的数学题先做完，好吗？"

玛尔达摇摇头。

"为什么？老师今天讲的课，你还有什么地方不明白吗？"

"老师讲的我好像都懂了，可是这些题目，"她的小嘴一努，"和老师讲的东西根本也不沾边呀！"

老人把玛尔达的几何习题拿了过去，看了看第一个题目，拿起一支铅笔，在几个复杂的三角形之间画了两条延伸线，然后把它递给玛尔达："现在你再看看！"

玛尔达看了一会儿，突然拍着手叫道："这下子我会证明了，这根线和这个三角形的底边平行，这两个角是对角相等，那两个角是一条直线与两条平行线之间的夹角相等……老爷爷，你真是一个魔法师！"

老人笑了笑："孩子，做数学也需要丰富的想象力啊……"

"做数学也需要想象力？第一次听说！"玛尔达放声笑了起来，"不就是三角形三个内角之和等于180度吗？"她熟练地背诵起几何定理来。

"是的，需要想象力！"老人严肃地说，"数学有着让人类的思想无羁地飞翔的最广阔天地。你现在还在中学，刚刚学习了代数、几何，随着你的知识增长，你还会走进更深奥、更宏伟、更令人神往的数学殿堂。在那里，人的思想已经升华到了难以想象的境界。你已经知道三角形三个内角之和等于180度了！可是你想过没有：三角形三个内角之和还可以小于180度呢？"

玛尔达惊奇得睁大了双眼，从她学习几何开始，这个定义就已经是天经地义了！小于180度？怎么可能呢？

"不！不是我在这里胡说！很早以前，一位叫作罗巴切夫斯基的伟大数学家就已经证明了这一点。由于这，他创立了一门和欧几里得几何完全不同的双曲面几何，就是现在科学家们都知道的'非欧几何'。它对现代物理学和现代哲学的发展起了难以估量的作用。它的产生，是人类想象力的值得骄傲的成就！"

玛尔达自己也不知道，老人这几句简单的话语里为什么会具有那么大的力量，一下子把她的心给吸引住了。她第一次知道了：在她认为是枯燥无味的数学里，还有着如此丰富、如此奥妙的内容。

"好吧，下面的题目，你自己来证证看。怎么样？现在愿意和我比赛了吗？"

玛尔达突然觉得自己充满了信心："好吧，老爷爷，咱们现在就来比赛，不过，得先讲清楚：输了怎么办？"

"啊？……"这个问题老人可没有想到，"你说呢？"

"谁输了就刮谁的鼻子！"

"好！就这样说定了！"

一老一小都埋头在自己的数学计算里。玛尔达今天的作业进行得十分顺利，这一点从她脸上的表情就可以看出来，她的脸是测定她的情绪的最可靠的晴雨表，一会儿她的两根眉毛拧成了一个疙瘩，不用说，这是遇见阻力了，你看她偏着头使劲地瞅着书本，拿起笔在纸上横七竖八地画了许多道线……不一会儿，眉头上的疙瘩舒展了，笑容浮现在她的嘴角，问题已经解决了！

玛尔达的作业很快就要完成了，这时她高兴地抬起头来瞅了瞅老人。唉！这个老爷爷，你瞧他还不慌不忙地坐在那里，瞅着天花板在出神哩。铺在面前的稿纸上还没有写上几行算式。小玛尔达不禁为他着起急来了。

"老爷爷，你还不赶紧算？我的题目眼看就要做完了。"

老人好像从沉思中被她唤醒了过来："是吗？糟糕！我的还早着哩！"

"老爷爷，你在做数学习题的时候，一定要专心！不要老惦记着到外面去玩，也不要去瞅房顶上的苍蝇；这是老师告诉我们的。不然你的作业就永远也做不完，而且还容易出错！"

老人笑着向她表示感谢："谢谢你，玛尔达，我会永远记住你的话：做作业的时候一定要专心！"

"这就对了！"玛尔达满意地点点头，重新埋头做起作业来。一会儿就听见她发出了一声欢呼："我做完了！"

老人无可奈何地摊开双手："今天看来我得认输了！"

玛尔达爬到他的身上去轻轻地刮了一下他的鼻子，同时却重重地亲了一下他的额头。

"你真是个好爷爷！明天上学我不用犯愁了！我不知道应该怎样感谢你。"

老人笑了："要感谢我很容易，给我唱一支歌就行了！"

玛尔达高兴地跳起来，要知道她最喜欢的就是唱歌，要是在外面有像现在这样愉快的心情，她早就唱起来了。但是，她又不免有一些奇怪："老爷爷，您也喜欢音乐吗？"

老人笑着点了点头。

"这么说，这墙上的提琴是你拉的了？"

"就算是吧！不过我拉得很蹩脚！"

"那太好了！我们俩一起来。我唱歌，你伴奏。不过，唱支什么歌呢？"

"就唱那支你早上常常唱的黑人民歌好了——《故乡的亲人》……"

老人说着，从墙上取下了小提琴。他是那么熟练地调好了琴弦，顿时，美丽的忧郁的旋律从他手下流了出来。

多么奇妙的音乐魔力啊！在小玛尔达的面前，四周的墙壁、书架，突然间仿佛都消失了，明媚的阳光照耀在夏天的草地上，天真的孩子正在小小的木屋外面玩耍，黄色的郁金香、白色的铃兰在涓涓的小溪边灿烂地开放，娇小的云雀在高高的蓝天中婉转啾啼……

玛尔达深深吸了一口气，用她饱满的胸音应和着琴声歌唱起来：

> 阳光明媚，照耀可爱的家乡，
>
> 夏日长长，黑人们多么欢畅！

她从来没有像今天这样歌唱过，一切都不存在了，有的只是音乐：

> 别再哭，小姑娘，
>
> 我们今天不再悲伤！
>
> 我们要唱支歌为了我们的家乡，
>
> 祝愿远方的亲人平安无恙！

歌声停止了，琴音也袅袅消逝。玛尔达首先从幻想的世界中清醒过来，发现老人仍呆呆地坐在那儿，提琴的弓子仍搭在弦上，一泓莹莹的泪光奇怪地在他的眼角闪烁。

"老爷爷，你为什么哭了？"玛尔达惊慌地问。

老人没有回答她，轻轻地自言自语地念着两句巴伐利亚古老的民歌："家乡，家乡，可爱的家乡！那菩提树荫下古老的书房……"

玛尔达忍耐不住了，真诚地称赞说："老爷爷，你的小提琴拉得真好！你应该去做一个音乐家，免得整天在这里算这些倒霉的数学。"

老人也已经从音乐的世界里回到了现实中来，笑着抚摸着他的小提琴说："玛尔达，音乐是美妙的艺术，我确实喜爱她而且迷恋她。但数学是一种更加神奇的艺术，如果你和她交上了朋友，你就会懂得：你再也不能够离开她！"

"你说什么？数学还是一种艺术？"玛尔达不相信地叫了起来。在她的心目中，还有什么东西能够比数学更枯燥无味呢？

"是的！"老人郑重地回答，"她用数字写诗！她那质朴、简单而又完美的诗行，像晨星在人类的黎明闪烁，永远不会陨落。连莎士比亚、但丁也会羡慕她的崇高与深刻。她揭示的是时间与空间的四维的统一，是质量与能量的相互制约与转换；她礼赞的是伟大的物质演化的进程，是生命起源的神秘与奥妙。

"她用符号作曲！她那昂扬、和谐的旋律，像瀑布在历史的峰巅倾泻，永远不会衰竭。连贝多芬、巴哈也不能与她的强度和力度抗衡！她咏叹的是大地的脉动、雷电的交响；是潮汐的涨落、台风的凯旋。她传达的是来自遥远的太空的信息——创世的回声，是光线与电磁波的不可逾越的速度。

"她用线条绘画！她那细腻、准确的色彩，像虹霓在宇宙的画布上展现。连提香和拉斐尔也无法想象这种绚烂和丰富！她描绘的是无限膨胀的动力学的宇宙模型，是恒星与行星的轨道；她勾勒的是基本粒子的踪迹，是细胞核染色体的组合与排列。

"在古希腊和古罗马的神话中，还没有一位这样美丽的女神——科学女神。她的容貌严如冰霜，却比维纳斯更富魅力，比缪斯更有才华。我一生都爱慕她、崇拜她，我把我的青春、我的生命都献给了她，丝毫也不后悔。即使我能再从头开始生活，我也还是要忠实地去追随她。"

玛尔达虽然还不能完全理解老人讲的一切，然而她已经被他话语里深邃的智慧和喷注的热情感动了。"老爷爷，以后我也要好好地学习数学。虽然我现在还做不到，但是我希望我将来也能像你这样去爱她。今天我就发现，我已经不那么害怕她和讨厌她了。你能够帮助我吗？"

"好孩子！我很高兴这样做。以后你每天放学后，就到我这里来吧！"

3

一天，玛尔达的数学老师在林荫道拐角的地方碰见了希里普夫人，他十分热情地走上前去和她打招呼：

"您好，希里普夫人！看见您真是高兴。我早就想到您家去拜访了。我真为您的玛尔达感到骄傲，近来她的数学成绩简直创造了奇迹！我想这学期应该发给她金质奖章了。而就在几个月以前，我还在为她的数学成绩发愁哩！"

"是这样吗？"希里普夫人听了不禁眉开眼笑，"这个小玛尔达，她回家时还从来没有对我讲过哩！"

"她怎么能不告诉您呢？"老师奇怪了，"难道不是您每天帮助她复习几何吗？如果每个学生的父母都能像您这样关心孩子，那就太好了！"

希里普夫人有些糊涂了："帮助玛尔达复习几何？不，您知道，在这一方面我已经无能为力了。离开学校的时间太长了！况且，我在学校里的时候，也不是一个好学生！"

"那么是孩子的父亲回来了？"

"没有呀！"

"您为她请了一位家庭教师？"

"更是没有的事了！"

"这就奇怪了！"老师也有些糊涂了，"不可能！就靠我在课堂上的讲授，她是不会进步这么快的！说实在的，前一段时期我已经对她丧失信心了。她性格活泼、贪玩，作业做得总是那么马虎，连一些最基本的概念她都弄不清楚，考试经常不能及格。我无论怎样耐心帮助她，总是没有什么效果。她说她看见数学就头疼。可是现在，您今天晚上回去看看她的作业，简直可以说是杰作。在最近几次考试中，她的成绩都是优秀，已经进入了她们班上最优等的学生行列。过去她放学以后，总要和同学们在外面玩，很晚很晚才回家，现在一放学就回去了。连同学们都说玛尔达变了，可是您却说家庭里并没有帮助过她，这是怎么一回事呢？"

老师带着一个没有解开的疑问与希里普夫人分手了。希里普夫人晚上回到家里也同样感到今天听到的关于女儿的情况确实有些奇怪，决定要对玛尔达的作业进行一番检查。她感到过去在孩子的学业上她的确有些放弃了母亲的责任，对孩子的学习一直没有给予足够的关心。可是孩子的变化又是怎么一回事呢？老师还说她每天放学后就马上回家，事实上她仍然和过去一样，不到吃晚饭不会回来。那么这一段时间她又跑到哪里去了呢？如果老师今天不讲到这一点，她还一直以为玛尔达每天放学以后都是留在学校里和同学们玩哩！

六点钟刚刚敲过，玛尔达准时回到了家里。晚饭以后，希里普夫人果然提出来要看看女儿的作业。玛尔达欣喜地望着妈妈。过去她总是害怕妈妈检查她的作业，而最近几个月来，她却一直在盼望妈妈能看看她的成绩，然而妈妈几乎完全忘记了这回事，她甚至都有一些生气了。今天妈妈忽然提出来，她是多么高兴啊！她相信自己将要听到的一定是妈妈的惊叹和称赞。谁知道出乎她意料的是，妈妈看完作业以后，不但没有夸奖她一句，脸色反而严肃起来。希里普夫人现在的心绪十分复杂，女儿的几何作业进步果然是惊人的，远远超出了她的想象之外。可是这究竟是怎么一回事呢？

"玛尔达，告诉我，你每天放学以后都到哪里去了？"

"到哪里去了？"玛尔达理直气壮地说，"到老爷爷家做作业去了！"妈妈话语里的不信任的声调显然伤了她的心。

"哪一位老爷爷？"希里普夫人茫然不解。

"就是住在这条街道的那一头，那一栋红屋顶的两层楼里的老爷爷！”

希里普夫人还是没有印象："他是干什么的？你说的这个老爷爷。"

"不知道！……对了，有一次我听他讲过：他的职业是艺术家的模特儿！"

"模特儿？"希里普夫人更加惊慌起来，"你怎么能上一个模特儿家里去？"在她心里，模特儿都是一些放荡不羁的人。

玛尔达被妈妈脸上的神色吓坏了："不，他还有一次说：他是博物馆里的一件陈列品！"

"陈列品！你疯了？"

"我没有疯！"玛尔达委屈地噘起了嘴，"是老爷爷自己说的嘛！不过，我看他挺像一个马戏团的魔术师。他穿的衣服好像阿拉伯人的袍子，他的头发好像一只牧羊狗！"

"一只牧羊狗？"希里普夫人脑海里立刻浮现出了一位古怪的老人的生动形象，不禁笑了起来。她已经知道玛尔达说的这位老人是谁了。她每天清晨去菜场买菜的时候，在路上经常会碰见他。他是新近才搬到这条街上来的，虽然她并不熟悉学术方面的事，但她听很多人讲过：这位老人是一位很了不起的科学博士，是从希特勒统治下的德国逃出来的。如果是他，她倒是放心了。相反地，她却有些责怪玛尔达不应该冒冒失失地去打扰这样一位科学家。

"你怎么能总往这位老爷爷家里跑呢？你这样做不会打扰他吗？"

"不打扰。是老爷爷自己叫我去的！"

"你每天去了都干些什么？"

"每天他帮助我做几何题。现在我不用他帮助自己也能做得很好了。我们还经常比赛，看谁的习题做得快。每次胜利的都是我！"玛尔达骄傲地说。

"你呀，玛尔达，真是个不懂事的孩子！你这样做会耽误老爷爷多少宝贵的时间啊！他可是一位有学问的老博士呀！"

"不耽误！我还给他唱歌，他自己给我伴奏。有时候，"玛尔达又低声地加了一句，"我还带糖果给他吃。"

希里普夫人本来想在某一个星期日亲自带着玛尔达到老博士家里去，为了他对玛尔达的帮助向他表示感谢。后来一想，这件事还是等孩子的父亲回来以后再去办更好一些。孩子的父亲也是一位科学家，在克利夫兰一家研究所里工作。

然而这个愿望终于未能实现。就在这一年的暑假期间，孩子的父亲来信，叫玛尔达母女俩一起搬到克利夫兰去。她们就这样匆匆忙忙地离开了美丽的普林斯顿。

当她们到达克利夫兰以后，孩子的父亲才知道了这件事。他责怪了希里普夫人不应该不去拜访老科学家，可是已经无法补救了。最遗憾的是她们连老博士的名字都不知道，以致就是想写封信去表示感谢也没有可能了。

但是玛尔达并没有忘记自己的朋友，临走以前她又一次跑到了老人家里，依依不舍地和老人告别，她把自己最心爱的洋娃娃送给了老人。老人却很遗憾找不出一个洋娃娃来送给她，就把书房里的一个小地球仪送给了她。

离开普林斯顿的那一天，玛尔达哭了一场，她知道自己永远也不会忘记她的这位好朋友。

4

几年过去了。

1938 年 10 月的一个早晨，窗外飘着槐叶的清香，玛尔达全家坐在凉台上用早餐。爸爸一边喝着咖啡，一边随意浏览着当天的晨报。玛尔达咬着嘴唇，凝视着墨绿色的树叶深处一块明亮的白斑，茫然地在思忖着什么。每一个这样明净的初秋的早晨，都能给玛尔达带来许多新的梦想。现在她已经长高了许多，是一个即将以最优秀的成绩在高中毕业的学生了。

忽然爸爸叹了一口气："我真想知道，他会对五千年以后的人讲些什么？"

玛尔达被这句离奇的问话惊动了，显然爸爸是说错了某一个字，她笑了起来：

"瞧您，怎么糊涂了？谁能对五千年以后的人讲话呀？"

"一个世界上最有智慧的人，孩子！只有他，才配和五千年以后的人类说话。要是我能知道他信上讲了些什么，该有多好！"

"你说的是谁呀，爸爸？"

"阿尔伯特·爱因斯坦！"

"爱因斯坦？"这个名字当时在美国已经愈来愈为更多的人所熟悉了。玛尔达好奇地问："他怎么能和五千年以后的人讲话呢？"

"你听，今天的晨报是这样写的：昨天，在纽约市东北郊准备于明年春季开幕的世界博览会工地上，举行了隆重的仪式，伟大科学家爱因斯坦应罗斯福总统之请，亲笔写了《给五千年后子孙的信》装在密封的金属包裹里，埋进了地下。公元 6939 年这封信将被打开，我们的子孙将会读到我们这个时代的伟大代表向他们寄予的期望与祝福。这是总统代表美国和全世界给予当今世界上最杰出的人物的崇高荣誉。"

"真了不起！"坐在爸爸对面的玛尔达激动地叫了起来，连手里的牛奶杯都没有放下就急急地跑了过来，"真有这样的事吗？让我看看。"

当她从爸爸身后往晨报上第一版登载的消息和巨幅照片望去的时候，突然，她手里的牛奶杯掉在了地上，跌得粉碎。

"你这是怎么了？"爸爸吃了一惊。

玛尔达没有回答，双手捧着头坐了下去。不知道女儿为什么突然发作了歇斯底里，爸爸妈妈急得面面相觑。

短暂的激动过去了，玛尔达放开了双手。爸爸妈妈从她那双湿润的眼睛里看到的是洋溢着的幸福和快乐，这才放下了心。"你这是干什么呀？玛尔达！"

"爸爸，我认识他，这位爱因斯坦爷爷！"

真是一个奇怪的孩子，看来她还没有完全恢复过来，爸爸宽容地笑了："孩子，你看错人了！你是不可能认识他的，他是今天世界上最伟大的人！"

"不，爸爸，他就是我告诉过你的那位帮助我做几何作业的爷爷！"

"你真的这么相信吗？孩子！"

"是的，决不会错！我和他几乎天天见面，你看他那一头蓬松的白发，多么像……"她觉得现在再说，有些不礼貌，就中途咽住了。

爸爸再仔细地看了看面前的照片，是呀，连他也开始不怀疑了。他忽然想起来：对呀，他早就应该猜到是他了！伟大的科学家从德国来到美国，正是到著名的普林斯顿高级研究院担任终身研究员呀！但是谁又敢这样去想哩？他不禁兴奋地拥抱了玛尔达："孩子，你是多么幸福啊！要知道你认识的是爱因斯坦呀！"

玛尔达也被爸爸的情绪感染了："爸爸，爱因斯坦爷爷有什么伟大的贡献？人们这样崇拜他？"

"怎么和你讲呢？孩子。他是 20 世纪的以赛亚[①]，把人类带进一个超越人的感觉和想象的相对论的世界中去，从根本上改变了人类对于宇宙、对于质量与能量、对于时间与空间的概念。在人类历史上，只有哥白尼、伽利略、牛顿和达尔文这几个卓越的人物还能够和他所建树的划时代的功绩相比，而他在思想的深刻性和独创性，理论本身的难度和复杂性，以及所涉及的领域的广阔性等各方面，都大大超过了他们。有些贡献，甚至世界上也只有少数几个人能够理解。怎么和你讲呢？孩子！"

"不，爸爸，我要你给我讲！哪怕我能懂得一点点也行呀！一线光明也强胜过愚昧。"

"好吧！在他开始走上科研道路的时候，也就是在我们这

①《圣经》上著名的预言家。

个世纪的初期，科学发展的全景是个什么状况呢？这时，建立在牛顿力学绝对时空观基础上的现代物理学大厦，已经被公认为是发展到了登峰造极、完美无缺的程度，不再需要任何人去为它添砖加瓦。留给后人去做的，只不过是修补一下篱笆而已。没有想到，当时刚刚 26 岁的爱因斯坦，却以他最初的几篇狭义相对论的论文从根本上动摇和摧毁了这座庞然大物，揭示了空间与时间、力学运动和电磁运动的统一性，在新的实验事实的基础上建立起一个崭新的理论体系。牛顿力学作为物质在低速运动情况下的一个近似规律被包括在这个体系之中，使人类的认识经历了从牛顿力学以来又一次新的飞跃。

"在狭义相对论里，他揭示了光速不变原理：宇宙中速度的极限乃是光速；预言了物体的惯性质量会随着速度的增加而变大，当速度达到光速时，质量将达到无穷大；预言了时间膨胀效应，即在空间运动着的时钟比静止的时钟走得慢一些。如果我们乘坐一个接近光速的火箭前去遨游宇宙，那么在地球上度过一年，火箭上才刚刚度过一天。这给人类征服浩瀚的宇宙空间提供了可能性。他揭示了物质质量与能量的相当性定律：能量等于质量乘以光速的平方（$E=mc^2$），从而为人类提供了开辟新的能源的辉煌前景。现在全世界的科学家正在根据这一公式寻找解放蕴藏在原子深处的巨大能量的途径。[①]

"狭义相对论还只能适应惯性系，不能解决引力现象，为

[①]几年之后，美国就建立了第一个重水反应堆，从此世界跨进了核世纪。

此他又进行了 10 年探索，建立了广义相对论，从而把理论的适用范围推广到包括加速系在内的任意参考系。它终于揭示出了隐藏在宇宙深处的和谐与秩序，对大自然最广泛的力——引力，做出了美妙而简洁的数学解释。他不认为引力是像牛顿所讲的那样一种力，而是由于物质的存在而产生的时空连续区中的一种弯曲的场。水星轨道近日点的不断前移，出现了每百年四十分六秒的误差，是牛顿的万有引力无法解释的问题，现在却恰好符合了广义相对论的计算。他还指出：通过测量星光通过太阳附近时的偏转，可以证实他的想法，即光线在真空中不是沿着直线运行，他还计算出了光线偏移的角度。当时科学界被他的理论惊得目瞪口呆，几乎没有一个人懂得它或者相信它。直到四年以后，英国天文学家前往西非，在日全食中拍摄下来的照片完全证实了他的预测，他的理论才轰动了全世界，成为人类思想史上证明科学的伟大预见性的一座永恒的纪念碑。

"他在提出狭义相对论的同一年提出的光电效应的量子性理论和用统计力学的方法来研究布朗运动的理论，前者在科学上开拓了一个新的激光研究的领域，使他因此获得了诺贝尔奖金；后者迫使当时最顽固的原子论的反对者也不得不承认原子的存在，并使他成为统计力学的奠基者。这样三项划时代的贡献由一个人在同一年中完成，这在科学史上是独一无二的。

"二十年代以后，他的主要精力放在用广义相对论探索统一场论上面。他的这一探索今天已经吸引了全世界很多有才能的科学家，成为对他们的毅力、勇气和智慧的考验。没有任何别的理论比它更加抽象、更加艰深、更加难以验证。很多人已经转向了其他更容易做出突破性成果的项目，而他始终顽强地坚持下去，并且已经取得了几项重要的突破。他常常说：'也许在我生前已经完成不了这项工作了，它将被人遗忘，但是将来会被重新发现。'他有时嘲讽自己是一块早已离开了物理学主流的化石，但他毫不后悔……"

一直坐在旁边静听的希里普夫人突然插言："这下我懂得了——为什么他说自己是博物馆的一件陈列品。"

希里普先生没有理会她，继续对玛尔达讲了下去："使人崇敬和敬仰的不仅是他的划时代的科学成就，更在于他作为一个真正的人为我们所树立的典范：是他排除一切偏见，对于真理不折不挠地追求；是他终生希望科学能够造福于人类的社会责任感；是他虚怀若谷，永远不把自己看成教主和权威的谦虚精神；是他反对一切强权与暴政、仇恨一切奴役与欺凌的人道主义思想。

"对于这样一位杰出的人物——我们时代的良心和良知，我是多么偏重了解他对于未来有什么期望与嘱咐啊！"

一直在沉默地倾听的玛尔达，这时突然好像想起了什么，高兴地拍了一下手："爸爸，我知道爱因斯坦爷爷对后代的人们寄予的期望是什么了。"

"怎么？你看见了他的那封信？"她父亲急切地问。

玛尔达不再解释什么，跳起身来，像一阵风似的冲进了屋里，一会儿，就抱着一个地球仪跑了出来。

这是一个精致的地球仪。玛尔达将它放在了餐桌上："你看，爸爸，在它的台座上，有爱因斯坦爷爷亲笔写的两行字。我过去不懂得它，今天，听了你对他的介绍，我突然发现我开始有一些懂得它了。也许这正是他想要对未来的人们讲的话哩！"

爸爸走近前来，默默地捧起了这尊地球仪，低声念出了上面的那两行小字：

"一只盲目的甲虫，在球面上爬行，它意识不到它走过的路是弯曲的。"

接着他又同样低声地将它重复念了一遍，然后沉默了许久。玛尔达期待地凝视着他：

"爸爸，你说我猜想的对吗？"

"是这样，孩子！我相信爱因斯坦先生在这里告诉了我们一个很重要的真理：人类永远生活在各种偏见的束缚中，而可怕的是我们自己常常不能意识到这一点。

"人类几千年来的文明史，就是这样一部不断把自己从偏见中解放出来的历史。

"我们的祖先认为我们生活的大地是方的，天空像一顶圆形的大锅扣在它的上面。

"埃及人托勒密帮助我们从这种偏见中解放出来，给了我们一个圆圆的地球，日月星辰都环绕着它。

"哥白尼又帮助我们从托勒密的偏见中解放出来，给了我们一个太阳系。地球和行星莫名其妙地围着它旋转，它们的轨道都是圆的。

"牛顿又帮助我们从哥白尼的偏见中解放出来，给了我们一个椭圆的轨道和奇妙的万有引力。无论对于天文学或是物理学，这都是一场真正的革命。

"现在，爱因斯坦又帮助我们从万有引力的偏见中解放出来，给了我们一个弯曲的四维空间。

"永远保持着怀疑与探索的精神，不要被生活的偏见所蒙蔽，这是人类赖以前进，最终获得彻底解放的唯一途径。

"也许这并不真就是爱因斯坦对五千年后的人类讲的话，然而至少对于我和你，它是应该永远记住的真理！"

阿尔卑斯的火焰

1

天才常常是寂寞的，只有伟大的心灵才能和伟大的心灵相沟通，正如同只有高山才能越过茫茫的云雾，与另一座高山相望。

1913 年的夏天，在小伊蕾娜的心里，已经永远和高山，和太阳，和燃烧在人的灵魂深处的理想的火焰……紧紧联系在一起，终生不能忘记。想起这个夏天，她心头就会升起阿尔卑斯山闪耀着洁白光辉的冰川和雪峰，震响起雪崩过后群山发出的欢乐的歌唱，仿佛它们也因为欢乐太多而无法容纳，要与天空、与大地分享。就在这个夏天，她的母亲，伟大的科学家玛丽·居里夫人，接受了另一颗当时正灿烂夺目地升起在科学天空的巨星——阿尔伯特·爱因斯坦的邀请，带着她和她的小妹妹艾芙，来到阿尔卑斯的高山与湖泊之间，度过了一个魅人的假期。

这次对阿尔卑斯山的访问，或者更精确一些说，这两颗科学史上最明亮的巨星的会见，是发生在一次极其不幸的事件之后。这次事件，对于小伊蕾娜，是一次可怕的梦魇一般的折磨；对于人类的良知，却是一次难以洗刷的耻辱！

1911 年，瑞典科学院在斯德哥尔摩举行的隆重仪式上，将诺贝尔化学奖金第二度授予了玛丽·居里夫人。这是科学史上从未有过的、今后也很难再有的最大的荣誉。举行仪式时，小伊蕾娜正在母亲的身边。这是她一生中从未见过的一次庄严的大会！笼罩在会场上的肃穆和崇高的气氛，使她年轻的心第一次充满了为科学、为人类而献身的渴望与热情；同时也充满了为她的母亲而感到的自豪与骄傲！她噙着泪水，听着她母亲在演讲中用那样深沉的感情谈到了她的父亲：

"我相信我可以很恰当地做出这样的论断：瑞典科学院给予我的这种崇高的荣誉，是由比埃尔·居里和我的共同工作所引起的，并且也是对已故的比埃尔·居里的一种尊崇。"

只有她懂得她母亲心里所蕴藏的巨大的爱情；也只有她懂得在她父亲不幸地去世之后，她母亲这些年是怎样度过的。这一对亲密的伴侣，在实验室中共同进行了十几年夜以继日的艰苦奋斗之后，在他们的劳动终于获得了划时代的突破，发现了放射性元素钋和镭之后，在胜利和成功终于向他们展示了笑容，一切反对和讽刺都在闪着磷光的神奇的元素面前破产之后，在全世界都承认了他们的成果，并授予了他们以最崇高的诺贝尔物理奖金之后，她的父亲比埃尔·居里却在一次意外的车祸中死去了。当时，还刚刚 8 岁的伊蕾娜就已经懂得了：生活的欢乐已经永远离开了她的母亲。从此以后，她只是为了继续完成比埃尔和她共同的理想，为了科学，以及为了两个孩子而活着。

这次瑞典科学院第二次授予她诺贝尔奖奖金，应该说不仅仅是尊崇她的科学成就，而且是尊崇她的力量、勇气和对爱情的坚贞。她母亲已经为她，也为每一个人树立了生活的榜样！

她怎么也不会想到，一个建立了如此伟大的科学功绩的女人，一个为了探求真理已经贡献了自己一生的青春和健康的女人，一个如此纯洁、如此忠于她的爱情和理想的女人，一个在生活中遭遇了如此巨大的不幸的女人，竟然也会遭受到小人的嫉妒和攻击。就在诺贝尔奖奖金第二次授予她母亲的前后，一个极端恶毒和卑鄙的阴谋在巴黎凭空制造了出来，无耻的诬蔑和诽谤像一阵突然袭来的飓风扑到了居里夫人的身上，而且正是在她最纯洁、最无辜、最不幸的家庭生活上施放暗箭，残酷无情地刺伤了她最痛苦的心灵创口①。

这是一段多么暗淡的时日，一颗纯洁的心怎能忍受得了如此卑劣的诬陷？小伊蕾娜眼看着母亲的精神在一天天崩溃下去，她险些被逼得发疯和自杀，严重的肾炎也发作了，孱弱的体力已经濒临最后的毁灭，似乎已经没有任何奇迹能够挽救她的生命！

然而奇迹发生了！

---

①由于居里夫人从事的是高深的科学研究，在她身边的同学和密友，几乎无例外的都是男子，而她对他们也有着无可置辩的影响。虽然她的私生活严肃而谨慎，而且终身对比埃尔·居里怀着真挚的爱情，一些小人仍在这个问题上制造谣言，诬蔑她破坏了别人的家庭，玷辱了她显扬的声名。居里夫人勇敢地经受了这些攻击，但身体和精神上受到了极大的损害。虽然后来发动这场攻击的人表示了懊悔，有的人甚至流着眼泪请求居里夫人宽恕，但是这个罪行已经造成的恶果是无法挽回的。

一天早晨，伊蕾娜和妹妹艾芙走进母亲的书房里，看见母亲正在读着一封信。她的脸色是那样苍白，两只拿着信的手还在微微颤抖。因为房里光线暗淡（窗帘已经很多天没有拉开了），伊蕾娜没有看见她母亲眼睛里闪烁着的一丝复苏的生命的火花。她不知道母亲出了什么事，害怕地跑了过去，母亲忽然放下了信笺，将两个孩子搂到了胸前。这是多少天来没有发生过的事了，两个孩子也高兴地伸出双手紧紧搂着母亲。她们这时候才感到：经过漫长的精神上的折磨，母亲的身子已经虚弱到何等可怜的程度了啊！就像一片风中的树叶在她们的拥抱下颤抖。

当母女紧紧地拥抱了一阵之后，居里夫人才用快乐的口吻告诉她们：

"孩子们，我们马上要到瑞士休养去了。你们将有机会尽情地享受一番阿尔卑斯山新鲜的空气和璀璨的阳光了。你们愿意吗？"

"真的吗？"伊蕾娜和艾芙一齐高兴地叫了起来。阿尔卑斯山！那儿是她们童话里的王国，是美丽的冰姑娘和勇敢的洛狄①的家乡啊！"妈妈，是谁请我们去呀？"

"勃朗峰②！"

"是高山？"孩子们怀疑母亲是不是神经有些错乱了。

"是的！是人类科学史上最巍峨的一座高山！"

当伊蕾娜知道了邀请她们的人是谁的时候，她知道母亲一

①冰姑娘和洛狄，都是安徒生童话《冰姑娘》中的人物。
②勃朗峰是阿尔卑斯山最高的山峰，也是欧洲第一高峰。

点也没有说错,确实是高山!他不但巍然矗立在 20 世纪的黎明,而且将矗立在人类的科学发展史上,无与伦比!

就在居里夫人最困难的时候,就在她遭受小人的卑鄙诬陷而心力交瘁的时候,伟大的科学家、相对论的倡立者爱因斯坦博士从瑞士给她来了信,重申他在巴黎讲学时向她发出的邀请,殷切地希望她和她的女儿们到瑞士去消度暑假。如果他能有这样的机会陪伴他们,对他将是最大的荣幸和愉快!

这是高山向高山发出的问候!是一位伟大学者对一位伟大学者所遭遇的不公正和卑劣中伤所表示的最大的同情与支持!

伊蕾娜从小就崇拜爱因斯坦叔叔。早在 1905 年,她就从母亲谈到他在那一年中发表的三篇卓绝的物理学论文时的那种尊崇的口吻里,知道了他的创造性的非凡的工作。她至今还记得那三篇论文都有着一个比较奇特的名字:《关于光的产生和转化的一个启发性观点》《热的分子运动论所要求的静液体中悬浮粒子的运动》和《论动体的电动力学》。她记得母亲曾经不止一次地告诉她:爱因斯坦先生在这三篇论文中所做出的成果都是划时代的,都是在物理学发展的主流上进行的开拓性的工作,奠定了近代物理学发展的基础。特别是第三篇论文,从根本上解决了至今困惑和摇撼牛顿力学大厦基础的一切新出现的问题,为人类建立了一个崭新的更加宏伟的物理学体系。任何一位科学家,在他的一生中,如果能做出这三篇论文中的任何一篇所做出的发现,都可以在科学史上占据一个不朽的地位,然而爱因斯坦先生是在同一年中攀越了这样三座高峰,而且是在他刚刚 26 岁的时候!每当谈到这里,她母亲总会十分愤慨地说:但是，人类并没有马上承认或是感谢爱因斯坦先生的伟大的贡献和功绩！他们不懂得也不相信他的理论，因为它们过于艰深，而他又不是一位权威的学者和教授，只不过是一个小小的伯尔尼专利局的二级技术员。他的发现在长时期中受到冷淡，他甚至想在大学中谋求一个教职，以便有更多的条件来从事他的富有成果的研究，也一再遭到拒绝。直到五年之后，他的卓越的论文已经开始引起不少著名的科学家的重视，包括普朗克这样的大师在内，他才在日内瓦联邦工业大学获得了一个副教授的讲席。

想到这里，伊蕾娜不无骄傲地想到，她的母亲正是那少数几位最早懂得相对论的伟大意义的人之一。只有高山才能与高山相望，伟大的发现只有伟大的心灵才能理解！她不禁激动地回想起了她母亲所写的那封著名的推荐信：正是这封信，在帮助改变爱因斯坦先生不顺利的处境方面发挥了有力的影响和作用。一位名声震动世界的权威的科学家，为一位20多岁的初出茅庐的青年写出这样一封热情的毫无保留的推荐信，它本身就是感人至深的。这封推荐信并不长，伊蕾娜甚至能将它完整地背诵下来，因为她是太喜欢它了：

"我非常钦佩爱因斯坦先生在现代物理学有关的问题上所发表的著作。而且，我相信所有的数学物理学家都会一致认为这些著作是最高级的。在布鲁塞尔，我出席一次科学会议，爱因斯坦先生也参加了。我得以有机会欣赏他思想的清晰、引证的广泛和知识的渊博。如果考虑到爱因斯坦先生现在还年轻，我们就有充分权利对他寄予最高的希望，把他看成未来最优秀的理论家之一。我认为，一个科学研究机构，若以爱因斯坦先生应得的条件聘请他为教授，使他有机会从事自己所渴望的工作，仅仅由于这一决定，就能够受到高度的尊敬，而且肯定对科学也做出了伟大的贡献。"

只有伟大的心灵才能和伟大的心灵相沟通！现在，通过爱因斯坦叔叔在她母亲最困难的时候的来信，伊蕾娜又一次深切地感受到了这一点。

她们全家答应了爱因斯坦先生的邀请。小伊蕾娜懂得：这次瑞士之行，对于她的心力交瘁、生命衰弱的母亲来讲，将是一次最好的康复的机会，它会治愈她心灵的创伤，重新给予她工作和创造的力量。然而小伊蕾娜不知道：她的母亲之所以答应去，更大的成分还是为了她们两姊妹，特别是为了伊蕾娜。她已经到了能够开始独立地进行创造性思考的年龄了，这次与爱因斯坦叔叔的会见，对于她的一生将是十分重要的。

是的，小伊蕾娜对于这次即将来临的瑞士之行，确实比她母亲更要激动！她要亲自拜访她久已向往的阿尔卑斯壮丽的群峰和深谷了，然而，那高山的罡风和白雪会欢迎她吗？她瘦弱的身体能够爬上那只有山鹰在那儿嬉戏的雪峰绝顶吗？她能像小洛狄一样征服令人头晕目眩的高度，把悬崖上的鹰窠摘取下来吗？而更使她的心忐忑不安的是：她将要和她崇拜的一座比阿尔卑斯群峰更加崇高的山峰相会了，他会喜欢她吗？他会和她讲话吗？他不会觉得她太笨吗？她多么希望自己现在已经不是一个孩子，而是一个像她母亲一样的科学家啊！

2

阿尔伯特·爱因斯坦和阿尔卑斯的群山一起，亲切地迎接了居里夫人全家的到来。

在斯维德格高山火车站的会见，一开始就解除了伊蕾娜的紧张。爱因斯坦叔叔是那样善良、和蔼！而且他对于她的母亲是那样尊重、崇敬！

他亲吻了伊蕾娜，然后抱起了小艾芙，笑着说："人们都把镭叫作小太阳。你们的妈妈是镭的母亲，那么你们就是小太阳的姊妹了！伊蕾娜比镭大，艾芙比镭小！对吗？"

风趣的问话，使居里夫人的脸上也露出了笑容，高兴地说："传说中，阿尔卑斯闪光的雪峰都是太阳的女儿。那么，连她们也是伊蕾娜和艾芙的姊妹了。"

果然，阿尔卑斯万年积雪的峰峦在灿烂的阳光下发出耀眼的银光，在瑰丽峥嵘中又透出了千般妩媚，仿佛张开了手臂的迷人少女，迎向前来，想要拥抱她们的姊妹。

现在，她们已经来到全欧洲地势最高的著名的希尔顿饭店了。对面就是俏丽险峻的少女峰。饭后，爱因斯坦叔叔带着他的儿子小汉斯，陪伴着她们母女，缓缓向一片山坡上爬去。他们爬得愈高，就能愈真切地欣赏面前少女峰晶莹洁白、宛若天骄的玉龙般的雪景，以及玲珑剔透的冰川与冰湖的奇观。展望四周，一片雪白，就连他们自己也恍如置身在水晶宫中了。

小艾芙和小汉斯同年，他们手牵着手，跳着笑着，跑在最前面。小姑娘完全被她有生以来第一次见到的大自然的壮丽所迷醉了。

伊蕾娜远远跟在她们的后面，她没有像妹妹那样奔跑，只是一步一步慢慢向山上爬去。虽然壮丽的景象也同样使她着迷，但是她觉得她已经长大了，在这样庄严的雪山面前喊叫奔跑，未免有些不太郑重。特别是在她后面，还走着她的母亲和爱因斯坦叔叔。其实，她正是有意地慢一些走，等待他们跟上来。她知道当两位大人（而且是这样两位非同寻常的大人）讲话的时候，一个孩子夹缠在里面是不礼貌的。但是她又多么渴望能倾听他们的充满智慧的交谈啊！因此她尽量不让自己走出他们的声音能够达到的范围之外，努力不放过每一个飞到她耳边来的音符。她更是常常地伫立下来，怀着无限的景仰之情，向那时而沉默无言、时而会心一笑、时而又滔滔不绝、议论风生的两个身影望去。此时此刻，吸引住她整颗心灵的已经不是对面的雪峰，而是身旁那两座更加巍峨的高山。"人类有史以来最巍峨的高山！"她母亲说过的话不禁又清晰地回到了她的耳边。能面对这样的高山，是何等的幸福啊！

在雪峰高处，她听见山风在岩石间呼啸。那是高山在与高山对话。她同样是多么渴望能够听懂那奇妙的语言啊！她相信那也将是世界上最美丽的语言，和现在随风送到她耳边的语言一样，同样地难以理解，同样地神圣、朴素！她知道她将终生都不会忘记它们，直到有一天，她自己也成为像她母亲和爱因斯坦叔叔一样的科学家，她也决不会忘记这一场在阿尔卑斯群峰之间聆听到的充满真理和智慧的对话。

全部对话中最精彩的一部分，她至今还记得十分清楚，是在一次雪崩之后开始的。这场雪崩发生在对面的少女峰上，正当他们爬进一个孤零零地耸立在一座悬崖上的塔楼里的时候。

能亲眼见到一场这样的雪崩，对于伊蕾娜来讲，本身就是一次难忘的经历。对于在场的每一个人也未尝不是如此。当时，她们正在入迷地欣赏对面的一座像玉岛浮空般显露在云际的雪峰，突然，天惊地动，眼前的雪峰开始摇晃起来。接着，一片白色的瀑布从万丈高空飞泻而下，眼前什么也看不见了，深谷充满了隆隆的雷声和萦绕的白雾，连他们所在的这座山峰也在脚下震抖。小艾芙吓得闭上眼睛，将脑袋紧紧扎在妈妈的怀里。伊蕾娜也不禁恐怖地担忧：如果这里也发生雪崩就糟了！然而这样的事并没有发生，没有多久，雷声停止了，白雾也消散了，灿烂的阳光重新照射在人间，喧嚣的山谷又恢复了宁静。然而，刚才还炫耀夺目的雪山却奇迹似的消失了，一座透明的蓝色的冰峰出现在雪山消失的地方，高傲而威严！

居里夫人手扶着塔楼的栏杆，凝望着新出现的蓝色透明的冰峰，良久良久地沉默着，显然这冰峰的美，这万古的雪山核心的玉洁冰清，给了她难以磨灭的印象。她头也不回轻声地说：

"我们来到这里，雪峰矗立在我们面前，宏伟！壮丽！对于我，她是大自然最完美的创造！她似乎已经在这里存在了亿万年，还要亿万年继续存在下去。突然，雪崩发生了！宏伟的雪峰倒塌了！代替她出现的是这座新的透明的冰峰。原来刚才崩溃的只不过是陈年的积雪。虽然她表面上是那样辉煌炫目，但是内部已经出现了气眼和空洞，已经决定了她必然倒塌的命运。而这座新的冰峰，纯洁、坚硬，正在上升时期。她将一天比一天更加雄伟，更加壮丽，远远超过原来的雪山！"

爱因斯坦深有同感地点了点头："我完全相信，夫人。"

"阿尔伯特，你知道我现在想到了什么？"

"不知道，夫人。它一定会是一个奇妙的想法。"

"我想到了发生在我们身边的科学发展的伟大进程！在上个世纪末，牛顿力学的大厦刚刚庆贺了它建立的两百周年①。它是人类思想最壮丽的创造，直到今天，它依然还处在自己的鼎盛时期，没有僵化和衰退的征兆。麦克斯韦的电磁场方程的辉煌发现，更给它的两百周年献上了一笔厚礼，开辟了它通向电、磁、光、声物理学各个领域的全面胜利的道路。在一片喜气洋洋的凯歌声中，唯一的不谐和音只是两个微不足道的实验：加热物理的黑体辐射与以太漂移实验。就是这样两个异端，也不过被乐观地认为是万里晴空中的两片乌云。大厦巍然屹立，如日方升，需要做的不过是修补修补篱笆而已。这时候，即使最具有远见卓识的人也不敢想象有一天它会倒坍。它只会一天比一天更加宏伟，更加使人赞叹！正如同不久以前矗立在我们面前的雪峰一样。

"我们并不懂得：雪峰无论多么辉煌，永恒对于它是虚妄的！陈旧的终究有一天要死亡，腐朽的终究有一天要崩溃。一座雪峰倒坍，一座新的雪峰诞生，这就是物质发展的规律。正是在那一片壮丽的倒坍声中，产生了人类的文明，促进了科学、

---

① 牛顿经典力学的确切诞生年代，一般都定为 1687 年。这一年，牛顿的著作《自然哲学的数学原理》在伦敦出版。

文化和艺术的发展。

"一个气眼虽然小，却正是它决定了庞大的雪峰崩溃的命运；被人轻视为物理学天空的两片乌云，孕育的却是一场翻天覆地的风暴。旧的牛顿力学体系将在这场风暴中倒坍，一座新的高峰将在风暴中诞生！爱因斯坦先生，我对于您的相对性原理怀着希望。空间与时间，物质与运动，质量与能量，在这里找到了和谐的统一，这是牛顿力学所无法想象的！我同意普朗克先生所说的：'在《论动体的电动力学》发表之后所进行的战斗，只有为哥白尼的宇宙观所进行的战斗才能和它相比。'

"和哥白尼不同的是，您的预见力更在于：您是在牛顿力学正处在它的鼎盛时期就看到了它的不足。这无疑是更为艰难的！"

"不，夫人，"爱因斯坦诚恳地回答，"我的相对论只不过是在新的现象和实验事实已经出现之后，当牛顿力学在它们面前已经无能为力的时候，试图从理论上为它们寻找一个新的解释而已。事实永远是为理论开辟道路的！这新的现象的探求和发现才是最重要的！您的谦虚使您没有说出：在促成牛顿力学大厦瓦解的一切新发现的事实和现象中，起了关键性、决定性作用的，恰恰是您、比埃尔·居里先生和亨利·柏克勒尔先生发现的小太阳——神奇的放射性元素！正如同太阳使积雪融化，促成了雪峰崩溃一样。"

小伊蕾娜一字不漏地听到了这一段精邃睿智却又充满谦逊、诚恳的谈话。她的心剧烈地跳荡着，她是多么骄傲她能生活在这样一个时代，一个追求与开创科学原理基础的英雄时代啊！

正是站在她面前的这两位巨人，各自用独立的工作从不同的方面共同开辟了科学史上一个新的纪元——原子时代。

迄今为止，两位巨人之间所谈的一切还都是她能理解的。然而当谈话再继续发展下去，已超过了她的理解能力。

"……而我的相对论，"爱因斯坦继续说，"如果真像您所希望的有可能成为一座山峰的话，那么它也是一座前程暗淡的山峰。当它刚刚诞生的时候，创造它的人就已经在怀疑它存在的合理性，企图寻找另一座代替它的山峰了。"

"您指的是您正进行的广义相对论的研究吗？"

"是的！这个相对性原理虽然简单而且自然，但是并不彻底。"[①]

居里夫人微微地笑了。看来她对这一点是已有体会了："我想我是能够理解您的。您的意思是：它否定了绝对空间这样一个特殊优越的参考坐标系，却肯定了惯性系这样一类特殊优越的参考坐标系。"

"是的，狭义相对论的局限性就在这里。事实上，大自然不会赋予惯性系或匀速直线运动以特殊偏爱。在自然界中，所有的运动都是相对的，所有的坐标系都是平等的。物理定律是客观的，它与任意选择的坐标系无关。因此，它应该在每一个参

①爱因斯坦在他的关于狭义相对论的第一篇论文《论动体的电动力学》中是这样给他的相对性原理做出定义的："物理体系的状态据以变化的定律，同描述这些状态变化时所参照的坐标系究竟是用两个在互相匀速移动着的坐标系中的哪一个并无关系。"换句话说，在两个相互做匀速直线运动的参照坐标系中，一切自然定律都是相同的。

考坐标系中都成立，而且具有某种相同的形式，不论这种坐标系是惯性系还是非惯性系。"

居里夫人赞同地点点头："您的这种看法十分合理而且自然。遗憾的是，我们现在的物理定律在惯性系中和非惯性系中就是不同。牛顿力学定律只能适用于惯性系，在非惯性系中干脆就不能成立。"

"确实是这样！"爱因斯坦对于他们之间能这样快地取得深刻的默契，显然由衷地感到愉快。"我认为原因在于对定律的表达方式不够正确。如果能用更好的形式来确切地表达物理定律，那么，它们应该在所有的参照坐标系中无例外地成立，而且具有某种相同的形式。"

"这就是您所探求的广义相对性原理？"

"是的，夫人。我把它叫作广义协变原理。即客观的物理定律在任意坐标变换下形式不变。"

"这是对伽利略的伟大工作①的真正继承和发扬推广，它的影响必将深入到人类思维的基本概念和对世界认识的彻底变化之中去！"

"我的工作并没有完成，广义协变原理只是广义相对论的基石之一。我一直在考虑的，还是那个困难而恼人的引力问题。"

谈话进行到这里，伊蕾娜惊异地睁圆了眼睛。尽管她对妈妈和叔叔讨论的别的问题茫然不解，然而对于引力，作为中学

---

①伽利略在 17 世纪首创了相对性原理："在两个相互做匀速直线运动的坐标系中，力学定律是相同的。"

物理学的一个力学基本定律，早就已经为她所熟知了。它怎么
能成为使爱因斯坦叔叔这样一位大科学家苦恼的问题呢？在她
看来，牛顿力学尽管像叔叔和妈妈所讲的，遇到了一些难以解
决的障碍，但在引力问题上，它却是解决得非常漂亮而彻底的。
两百多年来它不是已经完满地经受住了时间的考验吗？难道不
正是在它的计算结果的指引下，天文学家们不断在太阳系的探
险中取得一个又一个的辉煌成就吗？天王星、海王星、冥王星
的相继发现，早已经在宇宙中不止一次地奏响了它的壮丽的凯
歌。在它的身上还能存在什么困难而恼人的障碍呢？然而对于
爱因斯坦叔叔，她又是绝对信仰的，她不禁怀着更大的好奇听
了下去。

"引力到底是怎样产生的？它的传递竟然不需要时间？"他
沉思地说，"根据牛顿的万有引力定律，我们在这里爬山，由
于我们的位置有了变化，我们对于恒星的引力也同时有了变化。
也就是说，恒星上立即就能感到了我们在这里爬山。在大犬座
α 星[1]上，在天琴座 α 星[2]上，以及在宇宙中的每一颗恒星上，
立刻就能接收到我们在爬山的信息，这简直是不可思议！为什
么一切物体之间都会存在这样一种神奇的超距即时作用的引力
呢？根据相对性原理，光的速度是速度的极限值，任何物体的
运动和信号的传递，其速度都不可能超过光速。可是在这里，
引力的传递速度竟然达到了无穷大！这有什么根据呢？所以在

[1]即中国的天狼星，是肉眼所见的恒星中亮度最大的一颗。
[2]即中国的织女星，是天空最明亮的一等星之一。

我看来，这样的引力是根本不存在的。还有，在牛顿力学中，惯性质量和引力质量之间并没有任何的内在联系，可是，为什么偏偏那么凑巧，这两个毫无关系的物理量却是那样精确地彼此相等？我认为这种相等绝不是偶然的巧合，而恰恰是包含着某种极其深刻的原理。也许这就意味着惯性和引力本身存在着天然的内在联系吧？这种联系究竟是什么呢？从实验的结果来下结论，我们可以做出这样的推断：惯性力场与重力场的动力学效应是局部不可分辨的。或者干脆更彻底一些这样说：惯性力场与重力场的任何物理效应都是局部不可分辨的。"

"从数学上看，这种假定倒是非常自然的。"居里夫人插话说。

爱因斯坦没有马上回答，他已经完全沉陷在自己对于宇宙间这种奇妙的力的深邃思考中。他不自禁地探身到塔楼栏杆之外，俯视着眼底的万丈深渊。忽然，他的双眼里闪耀出一片兴奋的异彩，欣然地向居里夫人叫道："夫人，您知道我所想要了解的是什么？就是一座升降机，突然坠入无底的深谷，里面的乘客究竟会有什么样的感觉？"

在这个突如其来的奇怪的问题面前，连伊蕾娜也禁不住笑了。她以为叔叔不过是在那里开一个玩笑，却根本没有猜到，这种想象中的升降机的坠落所启示的"等效原理"（即加速系的惯性力场等效于引力场），乃是爱因斯坦叔叔即将做出的在人类历史上还从未曾有过的伟大的科学发现——"广义相对论"的两大基石之一（另一基石即前面已经提到的"广义协变原理"）。但是居里夫人由于自己渊博的学识和精微的理解力，立刻领悟到了其中的奥妙。她情不自禁地向这个比她年轻 20 多岁的青年人说：“您正在从事的是一项吸引人的富有想象力的工作！我相信科学史上还没有第二个人做过这样深入的探索！我羡慕您，向您祝贺！”

“但是，夫人，”爱因斯坦说，“我却正在黑暗之中摸索。有时仿佛看到了光明的顶峰，”他望着对面正在阳光之下闪耀着蓝色光彩的冰峰，“但是刚迈开脚步，却又滑坠入脚下无底的深谷……”

这时，伊蕾娜是这样强烈地被叔叔声音中痛苦的感情所感动，她悄悄走过来，偎依在叔叔身边，仰起头来望着他，轻轻地说：“叔叔，请您告诉我：您的终点究竟在哪里？我早就听我妈妈说过，您的相对论跨越了一个时代，把物理学从牛顿力学的支配下解放出来，推进到一个更高的发展阶段。然而当全世界还没有从您的创造精神所引起的震惊中清醒过来，许多人甚至还没有来得及理解它，您自己却已经又远远地跨上前去，重新选择了一个更高的攀登目标。是这样吗？”

“是的，孩子。我们德国有一位天才的作家莱辛曾经说过：对真理的追求比对真理的占有更为可贵！如果一个人满足于自己从知识的海洋里已经拾得的一星贝壳，就忘记了面前的大海，再也体验不到那种对于新鲜事物的敏锐感觉和创造激情，那么生命对于我们又有什么意义呢？”

“难道您不害怕滑坠吗？”

“我们不会怜惜自己。攀登最艰险的科学高峰，一直奋斗到停止呼吸，这就是我们的使命。如果我们失败了，我们自己将被人遗忘，但我们留下的足迹终究不会被遗忘。科学探求上失败的记录也是人类宝贵的财富！后来的人将在我们滑坠的地方重新起步。这是一种重新发现，正如尼采说的：'只有当你们都忘记了我的时候，我才会重新回到你们那里。'"

这时居里夫人会心地微笑起来，她向伊蕾娜问道："孩子，你还记得安徒生在这里写下的童话吗？"于是她轻声朗诵出了《冰姑娘》中一段激励人心的话语："只要你不认为自己会跌下来，那么你是不会跌下来的！"

伊蕾娜马上接着背诵了下去："再爬高一点！再爬高一点！树和灌木说，你看我们是怎样爬的？你看我们爬得多高！贴得多紧！就是顶高顶窄的险峰和悬崖，我们也可以爬上去。"

"说得多好，孩子！安徒生给我们上了一课。"爱因斯坦也被这诗一样的话语感动了。他指着雄伟的冰雪顶峰上熠耀着的玫瑰色的花环对伊蕾娜说道："看！阿尔卑斯之火！太阳的女儿们在那儿跳着光明的环舞。你还记得《冰姑娘》里太阳的女儿们所唱的那支关于人的歌曲吗？"

伊蕾娜怎能不记得呢？她立即应声回答："太阳的女儿们唱道：风只能把人的身外之物吹走，但不能把人吹走。你——暴力之子，能够捉住他，但是保留不住他。人比你还要强大，比我们还要神圣！他能爬得比我们的母亲——太阳——还要高。他能制服风和水，让风和水为他服务，受他支配。你只能使他失去那种拘束着他的沉重的引力，结果他反而会飞得更高！"

"啊！"伊蕾娜背诵到这里，突然好像领悟了什么，"太阳的女儿们也在这里唱到了引力！爱因斯坦叔叔，她们唱的也就是您所想要抛弃的引力吧？您是不是就因为勇敢地抛弃了牛顿引力的沉重拘束，才会飞得这样高？"

爱因斯坦没有因为孩子天真的问话而感到可笑，他认真地回答："也可以说是这样，孩子。但安徒生爷爷在这里告诉我们的还要多：他是要我们为了攀登高峰，不要留恋自己的生命和躯壳。"

居里夫人的眼里升起了泪水的薄翳。此时此刻，她仿佛又听到了亲爱的比埃尔·居里的声音：

"无论发生了什么事，即使一个人成了没有灵魂的躯体，他还应该照常工作。学者没有权利离开科学！"

这还是在她和比埃尔携手并肩进行艰巨科学探索的日子里，有一次她对亲爱的比埃尔说："比埃尔，如果我们两人之中有一个死了，剩下的一个也活不了，我们分开是不能活的，对吗？"比埃尔沉思了一会儿以后，回答她的一段话。想不到今天却在青春的心苗上发出了回音。她感到了创造的活力，重新在科学的崎岖道路上攀登的活力，又突然地完全地回到了她的身上。"是的，比埃尔，我努力地照你的话去做了！你死了，我成了一具没有灵魂的躯体，你知道有时候我是多么困难啊！但是我终于坚持了下来，为了科学，为了人类，也为了我们的爱情！"

于是她转向爱因斯坦，似乎是回应他刚才说过的话："是的，我们不会怜惜自己。因为我们所献身的科学具有特殊的美。正如同我的故乡波兰的一首古老的民歌中所歌唱的那样：

> 永恒的河流啊！谁看到了你，
>
> 一直到死，他也还是爱你！"

伊蕾娜突然抱住了妈妈，她觉得自己真想放声地大哭一场，不是为了痛苦，而是为了欢乐。她自己也说不清现在火辣辣地激动着她的感情的究竟是什么？是她从母亲眼睛里看到的重新燃烧起来的创造的火焰吗？还是她自己心头正在翻腾的为人类、为科学而献身的渴望呢？

3

这次会见对于在场的每一个人都是难忘的。这是一次真正的高山与高山的会见。由它迸发出来的热情的火焰，驱使冰雪消融，驱使溪水奔流，驱使鲜花开满山谷，驱使茫茫大地复苏……

就在这次会见的一年之后，爱因斯坦成功地建立了引力场方程，最后完成了他的划时代的"广义相对论"。他终于把人们从牛顿的引力的迷宫里引领了出来，对大自然存在的这种最广泛的力给予了最简洁而美妙的数学解释。它不再是那么一种不可思议的超距即时作用的力①，而是由于物质的存在而产生的时空连续区中的一种弯曲的场。按照他的理论，他精确地预言了恒星的光线在掠过太阳表面的时候，由于引力场的作用，星光将有一点七秒角度的偏转。也就是说，如果我们能用照片将经过太阳时的星星的光线拍摄下来，底片上的星光的迹象将不是直线，而是弯曲的。

---

①即前面已经讲到的那种存在于星际之间的超距离即时发生的引力变化。

这是骇人听闻的！而大家都知道，由于太阳的强光，星光经过它边缘时的轨迹是无法拍摄的。因此，这个神话般的预言似乎是难以验证的。

然而日全食给予了这个预言以验证的机会。

全世界都在期待。

六年以后，即 1919 年 5 月 29 日，地球终于盼来了一次难得的日全食。在这次日全食中，月球巨大的阴影将要横跨大西洋的两岸。在英国皇家天文学会的主持下，为了验证爱因斯坦惊人的预言，专门派了两支日全食观测远征队。一支由著名的天文学家、英国皇家学会的爱丁顿教授率领，赶赴西部非洲的普林西比岛；一支由克劳姆林队长率领，赶赴南美洲的索布腊尔。他们的任务是要取得日全食时的照片。最后爱丁顿教授的观测队取得了成功。他们在日全食时用摄影仪拍下的太阳的图影，完全证实了爱因斯坦的预测：星光于太阳边缘处果然发生了偏转，偏转的角度和广义相对论计算出来的结果十分吻合。

全世界都被这几个小小的光点所震动。一日之间，广义相对论和它的倡立者的名字传遍了五大洲。科学的伟大预见性，在人类思想史上还从来没有得到过一次如此辉煌的证明。

这一天，在巴黎比埃尔·居里路的镭学研究院的放射性实验室里，两位妇女相对而坐，兴奋地读着这条电讯。其中年轻的一位甚至高兴得流出了眼泪。她们就是玛丽·居里夫人和伊蕾娜。这时候，22 岁的伊蕾娜已经是她母亲领导的研究院里的一位得力的研究人员，已经被正式任命为镭学研究院放射性实验室的"委任助手"。

这一天，同实验室的人谁也不知道：为什么平时很稳重的伊蕾娜突然轻声地唱起歌来？当然人们更不可能知道，她唱的就是那支曾经在阿尔卑斯雪山上飞翔过的关于太阳、关于人的歌曲。

在阿尔卑斯雪峰面前燃烧起来的火焰，同样也终身未曾在这两位伟大的女人的心头熄灭。

从阿尔卑斯山回来以后，玛丽·居里夫人重新以惊人的精力投入了工作。她在巴黎大学和巴斯特研究院的共同赞助下，创设了著名的镭学研究院。在她于 1934 年逝世以前，一直卓有成效地亲自领导着这个研究院的活动。今天，这个研究院已经成为全世界最著名的原子研究中心之一。

而在她逝世前一年，她完成了自己最后最伟大的工作，将她终生研究放射性元素的心血结晶与成果，写成了一部辉煌的巨著，书名只是一个朴素庄严的名词——《放射性》。

谁能说生命之火已经在这位非凡的女人身上熄灭了呢？

它仍燃烧在她的实验室里每一克她亲自提炼的神奇的元素上；

它仍燃烧在她亲手写的《放射性》巨著的每一页上；

而最终，它还在她的女儿和学生——伊蕾娜·约里奥·居里的身上，得到了光辉的延续。

伊蕾娜接过了父母传下来的火种。她在巴黎的以居里的名字命名的镭学研究院里，终身从事着小太阳镭和其他放射性元素的研究。

她常常喜欢把这种具有神奇的能的射线叫作"阿尔卑斯之

火"。只有少数几个人懂得她为什么这样叫。

因为这火焰曾经在她身上产生过比这种奇妙的射线所能在病人身上产生的还要大得多的作用。

距离那个难忘的阿尔卑斯的夏天 22 年之后，全世界在荣获诺贝尔奖奖金桂冠的名单中，第三次看到了居里的名字。然而这一次已经是伊蕾娜·约里奥·居里了。她终于攀登上了她 22 年前就决心攀登的雪山高峰。1934 年，她和她的丈夫约里奥一起，用中子撞击原子核而产生了人工放射性现象。这一人造小太阳的伟大发现，使她当之无愧地获得了科学上的最高荣誉。

当她坐在 24 年前她曾经伴随着她母亲来过一次的斯德哥尔摩瑞典科学院的大礼堂里接受诺贝尔奖奖金的时候，她在致辞中怀着特殊的尊崇谈到了那些用他们理想的火焰照亮了科学发展的道路、在人们心中燃烧起创造激情的伟大人物，其中就有她的母亲玛丽·居里和阿尔伯特·爱因斯坦。

然后，她谈到了人的无穷的创造能力：

"他能够飞得比我们的母亲——太阳——还要高！"

失落的记忆

1

她忧郁地望着他，望得他心里一阵阵紧缩、发冷，好像要哭出来。

"你为什么不来看我？"她伤心地说。

他想回答，却嗫嚅着什么话也没有说出口。不知道为什么，他觉得对不起她。可是在他的记忆中，他并不认识她，他还是第一次见到这个女人。

"来看我！"似乎是乞求，又似乎是命令。仿佛她对他拥有这种权利。"如果实在忙，也一定给我打电话。"她把电话号也留给了他。

"我走了。"可是身子还没有动，语气比前面还要凄楚，这次她似乎想要笑一笑，可他看到的却是哭。他从来没有看见过一个女人脸上有这么多的绝望。

"我走了。"她又说了一遍，身子晃动了一下，仿佛力量已经支持不住，眼看就会倒下去。但她挺住了，转过身子，慢慢向门外走去。走到门边，她又回头对他笑了一笑，还是那种带着哭的笑，然后掀开门帘，出去了。

丁力想站起来送她，身子却怎么也动弹不了，有一种被噩梦魇住了的感觉。他想喊住她，也叫不出来，就在他拼命挣扎着想叫出来的时候，他醒过来了。

才从梦魇中惊醒过来，他就已经说不准刚才发生的一切是不是在做梦。这时天刚蒙蒙亮，从窗子里已经透进了微弱的曙光。

在这微光中，他还能隐约地看到她走出去的那挂门帘正在轻轻地晃动。而且，不知道为什么，也许不过只是一种下意识的直感，他觉得屋里有一种与平时不同的气氛，显示出刚才的确曾经有人进来过。

这个女人是谁？他过去从来没有见过她，为什么她却对自己这么熟悉？而且显然在梦中可以对他发号施令。他心里像触电似的发生了一阵战栗，一种莫名其妙的恐惧抓住了他。他突然发觉衬衣贴在身上是那么不舒服，不知什么时候，它已经被涔涔的冷汗浸透了。

他已经是第二次做同样的梦了。同样的时间——在黎明之前；同样的内容，连她说的每句话都毫厘不差；同样的静悄悄地掀开门帘走出去；在同样的时间醒来；醒来时门帘也在同样地晃动……如果是第一次做这样的梦，他就不会感到如此恐惧了。他自己也不懂为什么会有这种恐惧感，梦中的女人任何不友善的话也没有说过，脸上也没有显露过丝毫严厉的表情，从始至终只充满了柔情、哀楚与痛苦。况且她的容貌还是那么好，他不能不承认自己从来没有见过这么迷人的女人……可是他感到了恐怖，一种说不出的恐怖。

他不知道她究竟离开了没有。他有这样一种感觉，仿佛她随时随地还会掀开门帘走进来，因为他没有听见她离开的脚步声，而他的确是仔细倾听了的。不过第一夜他也没有听见她离开的脚步声，她却确实是离开了。

转念一想，他自己也不禁觉得有些好笑。他还没有从梦中解脱出来，既然是梦，怎么会有脚步声呢？

但是，尽管他还不能准确地说出是为什么，他却确实有把握肯定：这屋里曾经来过另外一个人。也许这是因为他身上也具有那种神秘的特殊功能吧？他记得一次出差到杭州，曾经看过一次特殊功能表演。表演的人走进一间刚刚住过人的空屋里，凭他的特殊感觉，能够正确无误地说出刚才这屋里一共住过几个人，他们都在什么地方停留过，大体上做过一些什么事。据科学解释，具有这种特殊功能的人，是由于皮肤上具有一种对于热和红外线特殊敏感的触觉。也许他也具有这种触觉，只不过功能没有别人那么强化而已。

那么他刚才看到的这个女人究竟是不是在梦中呢？还是他自己以为是梦，其实真有一个女人到他房中来过呢？如果是梦，情景怎么会那么逼真？直到现在，他都能准确地指出刚才那女人是站在什么地方；那张俊秀而苍白的脸（那片苍白是他从来没有在别人脸上见过的）曾经在那儿向他深情地凝望；那副修长苗条的身段曾经在那儿灵巧地闪动；特别是浮现在她眼睛里的那股忧郁和绝望更好像是充满了这个房间，几乎无处不在。

他心中有一种确实曾在什么地方见过这个女人的感觉，然而无论他怎样苦苦思索，也还是想不起来。

如果说刚才这一切都是真实的，并非梦，那么这个女人现在又到哪里去了？深更半夜，怎么可能会有一个女人跑到他的房间里来？他的房门通向一间小小的8平方米的起居室，起居室外面还有走廊，要走出大门至少还要经过五六道门，如果她出去了，为什么他连一丝开门的响动也没有听见？说来说去，他还是在梦境中见到了这个女人是肯定无疑的了。

这可真是一个古怪的梦啊！

他躺在床上一直想得头昏脑涨，最后也没有想出什么结果来。这时他听见了他爹在起居室里的唠叨声："什么时候了，还不起床？"

他不情愿地爬了起来，只觉得全身无力。今天真不想到厂里去了，可是不去又不行，老头子不能让，厂里也会扣发奖金。他自己从来不在乎那几个破钱，可是组里那些人会说三道四，骂他是一头瘸驴搅乱了一挂车，因为他一个人影响整个小组拿不上全勤奖。

当他往盥洗室里走去的时候，从走廊那一头传来了他爹和他妈的谈话声。他心里想：大概老头子回屋时没把房门关严，其实现在修的这些大楼，就是关上了门也不隔音，谁放个屁全楼都能听见。对于他爹他妈谈些什么他从来就不感兴趣，可是今天，"还不是因为你的那个疯儿子"这几个字传进了他的耳朵里，使他一下子怔住在盥洗室门口，不自禁地侧耳听了下去。

"疯儿子又怎么样？你还能把他杀了？"这是他娘的低低的

软弱的声音。这个可怜的女人，被男人欺负了一辈子，直到现在仍旧连一口大气也不敢出。

"你知道现在厂里对他的议论有多少？三天两头称病在家，不去上班，你还总护着他。"这是老头子恶狠狠的声音。

"这工厂还不是你走后门送进去的吗？"他母亲无力地分辩着。

"要不是你整天在我耳边哭哭啼啼，说精神病院比监狱还糟，我才不把他从精神病院里弄出来哩！"

"弄出来有什么不好？咱们的小力是文疯子，从来不打人，我原指望把他从精神病院接出来，住在家里好好养一养，谁想到你会那么急不可待地将他送进了工厂？"

"你懂什么？文疯子有时也能变成武疯子，留在家里，说不定哪一天他会把咱俩给宰了。在工厂人多，整天手头有活干，省得他脑子里胡思乱想。你看现在情况不是蛮不错嘛！以后只要能维持住现在这样子我就谢天谢地了。"

他怔怔地听着，心头痛苦地想："原来他们俩也把我当成疯子。连亲生父母都这样无情无义，这个世界还有什么活头……那么，难道我真是个疯子吗？"他感到全身传过了一阵寒栗。

"既然这样，为什么你还对他这么厉害？你就不能遇事顺着他一点，让他心情舒畅舒畅？那样的话，说不定他的病今后还能好利索哩。"他的母亲又在劝他的爹。

"别尽做好梦了！"听到做梦，他的心又不禁震颤了一下。"现在我什么事不顺着他？他还不是这副老样子？每当他两眼发直地瞅着我，我心里就觉得瘆得慌。"

他妈长长叹了一口气："你要能早就依从着他一点，孩子也不会疯呀！那么水灵的一个姑娘，你偏嫌人家穷、家庭没地位，硬把他们给拆散了，现在可好，死的死，疯的疯……"

"老婆子，你别唠叨了行不行？真烦死人了！"他爹生气了。每逢这时候，他娘就不吭声了。

"他们说的这番话是什么意思呢？"他心头有些纳闷，"什么死的死、疯的疯？疯一定是说我了，死又是指的谁呢？"他连盥洗室也没心思进去了，脸没有洗，牙没有刷，头发也没有梳，就这样直接去厂里了。

今天他来到小组，由于听了他爹他妈那一番对话，不禁多留了一个心眼儿。果然，他发现组里的人都故意躲着他。有的人眼光里闪现着厌恶，有的人眼光里流露出恐惧，更可怕的是，他还从好几个人的眼光里看到了憎恨。"他们都把我当成疯子，这到底是因为什么啊？我究竟得罪了谁、伤害了谁呀？"他心里痛苦地喊叫着。

小组长和记工员正在工间休息室的旮旯里谈什么，看见他进来就不谈了。他冷笑了一声："你们议论我就议论吧！看你们能把我怎么样？"

他从工具箱里取出了劳动服匆匆换上了，向自己的钻床走去。这时他看到他的师傅石维果正在他的床子上干活哩。他师傅现在是小组的机床检修工，在全小组 12 个人中间，他唯有对他的这位师傅还怀着几分尊敬和信赖，因为他感到：在周围的这一片冷漠、猜疑和忌恨中，唯有他的师傅对他始终还是一片真心。他虽然只比自己大两岁，今年刚满 32 岁，可是总像爱护小弟弟一样地爱护着他。

看见他今天又迟到了，石师傅仍旧没有责怪他，他把正在开动的钻床停了下来，对他交代了几句，就准备离开，这时他忽然发现徒弟今天的脸色有些发青，不禁担心地问："怎么，你身体不舒服吗？"

"没有什么，我挺好！"他强撑着回答。可是等他师傅刚一走开，他就觉得不对劲了，腿脚发麻，眼睛发花，两只手也不听从使唤，拿过图纸来，密密麻麻一片，什么也看不明白，头几个活塞孔就钻错了位置。这时质量检查员小朱走了过来，拿起他加工的活塞，用卡尺量一量，冷冷地说："废品！"

他头嗡的一声，仿佛听不懂他说的是什么，检查员把图纸塞到他的眼前："你好好看一看，钻孔应该打在什么地方？"他想仔细认真地瞧瞧图纸，然而愈是着急，图纸在他眼前愈是变得模糊不清，最后干脆变成了一片空白，他明白他就是再看下去也没有任何用了，他应该马上把这一点告诉检查员，然而他又没有这个勇气，他怕看检查员的眼睛，而且不只怕他一个人的眼睛，他还怕看小组所有的人的眼睛，他觉得每一双眼睛里都充满了对他的轻蔑，因此他仍装着在看那份他现在已经根本看不懂的图纸。小朱鼻子里哼了一声，终于走开了，临走时公然地高声骂了一句："真是个废物！"甚至都没有想到要避开他，不让他听见。

对小朱的咒骂他已经麻木了，甚至都没有想到要做出任何反应。这时候，一只大手扶在了他的肩膀上。他一回头，是石师傅又回来了。

"你今天气色很不好，快去休息室躺一会儿，我今天的活儿不多，可以代你顶班。"

他实在觉得身子无力，只好点点头，往外走去。一路上，他躲开一切眼光，几乎是小跑着走进了休息室，往一张长椅上一躺，就蒙头睡了起来。但是在经历了今天这么多事情之后，他哪里还能睡得着呢？各种幻影像走马灯似的在他脑海中穿梭般交织，仿佛上下左右围着他的全都是一双双眼睛，有小组伙伴们的轻蔑的眼睛，有父亲母亲虚伪的眼睛，其中还隐隐约约地闪现出一对充满哀怨的眼睛。这双眼睛是从哪里来的呢？他想了又想，终于领悟到原来就是昨天夜里的那位梦中人的眼睛。

就在这片浑浑噩噩之中，一只有力的手开始摇动着他的身子，他睁眼一瞧，又是他的师傅。

"已经中午了，起来吃饭吧。"

他这时才想起，早上走得匆忙，竟忘了带饭盒来。他的师傅早就发现了这一点。

"来，和我一起吃这份。你嫂子真优待我，给我装了满满一饭盒三鲜馅饺子，够我们两个人吃的了。"

他不好意思推辞，虽然他肚里一点也不饿，还是坐到了师傅边上。

"还缺一双筷子，"石师傅说，"咱们干脆到外面吃，折两根树棍当筷子，又风凉又干净。"

师徒两人坐在车间墙外的一棵大树下吃了起来。众人看见他们俩在这里用餐，都悄悄地躲到了一边去。丁力知道大伙儿都是躲着他，心里不禁恨恨地说："都死了才好哩！"也许是因为心里有气，口里发狠般地咬住几个饺子，一口吞了下去。石维果以为他是饿急眼了，怕饭盒里的饺子不够吃，不禁停下了筷子。这时丁力才醒悟了："师傅，你吃吧！我已经饱了。"

石维果摇了摇头："小丁，你今天好像有什么心事，告诉我，别憋在心里。我还可以帮助你排解排解。"

小丁默不作声，他心里的烦闷，谁又能排解得开呢？就是像石师傅这样的好师傅，也是不行的啊！再说，像昨夜的梦这样稀奇古怪的事，怎么能找人讲呢？别人现在就在叫他疯子，如果知道了他做的这个梦，更会说他是在发疯了。

然而师傅温和的眼光一直望着他，眼光里蕴含了那么多的关心和宽厚，不禁在他心头激起了一股信任的暖流。

"好吧，我就告诉你，师傅。我昨晚上做了一个奇怪的梦。"

"一个怪梦？"石维果愣了一下，立刻说："那可很有意思呀，给我讲讲吧！"

"我梦见了一个女孩子，个头有这么高。"他用手比试了一下，"她叫我去看她，还叫我给她打电话。"

原来是一个女孩子，看来精神病也同样含有性的成分，而且他听人说过，有些精神病患者对性的要求特别旺盛，强烈得达到了饥渴的程度，表现为一种偏执的性的妄想，满足不了，常常就以另外一种疯狂的破坏行为爆发出来。如果他的梦是在这个方面，他反而放心一些了。据说有性的妄想的精神病人，如果能从这方面加以疏导，常常能使疾病更快地缓解和痊愈。于是他笑着说：

"好呀！告诉我，她长得漂亮吗？"

"漂亮！我从来没有见过这么漂亮的女人！"接着他又低声地仿佛自言自语地补充了两句："不，简直是美！真正的美！"

他说这话时，脸上一丝笑容也没有，神情显得那么严肃、专注。这时他突然抬起头来，石维果清楚地窥见了他的眼睛，那里面正燃烧着一股那么强烈、那么炽热的火，叫他的心战栗、恐惧。他发现自己无法用任何词语来形容它，难道这就是情欲？不，用"情欲"这两个字已经表达不了它了，干脆就是疯狂。如果在过去，别人对他说他这个徒弟是个疯子，他还半信半疑的话，看见了他现在的眼光，他再也不存在丝毫的猜疑了。

他发现自己也不能再笑了。他同样严肃地问："你过去认识她吗？"

"不认识！"

一个过去从未见过面的女孩子，偶然出现在他的梦中，这不过是一种通常的渴求异性的表现，并没有什么了不起的。于是他说：

"这不过是一个普通的梦罢了，不用为它感到不安，也许明天你就会忘了她。"

"可是她已经接连两个晚上在我梦里出现了。同样在天快亮之前，说着同样的话，问我为什么不去看她，要我给她打电话，还把电话号码留给了我。"

石维果听了这几句话，再看到他脸上那种紧张不安的神色，也突然一下子感觉有些毛骨悚然："是吗，有这样的事？"

"是的，一点不错。我记得清清楚楚。"

"电话号也记下了吗？"石维果好奇地又有一些紧张地问。如果真记下了，我倒要看看这个电话号是什么地方。他暗暗想。

"那倒没有。她说了，可是我没在意。"

"哦，这个女孩子兴许你过去曾经见过，不过你把她忘了，会不会是这样？"

"我回忆了很久，过去我确实从来没有见过她。"

"那么这就还是一个普通的梦，即使接连出现两次也并不能说明什么。"

"可是不知道为什么，我在梦里又觉得认识她，甚至觉得我们很熟。她问我为什么这样久不去看她，我竟然好像真的有一种负疚的感觉。"

"这真有些奇怪了！"石维果沉吟了一会儿，安慰他说："据科学家讲，人在梦里，大脑神经完全处于抑制状态，一切活动都是下意识的，没有什么意义的，你不必为它苦恼。"

"我也知道是这样，可总也忘不了那一双眼睛，她是那样忧郁、那样痛苦。有一种东西始终深深揪扯着我的心。"

"这是什么时候的事？"

"前天晚上和昨天晚上。"

"你今天晚上回去睡觉时再试试，看还会不会再做同样的梦了。"石维果说。他发现当自己这样说时，心里也传动着一阵莫名的紧张。"明天你上班时再告诉我。"

小丁点了点头。

这一夜，石维果过得也和徒弟一样，心情十分紧张，辗转了大半夜也未能入睡，似乎小丁梦中的姑娘也会突然跑进他的梦中来。快到天亮时，他才勉强合了一会儿眼。第二天一早他就跑到厂里来了，人们发现他的眼皮有一点浮肿。"再像这样过两天，我也得折腾成精神分裂症了。"他对自己说。

小丁也来得很早，一看见师傅就高兴地跑过来，兴奋地说："师父，昨晚上没有梦见她！"

"这不就没有事了吗？"石维果也松了一口气，"再不要胡思乱想了，好好干活吧！"

"是！"他轻快地走向自己的机床，今天他的话干得又轻松又漂亮，然而细心的石维果发现，不时仍有一道不安的阴影悄悄爬上他的眼角。

下一天早晨，上班时间过了很久，小丁还没有来上班，最后终于来了，眼睛上明显地添了两道黑圈，脸色也异常憔悴苍白，看见石师傅他什么话也没有说，好像有些躲着他。在午休时，他才走到石维果的身边，轻声地几乎听不见地说了一句："昨晚上她又来了。"

"是吗？"石维果完全没有想到会真有这样的事，一下子竟惊呆了。过了一会儿他才突然想起："她又给你留电话号了吗？"

"留了！"

"这次你记住了吗？"

"记住了！"

"是多少？"

"27592，转 4–661。"

他怎么也没有估计到留下的竟会是这么清楚的一个电话号，而且号码的编排完全符合这个城市的电话编号程序。这时，两个人忽然都沉默了，但他们彼此都从对方的眼睛里看出了同样的思想，一个大胆的有些令人恐怖的想法：拨拨这个电话号试一试，看它究竟是什么地方。他们什么话也没有交谈，就一同来到了值班室，看见了桌上的电话机，小丁忽然躲得远远的，不敢走过去。还是石维果镇定得多。"这不过是一个有趣的梦，没有什么，我倒真要拨拨这个号码看一看。"

27592，第一次，耳机里传来了占线的蜂音，他绷紧了的神经暂时轻松了一会儿，他放下了手里的话筒。

第二次线接通了，他紧张起来，握着听筒的手都有些微微发抖。耳机里声音很小，仿佛是从很远的地方传来。"喂，喂，找谁呀？"

问了两次，石维果都没有回答，对方明显有些不耐烦了，第三次他才终于问道："请问你们是什么单位？"

"火葬场！"这次声音很大，连正向电话机走过来的丁力都听见了。

石维果一下子仿佛烫手似的将听筒丢下了。师徒两人面面相觑，半天也没有说出话来。

事情已经摆得这样明显，在他们面前已经没有别的选择，看见小丁那么犹豫、害怕，石维果果断地说："现在什么也不要再想，明天是休息天，我陪你上那儿去一趟！"

小丁默默地点了点头，没有表示反对。

2

火葬场位于离市区 15 公里的郊区，是一块有着茂密树林的景致优美的地方。直通的柏油马路平整光滑，石维果和丁力一早就骑着自行车去了。一路上两人谁也没有说话，他们为一种即将出现的神秘事态的预感而心神不宁。

今天是星期日，火葬场的职工除了几个值班的人以外，都已放假回家。偌大的院子里显得空空荡荡，安宁平静。石维果曾经在一个清明节随着祭奠死者的人来过这里，那时满院子里都是人，每个窗口都排着大队，等着领取和送回骨灰盒，院里院外都是祭奠的人群。和那一天熙熙攘攘的景象相比，今天实在是过于安静了。

当他们来到的时候，领取探视卡的办公室里只有一个值班的人，正在清闲地读着报纸。看见他们两个进来了，头也没有抬，就向他们伸出一只手来"骨灰盒寄存证！"

小丁蒙住了，石维果赶快说："同志，我们出来时太匆忙，忘了带寄存证。"

"记得号码吗？"

石维果想起了那梦中的电话号，就冒蒙地说："661！"

"哪一区？"

"四区！"

那人抬起头来，望了他们一眼："你们是死者家属吗？"

小丁表情呆滞地没有回答，石维果就点了点头。

"这个区是 10 年存放区，马上就要到期了，你们赶紧来办续存手续，到期不办，骨灰盒就要下架销毁了。"

石维果又赶紧点了点头："知道了。"

这时那人才在一张卡片上填上了 4-661 的号码，然后交给他们。"到后面去取，知道四区在哪里吗？"

石维果害怕露了馅儿，忙说："知道！"就拿着卡片跑了出来。他们俩从来没有来寄存过骨灰盒，也不知道四区在哪里，外面又没有一个人可问，这时丁力却一直往最后一排平房走去，好像他曾经到这里来过似的。他们来到最后一排平房，门上果然写的是四区。他们走进屋，只见屋里的木架上，摆满了各种形式和用各种材料制成的骨灰盒，有的精雕细刻，做工讲究，有的则粗糙草率。从骨灰盒的质量也大致可以看出死者生前的地位。但是无论生前社会地位高低，在这里都只能占据同样大小的一块地方。过去，架上的每个格子正好横着放进去一个骨灰盒，现在由于存放室愈来愈拥挤，每一格都竖着塞进去两个骨灰盒。石维果不禁十分感慨地叹了一口气："没有想到人死后住的地方也这么挤！"小丁没有作声，他的眼睛只死死盯在面前这一排排骨灰盒上，对周围的一切都已经失去了反应能力。石维果从他手里拿过探视卡，向保管员递了过去。这时他的心情也异样地紧张起来，屏息凝气，连大气都不敢出。保管员看了看号，走到后面去，捧出来一个骨灰盒，放在他们的面前。小丁仍然那么痴痴呆呆地站着，还不敢去接，石维果用胳膊肘捅了捅他，他才醒悟了，走上去将骨灰盒捧过来。这是一只最普通的松木刷漆的骨灰盒，表面没有雕刻任何花纹。由于长久没有人擦拭过，已经盖满了厚厚一层尘土。和四周那些花纹精致、色泽鲜亮的骨灰盒比起来，愈加显得寒碜。然而在它侧面镶嵌的一张死者遗照还是十分清楚的。小丁捧起骨灰盒，首先去看的就是这张照片。站在他身边的石维果看见他的脸色突然惨变，两手颤抖，眼睛发直，半天也没有说出一句话来。他也禁不住怀着一种神秘的心情望了望这张照片。他差一点就惊讶地叫了出来。他没有想到他看到的会是这么美丽的一位少女，面部轮廓清秀端庄，一头又黑又浓的长发披覆双肩，小巧的嘴，丰隆笔直的鼻梁，细长的眉，再加上两个天然生成的酒窝，搭配得那么和谐，最震人的还是那一双黑白分明、清亮照人的大眼睛，这时正笑吟吟地从照片上望着他。对着这张面孔，他的心里就荡漾起了一股洋溢的青春与生命的力量，感受到了一种从未有过的对于美和女性魅力的眩惑，忘记了现在是置身在一个死亡与阴冷的世界里。即使是想象力再丰富的人也无法将眼前这张面孔和死亡联系在一起。这个美丽的盛年早逝的女孩子是谁呢？在照片的底下有一行工整的小楷："肖婉同志遗像"。肖婉，连名字也是这样秀美，他不自禁地陷入了深沉的惆怅中。这时，从小丁口里喃喃吐出的几个字"就是她，就是她"才将他从梦幻的世界中唤醒回来。

"你说谁？"

"她就是我梦中见到的那个姑娘。"

如果说刚才这张照片带给他的是迷醉，那么现在小丁的这句话带给他的则简直是震动。真是她？怎么可能？难道现实中真有一个魂灵的世界存在？不然这种神秘的事件如何解释？能把这一切都归因于一个疯子的幻觉吗？那么这电话，这骨灰盒，这照片又是怎么一回事呢？正当他的思想在一片纷乱与震惊之中彷徨的时候，小丁已经捧着骨灰盒跑到一边去了。他跪在地上，将骨灰盒捧在怀里，用手巾细细擦拭起来，他擦得是那样专注，已经忘记了周围整个世界的存在。从他凝望着骨灰盒上的那张照片的痴痴的目光中，可以看出他已经认出了这张照片的主人是谁了。也许这意外的重逢，打开了他灵魂中早已闭塞的一扇窗子，唤醒了他心中一桩埋葬的永远的记忆。看着他眼睛里燃烧着的亢奋的光芒，他就知道他此刻正陷在一种极度的激动甚至是疯狂之中。他久久擦拭着，直到骨灰盒表面已经重新露出了漆面，乌黑铮亮，他仍不停手。每一下都是那么轻柔，仿佛怕惊动里面安息的遗骨。他知道他现在什么也不会对他讲，所以什么也没有问，只远远站在一边，沉默地耐心地等着他。

当他们终于从骨灰盒存放室出来的时候，时间已是下午了。丁力就这样陪着骨灰盒默默地坐了几个小时。奇怪的是他俩谁也没有感到饥饿。他们将骨灰盒送回去存放的时候，值班的老头好心地告诉他们：这个室的骨灰盒存放期马上就要到了，赶快来办续存手续，过期不来就不再保留了。丁力当时就想掏钱出来办理。可是一摸身上，两个人都忘了带钱，丁力焦急地对老头说，他很快就来办理，如果他有事耽误了，这具骨灰盒也千万别销毁。

老头一本正经地说："那可办不到。这么多骨灰盒，我怎么能记得住！你要来就早些来！"

丁力默默点了点头，一边往外走，嘴里一边低声叨念："一定得快，我明天就来，对了，明天就来。"临出门时，他又回头望了骨灰盒一眼，石维果第一次从他的眼光里看到了一丝缱绻的柔情，过去他看人，从来是直愣愣、冷冰冰的。也许这个刺激，能够使他的病从此好起来。他怀着一丝希望这样想。

出了火葬场，两人急急蹬车赶回城市。一路上，他们再也没有说过一句话，彼此都沉浸在自己的沉思里，这条路上来往的汽车比较少，两人都拿出了最快的速度。丁力骑在前面，石维果紧紧跟着他。当远处的路边有一个修车棚出现的时候，丁力突然慢了下来，对石维果说："师傅，你前面先走，我要下来打打气，后胎气不足了。"

"好吧，我在前面等着你。"石维果说着，一边慢慢向前蹬着车，一边等着丁力。左等右等，也不见他上来。"这小子是怎么搞的？到哪儿磨蹭去了？"最后，他等得实在不耐烦了，又重新骑车回来寻找他。远远就看见在修车棚旁边围着一圈人，路旁还停着两辆解放牌卡车。"出了车祸了。"他马上就猜出来。"小丁一定围在那里瞧热闹。"

走近了，一看，他惊呆了，正是丁力满脸血污地躺在那儿。他焦急地对耷拉着头站在一边的肇事司机喊道："怎么还不赶快把人送到医院去抢救？"

司机一声不吭，车棚里修车的小伙子说："他现在正等交通警来处理呢，已经打电话过去了！"

"那也得先救人呀！"他拦住了一辆过路吉普车，把昏迷不醒的丁力抬上了车，急急送到医院去进行抢救。

听修车的小伙子讲：正当丁力给后轮胎打气时，两辆解放牌载重车碰巧在这里会车，这条路本来就比较窄，丁力的自行车又放在稍稍靠近了路心一些，就被其中一辆汽车刮倒了。刮倒的自行车正好砸在了丁力身上，还将他带出去了好几米，额头正好碰在路边的一块石头牙子上，当时就昏迷了过去。

"唉，也真是命中该着。"讲话的人叹了口气，"这条路平时来往车辆就少，今天还偏偏就在他身边会车。"

在半路上，丁力睁开了眼睛，看见石维果坐在他身边，他脸上浮现出一丝安详欣慰的笑容。"我很高兴！"他低声说。石维果不知道他这话指的是什么，是指他在他身边？似乎他和他的友谊还够不上这个份。那么又是指的什么呢？总不至于是指他受了伤反而高兴吧？

"我终于能见到她了。"他又低声说了一句，然后就沉默了。快到医院的时候，他又睁开了一次眼睛，看见石维果还坐在他的身边，他抓住了他的手，直截了当地说："师傅，把我的骨灰盒和她的放在一起。"

"你想到哪里去了！"

"不，你一定要答应我！"

石维果只好点了点头。他舒了一口长气，放心似的撒了手。从这以后，他没有再睁开过眼睛，也没有再说过话。当天傍晚他在医院死去了。

3

丁力的死，在厂里引起了一番不大不小的震动。关于他死前碰到的一些神秘的反常的情况，石维果没有对任何人讲过，可是很多人都知道了（估计是丁力自己不只对一个人讲过）。有的人用精神病人的偏执妄想来解释，而把他的死归因于偶然；更多的人则干脆认为是一种超自然的力量把他拽走了。

石维果是不相信鬼魂的，他恰巧又是这次神秘的死亡事故的唯一目击者和当事人。一些他亲身经历的事使他比别人更加感到神秘莫测。他下决心要用科学的态度把这些事弄一个水落石出，破除唯心的迷雾。如果世界上真有一种超自然的力存在，他也要用科学的方法来证明它。

对于丁力之死，最使他感到奇怪的是丁力父亲的态度。在医院病床上为死者穿寿衣时，他第一次见到了他的那位身为高干局长的父亲。虽然看起来他也很悲痛，但是不知为什么他觉得这种悲痛是装出来让人看的。相反地，局长的某些举止给人一种摆脱了负担的轻松的感觉。

为了澄清一些惑人的迷雾，他向这位局长提出了一个至关重要的问题：丁力在来他们工厂以前，是否得过精神病（或者说他至今是否还是一个精神病患者）？这位局长一口否定了，不，他的儿子精神上一直很健全，从来没有得过精神病。

为了这个问题，他又去过厂人事科，人事科对这事也是讳莫如深：

"你打听这干什么？"

"你没有听到现在关于丁力的死已经流传着多少稀奇古怪的说法吗？连鬼魂都上场了，如果知道他过去有精神病，就可以澄清许多迷信。"

"你不要管这件闲事了，有关迷信的传闻又有什么了不起，还可以给人增加一点刺激和消遣嘛！"

弄到底，人事科关于丁力过去的疾病情况还是一点也不肯告诉他，不仅如此，连丁力进厂以前在什么单位待过，人事科也不肯说。

他终于想明白了：如果他们承认丁力是精神病，一个精神病人是怎样弄到他们厂里来的？岂不把他们在人事关系上走后门的黑幕暴露出来了？难道这不比一点迷信传闻更要可怕得多吗？

一切只能依靠他自己努力去调查。

丁力平时除了在家里住以外，在厂独身宿舍还有一张床位。有时值夜班就在厂里住。对他留下来的什物，石维果进行了一番收拾归拢，准备送回他父母家去。

在丁力枕头下，他发现了一个旧日记本。大部分册页都已经记满了。只是日期都是断断续续的。他随手翻了翻，忽然在一页的左下角发现了一行很小的阿拉伯数字，正是一个电话号码。他仔细看了看，27592-4-661，他一开始还没有反应过来，只觉得这个号码怎么有些面熟，好像他曾经用过，接着立刻想到了：这不正是在丁力梦中出现的火葬场电话号码吗？看墨水的印迹已经很陈旧了，并不是新写上去的。这就说明，他早就知道这个号码了。可他说是在梦中第一次听到。发现这个事实，并不能证明丁力是在说谎，而只能证明他曾经知道这个电话号，甚至还将它郑重地记了下来，可是后来忘记了。由此他不禁受到了一点启发：能不能说生活中也同样有些事是他曾经经历过的，而后却被他忘掉了呢？例如被他忘记了的肖婉，就肯定是一位曾经在他生活中起过重要作用的姑娘。他在骨灰盒存放室看见她照片以后的表现，已经证明了这一点。可是，是什么原因使他把过去的一切都遗忘了呢？除非是一次重大的刺激，也许这就是使他精神分裂的原因（他已经可以毫不怀疑地肯定他是一个精神分裂症患者）。

一天晚上，以送回丁力的遗物为理由，石维果去了丁家一次。出来接待他的是丁局长本人。母亲由于儿子的猝然去世，过分伤心，已经卧倒在床。这次家庭的会见，比上次在医院会见的气氛显然随和一些，更亲近一些。石维果趁机又提出了丁力是否患过精神病的问题，丁局长仍然一口否定了，而且态度显得很不高兴。石维果故意装出没有觉察的样子，又问道：

"我还想向您打听一个人，不知道您知不知道她的情况？"

"谁？"

"是丁力的一位女朋友，名字叫肖婉。"

他一说出这个名字，局长的脸色立刻变了，生硬地说："我不认识这个人，也从来没有听说过她的名字。"

这时，他忽然听见里屋里传来一声响动，仿佛有什么重物掉在了地上，他立刻猜到了一定是老太太在那间屋里，大概她虽然卧病在床，对儿子工厂里来送遗物的人她也不会不关心，说不定当他和丁局长谈话时，她也在房间里倾听，如果是这样，刚才的响动就证明了这个肖婉绝不是这一家所不熟悉的人。

话已经说得斩钉截铁，石维果发现再也无法继续下去，看来今天只有空手而返了。但他还不肯承认失败，决定最后再来一次巧袭，他突然说："今天上午，我到丁力同志原来工作过的单位去了一次……"

"什么？"丁局长有些吃惊地问，"你到103厂去过？"

这个老家伙终于上了他的当，说出了他儿子原来待过的工厂。他心里很高兴，口里说："是啊，他们都夸丁力同志在那里的表现很不错！"

"唉！"丁局长沉重地叹了一口气，"还说什么，都过去了。"石维果发现他的眼角有些湿润，看来父子情深还是改变不了的。

"唉！"这时从里屋里也传出来一声深深的沉重的叹息。

石维果尽管还不知道在这个家庭里过去究竟发生了一些什么事，但是在这两声沉重的叹息里，他已经感到了其中蕴藏着的是多少难言的隐痛啊！

第二天，是他的工厂的厂休日，他打听到103厂这天并不休息，于是带上饭盒就去了。到厂里他打听到丁力过去是在机修车间干活，他就径直地来到了机修车间。他故意赶上午休时间来到这里，从他自己工厂的习惯来看，午休时大伙吃完饭后都喜欢聚在一起神聊。他估计这个工厂也不会例外。果然，他这一着还真猜准了，他找到了一个十分难得的和大伙唠扯的机会。

他立刻发现，丁力和肖婉在这里都是有名的人物，他一提起这两个名字，小伙子们立刻议论开了。

"丁力，谁不知道，陈世美！王魁！"

"哈！哈！想不到这次真的演了一出《活捉》！"

"是呀,听说丁力被肖婉的鬼魂骗到了火葬场,活活被她追去了性命!那么一个温柔女子,还有这么一份烈性!真够棒的!"

想不到在他们厂发生的这件新闻,几天工夫就已经传到这里来了,而且已经演变成了"活捉王魁"的故事。

在场的,几乎所有的人都交口攻击丁力。只有一个瘦瘦的小伙子还持着保留态度。"咱们也不应该把丁力想得太坏,他是真心爱肖婉的,只是迫不得已才这样做。"

从小伙子们的口中,他听到的是又一个已经听过了上千遍上万遍的现实生活中的痴心女和负心郎的故事。故事发生在"十年动乱"的日子里,小伙子与姑娘同时到农村插队落户,小伙子的父亲是被打倒的"走资本主义道路"的当权派,姑娘的母亲是"臭老九",一个小学的穷教员。两人同病相怜,互相间产生了深厚的爱情。后来,两人先后被抽到同一个工厂当工人。在双方家庭同意下,订了婚约,一切似乎都很美满。就在这时,小伙子的父亲被结合进了新生的革命委员会。家庭地位发生了变化。男方嫌弃女方门楣低贱。为了攀高结贵,与市里一位革委会副主任另结新亲,父亲强迫儿子与女方撕毁婚约。开始儿子还不错,坚决不同意父亲的主张。但后来禁不住威逼利诱,终于还是屈服了,他亲笔给姑娘写了一封退婚信。姑娘是一个忠于爱情的有血性的女子,接信之后,悲愤交集,含恨自杀身死。男的受不住良心谴责,得了精神分裂症,最后被送进了精神病院。海誓山盟的高干家庭出身的未婚妻也抛他而去。这就是生活中发生的又一个真实的似曾相识的故事。只不过在这个故事里男主人公的名字叫作丁力，女主人公的名字叫作肖婉。

是呀，像这样的故事，在那些暗无天日的年代里，发生过何止千起万起？没有想到这出悲剧的余音还一直连绵到了今天，而且竟以这样一个出人意料的结尾把这个本来十分平凡的悲剧推向了一个不平凡的高潮。尽管故事的发展只是建立在精神病患者的狂想这样一个特定的基础上，但仍不能不产生一种震撼人心的力量。也许正是因为现实生活中这样的事发生得多了，而人们通常对于它们是无力进行干预的。因此，这件事才被人们特意地加以渲染，乐于将它变成一个痴心女惩罚负心郎的故事，即使带上了浓重的迷信、荒诞的色彩也在所不计。在这里，石维果发现自己亲眼看见了一个传说是怎样产生的。也许，古代关于陈世美和秦香莲、王魁和敫桂英的传说也是这样产生出来的。

听了这些故事，他对丁力的同情也打了折扣，现在看来这个小伙子的痛苦只不过是一种良心的折磨。但是他总算是不虚此行，工人们反映的情况证实了他心头最重要的一个猜想：丁力和肖婉原先就是熟识的，只是在他疯了以后才把她忘了，说不定她的骨灰盒还是他安置的。听这里的人讲：肖婉死后不久，她唯一的亲人，长期重病的母亲也死去了。不会再有别人来为她安置骨灰盒。因此才在长达10年的时期里没有一个人来为她打扫一下尘埃。

在他往回走的道上，一个瘦瘦的小伙子追上了他。他认出了就是刚才那个为丁力辩护的人。"有什么事找我吗？"

"石师傅，我不希望你把丁力看得太坏。在这件事上，我是有负于他和肖婉的。"

"怎么一回事？"石维果不解地问。

"他们俩生前都和我是好朋友。为了逼迫丁力与肖婉断绝关系，丁局长把他整天关在家里，不准他与肖婉来往。对他软硬兼施，威逼利诱，在万般无奈的情况下，他答应父亲，给肖婉写了一封断绝关系的信。那封信刚送走，他就后悔了，立刻又给肖婉写了一封表明心迹的信，叫我马上给肖婉送去。没想到当天晚上有几个哥儿们来找我喝酒，酒喝多了，把送信的事忘在了九霄云外。第二天想起来，正要送去时，厂里纷纷传言，说肖婉已经自杀了。接着丁力自己也疯了。这封信我一直留在了我手里。现在大伙儿把丁力说得那样坏，我更觉得负疚在心。你既然是来了解丁力情况的，我想应该把这件事告诉你。有时候我想：如果我及时把丁力的信送到了肖婉手中，也许，她就不会自杀了。你说是吗？"

听了这个小伙子的话，石维果觉得心里更加悲凉了。"不，杀死肖婉的不是一两封信，而是顽固地盘踞在人们头脑中的延续了几千年的封建意识加给婚姻与爱情的重重束缚。你不必为这难过了，你就是送去了这封信，只要她冲不破这重重束缚，最终也依然逃不脱悲剧的命运。"

他忽然觉得自己现在做的这一切也都是毫无意义的，他要证明的究竟是什么？丁局长的强迫婚姻是扭曲人性的，是不道德的。人们津津乐道的现代的"活捉王魁"的故事也同样是令人作呕的、陈腐的。唯一有价值的永恒的也许是这两个年轻人用生命换来的爱情，而这又是根本不需要谁去证明的。

看来现在已经没有什么事需要他去做了。唯一要做的只是去完成他答允死者的诺言,想办法将两个年轻人的骨灰盒摆在一起。这件事看起来非常简单,实行起来却不是那么容易。首先,两个青年人并非夫妻;而且即使是夫妻,现在的骨灰盒存放处也根本就没有夫妻骨灰盒摆在一起的条例,一律按照尸体火化次序排列。现代的梁山伯与祝英台如果死后要想合葬在一起已经无法做到了。

但是,有时候看来无法实现的事,实现起来却又是想象不到地那么顺利。他先到骨灰盒存放处办好了肖婉的骨灰盒续存10年的手续(这是每次寄存的最高年限)。然后和刚刚火化的同样也是寄存10年的丁力的骨灰盒一同送去编号。编号处的一位戴眼镜的同志不肯将新、旧骨灰盒编在一起,说是按照规定这两者应分别存放:一个应在七区,一个应在十区。他掏出了一包三五牌香烟递了过去,这位同志没有再说什么,将两盒骨灰一同编在了十区。两盒骨灰送到十区,负责收存的老头按照编号将它们上架。也是这两个青年人的命途多舛,本来正好塞在一个格子里的两个号码紧紧衔接的骨灰盒偏偏被安放在相邻的两个格子里了。只因为轮到的那个格子里已经存放进了一个骨灰盒。这一次无论他用什么办法,老头也不肯通融将原来的骨灰盒前后挪动一下,让这两个青年人的骨灰盒能够挤在一个格子里。于是,这两个生前未能成为夫妻的苦命青年男女,死后也只能隔着一层薄薄的板壁长眠。尽管他们各自身边都有着另外一个伴侣,陪伴他们的依然是永恒的孤独。

办完这一切以后已经精疲力竭的石维果走出火葬场时,心里很难受，他觉得这件事没有办好，对不起他死去的徒弟。

1985 年 6 月于长春

原载《作家》文学月刊 1985 年第 7 期

百年星光

里尔克在谈到大师罗丹时说过："关于罗丹的误会很多，要解释起来是极困难的事，而且，这是不必要的。它们所包围的只是他的名字，而绝不是那超出这名字范围的作品。这作品已经成为无名的了，正如一片平原是无名的，或者像大海一样在地图上、典籍里和人类心目中才有名号，而实际上只是一片汪洋、波动与深度而已。"

在我开始写我的老师，一位天才而命运悲惨的数学家的故事时，我想到里尔克论罗丹的这段话。凑巧他也姓罗。（原谅我开这个粗浅的玩笑）

1

沙坪还是我记忆中的样子。三十多年过去了，还是那条狭窄的喧闹的小街。六和小面馆的招牌从车窗外一闪而过，我几乎想马上跳下车来，进去要上两碗素条面，请幺师浇上两勺红烧牛肉卤，痛快地吃它一顿。老板娘还是那个又苗条又俊俏，一双野气的眼睛把我们这些剃着小光头的中学生一个个撩得失魂落魄的女人吗？如果她还在，现在是什么模样了呢？这次回沙坪会有好几天逗留，当时我就决定一定要再到这儿来一次，还是像当年一样，在下晚自习之后，翻墙出来，重温一次旧梦。

小街上车很多，人又拥挤，汽车走走站站，最后干脆停下不动了。司机摇了摇头："大概又堵车了，等吧！"

前面不远就是我的目的地南渝中学了。我小心推开车门，跳下车来，对司机说："马上就到学校了，我自己走过去。"我心里正渴望能再在这熟悉而又陌生的小街上走一走。

当年和我同班的一位老同学，现在在山城当副市长，为了我这次回来参加母校五十周年校庆，专门为我派了这辆车。他自己嘛，当然是很忙，不能和我一起来，不过答应了举行庆祝大会的那天一定到场。

一下车，我顿时愣住了。汽车正巧停在杨公桥桥头。四周的景象一点儿没有改变，马路对面就是那家茶馆。真是鬼使神差，三十多年后我头一次回来，就又叫我来到了这个地方，这个我一直不愿去回忆的地方。

眼前，忽然满街都挤满了人，我明白我这是进入了一场时光和环境的双重交错。桥上、公路上，到处都是人头攒动，都是和我一样的剃着小光头，身着灰色中学生制服的毛头小伙子。警备司令部捕人的小车就停在茶馆门口，已经被学生们重重包围起来。茶馆里，我们的两位老师——西装革履的罗延光和长袍大褂的罗延先，正畏葸地坐在长条板凳上。他们的两手还没有被戴上铐子，但显然已经惊慌失措，不知该放在哪里好。两人嘴上都淌着血，看来已经挨过揍。罗廷先低垂着头，罗延光凹陷的深邃的眼睛正茫然地越过人群向远处张望。我的眼光有一刹那碰到了他的眼光，发现里面一片空空荡荡。他的嘴里一直在喃喃地念叨着什么，靠近他的同学听出来了，是"我的牙刷"几个字。而那三个动手抓人的特务，开始时气焰嚣张，现在发现已经陷入了学生的包围圈里，脸上也露出了十足的惊惶。

忽然间，不知是谁喊了一声打，学生们一拥而上，拳打脚踢，几个特务立即矮了下去，在人群中淹没不见了，就像几根木头在激流旋涡中消失了一样。后来的事态进展得太快，谁也回忆不清楚详细的过程，大体上是这样：一个还留在汽车上的特务在慌乱中掏出手枪来朝天开了一枪。（后来也有人说是向人群开的枪，甚至还说有一位同学的腿上挂了花，但具体是谁始终没有能确定下来，估计这种说法还是幻想成分居多吧！这是青年人对自己的英雄行为的一种妄想和夸大，并不足怪）形势立刻发生了逆转，先是外围的同学开始向学校方面逃跑，于是这一支为夺回亲爱的老师而自动聚集起来的正义之师阵脚大乱，最后是全线崩溃。几分钟之后，茶馆里里外外刚才还是人山人海、水泄不通，突然间变得冷冷清清，就剩下两位老师和几个特务，形影相吊，连茶馆老板也不知躲到什么地方去了。抓人的汽车顺利地开走了，两位老师被带走的最后场面谁也没有看到。

这是一段噩梦一般的往事，今天不管我愿意与否，它又活生生地浮现在我脑海里，依然那样清晰，丝毫没有因为岁月的久远而黯淡模糊。特别的嘴脸虽然记不清了，可是两位老师当时恐慌无助的神态却历历在目。

从那一天以后，我们再没有看到两位老师，直到山城解放的那一天早晨，国民党的军队已经溃逃，解放军还没有入城，我们一群同学就首先冲进了名声恐怖的慈溪口集中营。在惨不忍睹的万人坑里，我们找到了老师的尸体。由于特务逃跑前在尸体上浇了硝镪水，每一具尸体的头部都胀得像笆斗一样大，根本无法辨认，我们是从老师的衣着和罗延光的"六根指"认出了他们。

杨公桥头发生的事对于我们每一个在场的人都是一次精神上的永恒的折磨，如果我们当时稍微勇敢一些，稍微镇定一些，我们是能够把两位老师从特务手里夺回来的。至少在当时我们不会让特务把他们带走。当时特务也害怕了，他们的眼光已经暴露了这一点。可是我们却在枪声前逃跑了，把两位老师留在了特务的魔爪里。这些年来，我一直在有意无意地逃避这段回忆，没有想到这次一回来就面对了它。这该死的停车！然而命运已经注定了，在我停留在这儿的几天中，它们还要不止一次地闯进我的生活中来。这样说也不够准确，有时候倒是我去主动地寻找它们。

2

晚上，学校校长、校庆筹委会主任李剑农到招待所来看我。我问他："五十年代的老教师现在留下来的还有几位？"我似乎是无意中这样问的，其实我心里很急切地想知道有一位老师现在是否还在这里。她就是罗延光老师的妻子林瑛。

回答是令人失望的，当年的老教师，除了一位已退休的体育老师以外，再也没有别人了。她到哪儿去了呢？我曾经那样崇拜过又曾经那样鄙弃过的这个人。我早就猜想到她是不会留在学校里的了，但又暗暗希冀这次回来能够再见到她。

我不想再绕弯子，直接向校长提出问题："我向你打听一个人，五十年代在这里教过英文的林瑛老师，现在到哪里去了？"

"林瑛？我没有听说过这个名字呀。"

"她就是罗延光老师的妻子！"我终于还是不得不说出了这个我一直想避讳的名字。

奇怪的是他的回答："罗延光？他又是谁？"

他竟然不知道罗延光是谁！这个在学校引起过巨大的震动，在他身上交织着美好与丑恶的名字！我只好向他解释：

"他就是当年被特务抓去，后来牺牲在慈溪口集中营的两位老师之一。"我原来想说烈士，话到嘴边，终于还是改了口。

"哦，那不是罗廷先烈士吗？"

"对，是罗廷先，同时也有罗延光，他们俩是远房叔侄，一个教语文，一个教数学。他们同一天被捕，同一天遇难。"

"我确实没有听说过。"他抱歉地说，"怎么咱们的校史里也没有提到他呢？"

"是呀，校史里确实没有提到他！这事我也说不清楚。"我只好这么回答，我不想说是因为他"悔过自首"了所以校史才没有提到他。既然李剑农根本不知道有这么一个人，我说这些干什么？可是他怎么会不知道罗延光这个人呢？看起来他的年纪和我也差不多呀。

"你是哪一年到南渝来的？"我问他。

"我来得比较晚，原来在三中当校长，1982 年才调到这里来。"

原来如此！

如果校长都不知道有这么一个人，别人大概就更不知道了，今天在校的教师职工大部分都是青年人。果然，我又问了好几位年龄稍大一些的老师，无论是罗延光还是林瑛，都没有一个人知道。

最后我只好去找了退休在家，已经半身不遂的老体育教师许文星。罗延光的名字他也记不清了，但是两位老师被特务抓走了这件事他还有些印象。也难怪他，脑血管硬化，记忆力衰退。可是我提到林瑛，他却记得很清楚："不就是那个长得挺漂亮，穿着挺洋气的教英文的老师吗？""对呀！""唉，这个女人的遭遇够悲惨的了，'文化大革命'一开始，她就剃了鬼头，说她是特务、是叛徒、是破鞋，还给她脖子上挂了一串破胶鞋去游街。"

我简直无法相信我听到的这些话。脖子上挂了一串破鞋游街？给谁？给林瑛，曾经在我心中占有过那么高不可攀、那么圣洁的地位的女神？

"你是不是记错了？怎么会给她扣上这几项罪名？"

"那个年月，全国到处都是叛徒、特务，她还跑得了？她在外国吃过洋面包，那就是正牌的特务；她的丈夫是叛徒，她不是叛徒也是叛徒婆；至于破鞋嘛，那倒是没有冤枉她，大家都说她跟训育主任关木夏睡过觉。"

我的脑袋嗡的一声，仿佛我脑海里最隐秘的深深掩藏着的一个角落突然被人捅破了。这个秘密我已经埋藏了30多年，连我自己从来都不敢去触碰，而今天，却在他的口中道出来了。

"镇反时，关木夏被他老家的群众抓回去枪毙了！他是罪有应得。可是那么好的一个女人被他糟蹋了，真作孽！"

"后来林瑛怎么样了？"

"'文化大革命'中期，她被造反派开除了公职，遣送回籍，劳动改造去了。从那以后，再也没有听到过她的消息。"

"打倒'四人帮'以后也没有给她落实政策？"

"这些我就不知道了，好像从来没听说过。也许是她本人没有提出申诉。"

我嘴里虽然这样说，心里其实也明白，给她落实政策是不可能的。学校当时那么忙，要平反的人那么多，如果她本人不提出申诉，谁会主动去想到给她平反？可是要她这么高傲的一个人去为自己提出什么申诉，她宁愿把冤屈带到坟墓里去也是决不会干的。

既然这里已经没有任何人还记得她，这次校庆是肯定不会邀请她回来参加的了。我曾经有过的能在这次活动中重新见到她的希望也肯定是落空了。不过我高兴地知道了罗廷先的老伴，一位生活在农村的妇女已经受到了邀请，她的女儿将陪伴她从家乡赶来参加这次校庆。

但是许文星提供的情况还是给了我一些希望：如果她是被遣送回籍了，那么还有可能在她的老家找到她。她和罗廷光老师是相邻两县的人，罗老师的家在合川兴隆场，她的家在江津白沙镇。

第二天，学校五十周年庆祝大会在新落成的礼堂里举行了。我的那位副市长老同学如期赶了来，而且理所当然地坐在了主席台的正中（我也坐在主席台的一侧，凑巧坐在我身边的就是罗廷先老师的已经是满头银丝的爱人），理所当然地代表校友在会上讲了话。

副市长在他的讲话里，充满自豪地列举了一大串本校校友中光辉杰出的人物的名字，有著名的科学家、作家、艺术家、大学教授、党政军领导干部。其中竟然也列入了我的名字，大概是碍于老同学的情面，觉得我已经坐在这里，不提一下我的名字未免有些尴尬。同时，他又列举出了一大串已经谢世的著名校长与在祖国抗日战争和解放战争中英勇牺牲的烈士的名单，这是一些真正值得纪念的人。名单中念到了罗廷先老师，可是没有罗延光。

我知道不会有他的名字。这么多年来，每当我想起这件事，想到那双哀怨、黯淡的眼睛，想到那个已经长眠的人，我的心都会感到一种难忍的压抑与痛苦。我坐在主席台上，心里突然升起了一阵冲动，我要走上前去，接过话筒，向坐在这里的一千多名同学讲几句话。

我走了上去，我看到了坐在下面的同学们中间传过了一阵骚动，无数双好奇的眼睛在凝视着我。我讲了："这里还有一个副市长刚才没有提到的名字，他是我们学校的数学教员，一个真正的学者，一位好老师，一个好丈夫，一个本来会有辉煌前程的人，但是他死了。也许他曾经害怕过，曾经动摇过，但他还是默默地英勇地死去了。他的尸体也和烈士们的一起埋葬在万人坑里，也许烈士的名单中没有他的名字，那是因为有一些人眼睛里只有死的条款、死的原则，却没有活的人、活的情感。但是我们要纪念他，永远永远，在我们的心里。"我看见我的话在群众中激起了反响，在主席台上激起了反响，我看见了惶惑在我的那位副市长同学的脸上绽开，这不是笑容！

群众鼓掌了，很热烈。群众是通情达理的，青年是通情达理的。我心里得到了安慰，想站起身来，想要感谢他们，为了不被称为烈士的死者，为了不被称为烈士的死者的妻子……

忽然有人扯着我的衣襟往下拽："你要做什么？"我才发现我还坐在主席台边我自己的座位上，那坐在讲台前接受群众掌声的是副市长，不是我！

我能走上前去这样讲吗？我有那个勇气吗？已经过了知天命的年龄，我还能保存住自己的那份天真，敢去为自己相信的信念进行斗争吗？我值得用自己的名誉去为一个被称为叛徒的人冒险吗？我终于坐在那儿没有动，我发现我又一次动摇了。

在这一天里，一种可怕的寂寞的感觉越来越强烈地慑住了我。我发现我无法找任何人谈他和谈她。我发现无论对于死者，对于她，以及对于我都显得如此重要的一切，这些年来一直沉重地压在我心头的一切，竟然已经完全被人遗忘、被人漠视。没有任何人还知道他们，没有任何人还关心他们。遗忘比责难更可怕！

我多么希望能有几位我同年级的校友回来参加这次校庆，但是没有。

当天傍晚，在校庆日即将终结的时刻，一辆达特桑小轿车给我们又送来了一位名人。我一看，不禁高兴地叫了起来："你好啊，K夫子！你从哪里来？真是从天而降呀！"

他是我同班的同学康仁，在学校时是有名的死啃书本的书呆子，外号K夫子，现在是广州第一军医大学的内科教授。这次是到山城来参加一个高血压的学术报告会。会议结束后，这位书呆子竟然也想到要回母校来看看，没想到还赶上了这次校庆活动。晚上我们就住在一间客房里。我好不容易盼到了一位同年级的伙伴，立刻和他谈起了罗、林两位老师来。他们毕竟教过我也教过他。

连他也没有热情和我谈他们。

他竟然不知道罗延光的事。就连他的被捕和遇害，他也只是朦朦胧胧地听到过一点。

"罗老师被捕前，不是正在咱们班讲几何吗？下课后特务把他骗到传达室，把他架走，被咱们同学在窗台上看见了，一声呼喊，大伙都追了出去，难道你当时不在现场？没有参加吗？"

"是啊，我好像听说过这回事，"他擦了擦八百度的近视眼镜，有些不好意思地说，"当时我正好去了厕所，回来看见教室全空了，还纳闷同学都到哪里去了呢。"

"你呀，可真是个名副其实的书呆子。"我叹了一口气。连罗老师被捕这样大的事他都稀里糊涂，看来和他谈话也是枉然了。我不得不又一次放弃了想和别人谈谈两位老师的打算。

夜深人静，上晚自习的同学都回宿舍就寝了。我独自来到了当年的五〇三班教室，打开了电灯。教室完全和当年一样，连桌椅的排列都没有什么改变，只是房间似乎比当年小了，举架也似乎低了许多，连桌子椅子也都矮了。其实我明白，这只不过是我自己长大了，眼界宽阔了发生的一种错觉。

我坐到了我当年的座位上，关了灯，让思想沉浸在往日的遐想里。我究竟想重温哪一段旧梦？重新唤回哪一段消失了的记忆？连我自己也不清楚。

然而一当我坐到了当年的座位上，时光立刻倒流，回到了三十多年以前。我清晰地看见了他，一身潇洒的西服，快步走上了讲台。那抑扬顿挫的川音顿时从讲台上飘了过来："高斯这个数学怪才，经过七年的苦思冥想，终于找到了一个非欧几里得的几何空间。在这个空间里，三角形三个内角之和不等于180度；从直线外的一点，可以引出两条以上的与它平行的直线……"几句话，把我们这些精通欧几里得几何原理的高材生们一个个弄得目瞪口呆！

接着是她走上了讲台。装束淡雅，俏丽迷人。"现在开始英语对答。"她拿起了点名簿，叫到了我的名字，"Please tell me, why your paper is written such good？"平时我的英语对答是相当流利的，这次我却嗫嚅地没有回答出来，脸孔红得像煮熟了的螃蟹。

场景突然转到了放学后，在拼起来的两张书桌边，坐着我们两个同学和他们夫妇俩，桌上摆着一副桥牌。"现在我教给你们一种新的桥牌叫牌法，它完全不同于你们过去熟悉的黄金系统，是牛津大学我的导师发明的它，并用它进行了一次环球远征。就在快接近胜利时，他在悉尼遭受到了一次挫折。他重新回来苦心钻研，终于最后完善了这个系统，他给它起名为 Conquer。由他传授给了我，现在我又传授给你们。这个系统有着高度的数学精确性，你们必须记住一个公式：$X+Y=18$……"他六根手指头的手熟练地分发了牌，接着夫妇二人用精彩的叫牌把我们领进了一个奇妙的天地里。

这就是他们，珠联璧合，才华横溢。

我就这样任意地驰骋着我的想象，不知时间过去了多久。当我最后站起来打开电灯准备回去时，我惊讶地发现：教室里还有另外一个人，也坐在他自己的座位上。原来是我们的 K 夫子。在这段时间里，他回忆了一些什么呢？我没有去问他。

我被邀去和学校文学社的同学们做了一次报告。还是这个文学社，占用的还是当年那间图书馆后面的小房，我曾经也是它的一个活跃的成员。当我走进会场时，从那一双双带着明显的热情凝望着我的眼睛里，我仿佛看到了当年的自己。我向他们讲什么呢？讲着讲着，我又回到了那个注定了这次要一直跟随着我的主题，我又向他们讲起了我怀念的老师。这次讲得并不牵强，我告诉他们，当年牺牲在集中营里的罗廷先老师曾经是这个文学社的热心的顾问，过去在这间屋子的墙上，曾经悬挂过他书写的一幅李清照《声声慢》的条幅。如果他能活到现在，一定是一位杰出的李清照词的研究专家。这一次我也很快就发现了罗廷先这位烈士的名字同学们显然也从未听说过。当我满怀激情提到他的时候，他们没有表现出丝毫的热情。

是的，死者已矣！为什么非要后人记住他们的名字？我不必为这感到惆怅。但是我自己的回忆，还是要顽固地回到我执着的主题上来。我永远无法忘记这几个人，我深深地眷念着他们，关于他们的回忆，一点一滴也会时时泛起在我的心中。

3

罗延光和林瑛，这一对情人彗星般短暂而耀眼的存在，一出现在南渝，就像美丽的哈雷彗星惊动了整个世界一样，惊动了整个的校园。

记得那是我在高中第二学年新学期开始的时候，在高中部的朝会上，校长向同学们介绍了本学期新到校的几位老师，他们两人都在里面。罗老师的翩翩学者风度博得了同学们欢迎的掌声，然而奔向林瑛的掌声简直可以说是热烈与疯狂。她仅仅是在台上站了一站，向同学们浅浅行了一个鞠躬礼，这就够了。她那一簇披散到肩头的漆黑光亮的秀发；那一副象牙般光洁、幽雅的前额；那一双妩媚、深湛、顾盼生情的大眼睛，和那一张富于肉感，同时又透出几分高傲的小嘴，已经把我们这些颗青春的耽于幻想的心给征服了。从第一眼起，我和我的同学们就已经崇拜上了她，而万万没有想到的是，我们这个班竟然获得了如此特殊的幸运，他们两人都被安排到了我们班来执教。

那时候，美貌比威严更能征服年轻人。罗延光与林瑛，立即成了同学们心中最理想的一对情人和佳偶，一对青春的偶像。他们的婚礼是来到南渝中学以后举行的，当时曾经轰动了小小的沙坪。婚礼采用的是基督教的仪式，由牧师主婚，圣坛上蜡烛辉煌，由一百名男女学生组成的唱诗班使仪式变得灿烂而庄严。那天婚礼上的新娘是那样娇美！正是从那一天起，我忠诚地崇拜上了她。我认为世界上再没有比她更可爱的女人。这个女人竟然与人结婚了，即使新郎是罗延光老师，我也感到了一种妒忌。

我相信那天晚上，不知道有多少个青年人做梦，梦中站在圣坛前披着白纱的新娘身边的人，不是罗延光，而是他自己。

听校长介绍，罗老师是英国牛津大学的数学硕士，在射影空间的仿射变换群同构理论的研究上取得了突破性的成果：当他的导师，著名的数学家瓦尔顿教授热情地希望他留下来继续攻读博士学位时，他却在科学救国、教育救国的理想鼓舞下，毅然收拾行装，回到了战乱中的祖国。他的未婚妻，剑桥大学的文学学士林瑛也和他一起回国，来到了山城。

在人们的眼中，他们是一对有精深造诣的学者，是一对有正义感的热血青年，是一对幸福的情侣，又是一对虔诚的基督教徒。无论其中的哪一个形象，似乎都与国民党统治当局加给他们的"左倾"激进分子的罪名对不上号。因此当特务突然闯进校园抓走了罗老师时，在学校中引起了一片惊惶和困惑。由于他们有很强烈的正义感，对国统区丑恶的现实不满，在同学中的确发过一些议论，参加反饥饿、反内战的学生运动也很积极，但是参加学运的老师并不止他们两人，而发议论他们也只限于在同学中间，在外人面前从不乱说，毕竟他们都是比较胆小的知识分子，特务干吗要抓他们这样的人？难道是同学或老师中有人告密？于是在同学中开始传开了这样一种议论：是学校的训导主任、中统特务关木夏在暗中捣鬼。这对青年爱侣一来到学校，他就看中了美丽的林瑛，为了把这个绝代尤物弄到手，他不惜采取了卑鄙的政治陷害手段，将罗延光除掉。

关木夏大概也听到了这种传闻，他的耳目遍布全校每个班级。他镇定自若，无论走到哪里，都真诚地向人表示，他对警备司令部的这次行动很不赞成。"两位罗老师有什么问题？热血青年嘛，对现实有时议论两句，有什么了不起？罗延光才从英国回来，绝不会是奸人匪党！"特别是在林瑛本人的面前，他更是百般地殷勤关照，拍着胸脯向她保证：一定亲自到警备司令部去要人，早日把罗延光叔侄保释出来。

关木夏对于林瑛老师的殷勤和关怀，更加引起了我们的警惕，我们班的四名特别要好的同学聚在一起悄悄决定：每天轮流在暗中保护林老师，决不能让她遭到那头色狼的伤害。我们四个人忠实地执行着自己的职责，每天晚自习后都有一个人溜出宿舍，悄悄守候在林老师的窗外，一直等到她屋里熄了灯，一切平安无事之后才回到寝室睡觉。

一天晚上，正在我们上晚自习的时候，别的班上的一位同学跑来告诉我们，说他刚才看见关木夏往教师宿舍区那边去了，是不是去找林瑛老师的？我们四个人一听，顿时紧张起来，赶紧溜出教室，一直向林老师宿舍跑去。林老师住的是一间单开门的小平房，屋外是院子，种着一些蔬菜。我们悄悄地接近墙根，窗子已经关上了，还拉上了窗帘。平常我们每次来，房里都静悄悄的，今天却传出了人声，我们一听，正是关木夏那条恶狼在说话。

"林老师，我这是爱护你才来关照你：罗延光的案子已经结了，性质很严重，煽动青年反对戡乱，这可是立刻枪决的重罪。你可要赶紧与他断绝关系，自作打算，不然小心连累上你。"

"谢谢你的关照，关主任！我的事不用你操心。我和罗延光死死活活都在一起，即使被他连累，我也心甘情愿。"

"唉呀呀，密司林！（听到这里我们不禁一愣，英文里只有称呼没有结婚的小姐才用"密司"，结了婚的都称"密昔司"，是关木夏不懂英语？还是他故意这样称呼）罗延光已经是死定的了，你又年轻又漂亮，又有这么好的文才，舒服的日子还在前面等着你哩，干嘛要和他一起走上这条死路呀？"

"对不起，关主任，时间已经不早了，我要休息了，请你回去吧！"

关木夏哼了一声，就没听到动静了，我们几个人都屏息凝气地紧张地准备着，只要他敢撒野，我们就冲进去。

过了紧张的几分钟，关木夏终于又开腔了："好吧，关某今天告辞了，密司林。我今晚的话还希望你仔细考虑考虑。"

关木夏走了。我心里不禁暗暗夸赞道："说得好，说得好！对这条恶狼就得这样答对！这家伙也不撒泡尿照照，满脸疙里疙瘩，还想到这里来讨便宜，真是癞蛤蟆想吃天鹅肉。"

这一夜，我睡得十分舒坦而安稳，林瑛更加成了我们每个人崇拜的女王。

正当许多人都在想尽一切办法托人说情，为拯救两位罗老师奔走的时候，在山城的《中央日报》上，忽然登出了罗延光的一篇"悔过"声明。这消息仿佛是一声晴天霹雳，把所有的人都震蒙了。

声明上写的是每天都能在报上看到的千篇一律的陈词滥调：
"我因思想幼稚，误入歧途，在青年中散布了许多对戡乱建国不
满的言辞，危害很大。蒙政府宽大为怀，不咎既往，我决心从
此洗心革面，痛改前非。"云云，但是后面署着的却是"罗延光"
这个名字，而且标明了日期："民国二十八年九月五日"。

不知道是谁，将这张报纸，贴在了学校饭厅前面的布告牌上。
我想一定是关木夏这个家伙干的。

自从罗延光老师被捕之后，从来没有在别人面前低下过自
己高傲的头颅的林瑛老师，这一下精神好像突然崩溃了。一天
在林荫道上她正好碰见了我们几个同学，她竟然埋下了头，脸
孔红红的，也没有和我们打招呼就匆匆走了过去。我向她脸上
望去，发现她眼里正含着泪水。当时我心里简直如同刀绞。我
愤愤地说："报纸上一定是狗特务造的谣，罗老师绝对不会写这
样的悔过书！"我恨恨地要将饭厅前张贴的那张《中央日报》撕
掉，同学们拦阻住了我。是呀！我的心里虽然这样相信，可是
谁又知道这里面到底是怎么一回事呢？时间一长，大家都这么
说，我也渐渐相信这悔过书是罗延光写的了。如果他不写，人
家能用他的名字登报吗？

原来许多同情这对青年夫妇的人，这时也公开对林瑛表示
了轻蔑和敌意。我们原来商量好每晚上到林老师家去值班守护
的四个人，三个人也都表示不愿意再干了。我无法勉强他们，
但我自己决不能就此罢手，我不能背弃林瑛老师。晚上，我仍
尽量坚持上她家去看看，但已经无法保证每天晚上都去了。

一个晚上，我看到了我的心永远不能忘记也永远不能原谅

的一幕。

那一夜，我去林老师家时已经很晚了，她的窗子没有关，窗帘却放下了。纱帘上映出了她和一个男人的影子。从那光滑的头发、瘦削的马脸，一眼就可以辨认出是关木夏这个家伙。果然我听见了关木夏的声音："罗老师是好样的，迷途知返，回头是岸。用不了几天就可以回来了，你们小两口恩爱夫妻又可以团圆了，我该向你庆贺！"

过了半天才听见林瑛的回答，声音颤抖，疲乏无力，完全失去了往日的那种威严和信心。听得出来她心头十分痛苦："我弄不清楚这一切是怎么一回事。我实在太累、太疲倦了！我真后悔我们不该回国来。"

"密司林，这有什么值得后悔的嘛！你要想出国，什么时候都可以再走嘛！只要你有这个打算，我马上就可以帮你办好一切出国手续。"

"关主任，我想你来找我，不光是想来告诉我这个消息，向我表示祝贺，或是想来帮助我办理出国手续的吧？"

她的语音里充满了讽刺，但是关木夏把它当作了一种邀请。"只是来向你表示祝贺，没有别的，千万不要多心！不要多心！"

这时突然传出了林瑛惊惶的声音："你要干什么？关主任。"

"不干什么，只是祝贺！只是祝贺！让你高兴高兴！"他低声喃喃地说。忽然，从他口里吐出了两句与前面对话的内容丝毫也不相干的话："你太漂亮了，密司林，简直叫我着迷！"

"请放郑重点，关主任！不要这样……不要这样……你再不放手，我要喊叫了！"她的声音还是那么软弱无力，而且她终于也没有敢喊叫，反而是一会儿从屋里传出了她嘤嘤的哭声，"你这样做，等延光回来是会跟你算账的。"

当我听到她的呻唤的时候，就已经准备跳起来冲进屋去，保护她不受这头色狼的侵犯，然而不知为什么，一听到她提到那个名字，我忽然周身凉了半截，仿佛吞进了一个死苍蝇，胃里直感到恶心，两条腿也再不愿站起来。

"哼，罗延光，一条断了脊梁的癞皮狗！"关木夏放肆地哈哈大笑起来，"告诉你密司林，你就是当妓女，他也只能跪下来舔你的鞋！"

我真不敢相信自己的耳朵，这条癞皮狗，竟然敢在这样一位纯洁高雅的女神面前，公然吐出了这样粗俗这样污秽的两个字眼！我以为下面一定会听到她愤怒地打他耳光的声音，然而没有。有的只是一阵轻声的呻吟，一阵微弱的抗拒，然后，是一种卑贱的顺从……

我不能再听下去，也不想冲进屋去，一切都是自私、胆怯、出卖、低贱，我踉踉跄跄地离开了她的小屋，仿佛喝醉了酒。崇高、圣洁的女神从此在我心头消逝，我只觉得心头充满了仇恨，对关木夏，对杨公桥头开枪的特务，对罗延光，对她……在我脑海深处，突然顽固地闪现出了娇滴滴的她被满脸疙瘩的关木夏拥抱在怀中的猥亵镜头，怎么驱赶也驱赶不开。更难以理解的是，当时我的心里不但对她再没有丝毫怜惜，反而充满了一种恶毒的快意，低贱，低贱，都是她自己找的，自作自受！

从那以后，我和同学们见了她都不再理她，她也自觉在同学们面前抬不起头来。大家都知道罗延光有一天会突然回来，可是再也没有谁对他的回来怀抱任何热情与期待。而她,也似乎在害怕着这一天的到来。

这一天终于没有到来。四川的战局急转直下,国民党部队全线崩溃。军、警、政大员纷纷南逃昆明,山城呈现出一片末日就要来临的景象。

然而谁也没有料到的是,迎接解放军过江炮声的竟是慈溪口集中营的惨绝人寰的血腥屠杀。罗延光也到底没有逃出性命,和数百名烈士一起葬身在万人坑里。

离开南渝中学以后,我没有再听到林瑛老师任何消息。但奇怪的是,这次回母校参加五十周年校庆,我首先渴望能够见到的就是她。岁月已经冲刷去了附着在人们灵魂上的一切污浊与偏见,留下的只是理解、宽容与体谅。现在活在我心中的她只是我第一次看到的她,仪态万方,光彩照人,几乎使一切看见她的男人甚至女人都自惭形秽。后来那些事仿佛都没有发生过,不过是一场噩梦,现在噩梦已经醒来。

就连罗延光,我也觉得现在可以从更广阔的不同的角度来看他了。他写了悔过书,因此烈士碑上可以没有他的名字,但是他毕竟也在敌人的枪口下流尽了自己最后的一滴血,抛下了漂亮的妻子和美满的家庭……为什么我们对人的要求非得那么严酷苛刻?怎么能用一个共产党员的水平去要求一个归国的知识分子?岁月流逝,现在就连罗延光这个名字,知道的也已经寥寥无几了,为什么还要留下那么多的对这个名字的仇恨和憎恶?

现在有谁知道林瑛在哪里?我多么渴望能再见到她一次

啊！只再见到她一次！但恐怕连这也是很难的了！遣返原籍，江津白沙镇，一个古老的小镇！我能上那儿找她吗？她还能留在那儿吗？

4

我觉得我必须再去慈溪口烈士陵园一次不可。在今天，如果我郑重地向主持这次校庆活动的人或前来参加这次活动的人提出这个建议，几乎会被认为是可笑的，未免太落后于时代的潮流了。现在需要的是向前看，忆苦思甜已经太多了。人们对死亡，对眼泪，对苦难经历得太多，见得太多了。苦难已经不再能给人以激励、以力量，倒是欢乐还能给人以新的振奋、新的刺激。但是我完全是出自我的内心的原因要去那儿一次。

我没有和任何人说，独自一个人默默地去了。

烈士陵园已经失去了当年的肃穆，门口停满了汽车，到处是叫卖天府花生、叫卖醪糟鸡蛋、叫卖榻榻面的小贩，也有现代的专门出售富士、柯达彩色胶卷的摊床。来参观的人还是那么多，毕竟这儿发生过震惊世界的流血惨案，毕竟这儿曾经是令人发指的杀人魔窟。

当年阴森森的碉堡和岗楼群、铁丝网都已不见了。方圆几百公里的集中营如今只保留了几处臭名昭著的监牢作为展览馆，供游客参观凭吊。此外，就是在当年烈士们埋骨的万人坑所在的山坡上，修建了一座烈士纪念馆和纪念碑。

我第一次来到这儿时的那种失落感、震惊感已经再也体验不到了，那时候大屠杀刚刚结束，特务们仓皇地逃走，解放军的炮声已经在长江南岸隐隐可闻。集中营里到处飘散着房屋焚烧过后剩余的蓝烟，到处弥漫着人体焚烧后发出的恶臭，随处还可看到少数从牢里冲出来的烈士被打死在道上的尸体。

然后就是万人坑。

现在我重新来到了这里，所有屠杀的痕迹都已经没有了，眼前是一座巍峨的纪念碑。

我细细地读着碑文，直到读完，我也记不清我读了一些什么。

但是几百个烈士的名字，却真实地镌刻在大理石的石碑上。

然而其中没有罗延光。

然而我确实是亲手从碑底下的万人坑里挖出了他的尸体，头胀得像笆斗一样大，叫人无法辨认，只是那一只六个指头的手，我是那么熟悉，是再也不会认错的。

然而碑上没有他的名字。

我心中突然升起一片怅然，也许我根本不该再到这儿来。

但是我并没有离去，而是沿着石板小路，来到了离纪念碑不远的当年关押烈士的慈溪口牢房，罗延光和罗廷先都被关押在这儿，他们就是从这儿被押解到万人坑去的。

牢房完全保留着当年的原状，与我 30 年前那个早晨来到这儿时看到的一模一样。只是那时候凌乱地散落在每间牢房里的烈士遗物：袜子、毛巾、衬衣、用牙膏皮制的墨水瓶……却不见了；它们都已经被郑重地收集了起来，陈列在烈士纪念馆的展览厅里。

只有墙上的字还像当年一样，狰狞地瞧着参观的人群。

"青春一去不复返，细细想想。

认明此时与此地，切莫执迷！"

"迷津无边，回头是岸，

宁静忍耐，毋怨毋尤。"

这是牢房当局写出来给"迷途者"们看的，用的是苍劲的颜体字。堪称书法杰作。

"长官没有看到的、想到的、听到的，我们要帮长官看到、想到、听到。"

这是特务头子写来训诫小喽啰们的。

"洞中方一日，世上已千年。"

"我不入地狱，谁入地狱？"

"一失足顿成千古恨，再回头已是百年身。"

"四大皆空！"

"香雾祥云，谁是痴情种？

镜花水月，毕竟总成空！"

这是一些烈士们横七竖八涂写在墙上的小字，是经过劫火后剩下来的。上一次，我还不能理解，在这里关押的不都是革命烈士吗？怎么在墙上找不出一句慷慨激昂的豪情壮语呢？现在我明白了：这是一些真正富有地下斗争经验的老革命家们表现出的斗争策略，是在看破红尘的佛道思想的后面小心掩盖着他们坚不可摧的斗争的锋芒，以达到在敌人的面前保存和保护自己的力量的目的。意识到这一点，我忽然想到，也许罗延光老师的悔过书也是一种为了保护自己欺骗敌人而制造的假象哩！在"文化大革命"中被"四人帮"诬陷为叛徒集团的61位老同志，不是也曾经在敌人的报纸上发表过悔过声明么？他们这样做是得到了北方局批准的，说明这种做法是斗争策略准许的。但如果一个人出自同样的动机，这样做了，难道就是错误的么？我终于感到这样的问题太复杂，没有敢再继续往下深想，当然也没有和任何人交流意见，就让它在我的心头沉落了下去。

我随着人群，突然走进了当年的刑讯室。

老虎凳、皮鞭、脚镣手铐、放在火盆上的烙铁……尽管这个火盆里没有火，厚厚地积存着一层尘灰，当我看见它时，仍仿佛重新闻到了我 37 年前那个早晨第一次冲进这里来时在空气中闻到过的那种烧焦的人肉气味。

一架倾斜的破木板，两旁钉着皮带，据讲解这是用来捆绑犯人，倒灌辣椒水的工具。

一排排锋利的竹签，是用来搋进犯人指尖中的。

没有看完，我就觉得全身发冷，透不过气来。

我无法设想，当年的罗延光，一位牛津大学的数学硕士，刚刚从国外归来，在一个早晨突然被人把他从娇美的妻子身边绑走，就被送到了这个地方来，这个中世纪的黑暗地狱里来，他当时的感觉会是怎样？

墙上凝结着斑斑黑血里，说不定其中哪几滴就是从他身体里喷溅上去的。

牢房四周凝滞的陈腐潮湿的空气里，仿佛还蕴藏着他当年发出的痛苦的嘶喊！

实在是大不敬，我突然觉得，如果他在这种残忍的肉体折磨下，对敌人做出了某种暂时的妥协，虽然是错误的，我们可以责备他软弱，但也不是什么十恶不赦、永劫不得翻身的罪恶！

不是有些久经考验的布尔什维克，也同样曾经害怕自己会熬不过那残酷的刑讯而暴露组织的秘密，因而千方百计在进入刑讯室之前想法结束自己的生命？难道这不也是一种软弱？

现在他在这里经受了人们想象不到的折磨，在这里流了血、折断了筋骨，最后还献出了自己的生命。仅仅因为他有过一时的软弱，就被人从烈士碑上永远除名，从此世界上没有任何人知道他曾经存在过、活过、爱过、痛苦过？

是的，他确曾在这座黑暗的牢狱里生活过，但他当年住的牢房是哪一间，已经无法知道了。在每间牢房里曾经关押过的烈士名单中，我看到了罗廷先的名字，却没有他的名字。

然而我竟然终于找到了他的名字，不是在烈士的光荣榜上，而是在陈列室最后的一个橱柜里。上面的标题是："一边是壮烈与牺牲，一边是无耻与叛变。"这是袭用的鲁迅先生的一句名言。在这里，陈列着几份从国民党当年的《中央日报》上剪下来的悔过书，罗廷光的自首书就贴在那里。

当年我就已经熟悉的语句，又一次跳进了我的眼帘。

然而我现在读到它，心里只有凄然，没有愤恨。

我甚至觉得，应该把这张小小的纸片取走。有的人出卖国家，出卖民族，最后摇身一变，依然是高官厚禄，为什么对一个涉世未深的幼稚热情的青年，却苛求如此？

就在展馆正厅的大橱窗里，显目地陈列着当年军统特务的巨头，这所集中营的直接上司，戴笠的亲信一年前重新访问这里时留下的照片，风度翩翩，喜笑颜开！

　　然而我还是为我的发现感到了某种安慰，毕竟这里还是留下了他的痕迹，毕竟证明他曾经来到过人间，曾经在这里驻足过：证明他的存在还并不是一场虚空，证明留在我心头的回忆还不是一场幻梦！

　　我本来想马上离开这里，后来却留了下来，我想要更多地了解一些当年的情况。这座震惊过世界的魔窟，我只是30多年前的那一个早晨匆匆来到过一次，今天是第二次。我至少也应该对它有更多一些的了解，如同我拜访过的其他的地方一样。

　　于是我要求看一看陈列馆内部收藏的未公开展出的档案和实物，这是每一个陈列馆都一定会有的。

　　由于我是作家，我享受到了这个额外的优待，尽管当时已经快到闭馆的时间，档案仓库的门锁仍然为我开启了。

　　这是个满目尘封，空气中到处飘浮着一股霉味的房间，看来是多年也没有人进来过。

　　档案大体上已经过一些整理，我随意翻看着，我并没有什么明确的目的。在一个标志着新中国成立前敌伪警备司令部留下的档案的抽匣里，我突然发现了一个破口袋，上面写着"犯人自首悔过书"。我抽出一些材料来，罗延光的悔过书又赫然出现在我的面前。这是一张普通的稿纸，页额上有谁用浅浅的蓝色笔迹写下了三个字"罗延光"，我认得出这是用当时刚刚问世不久的时髦的雷诺原子笔书写的，因为时代久远已经褪色了，但还可以看出字迹来。而下面的悔过书正文是用毛笔写的。一看那笔迹我就感到有些似曾相识，但我可以肯定这绝不是罗延光写的。我从来没有看见他用毛笔写过字，他最常用的是他随身携带的一支派克金笔。我终于想起来了，这笔迹为什么会那么熟悉？它是罗廷先写的，正和挂在我们文学社的那幅他书写的李清照词的条幅是同一个笔体。而下面的签名，虽然用的是草书，但也可以认出是"罗廷先"三个字。然而在那些不学无术的特务眼中，却把它错认成了"罗延光"，发表在报上的悔过书也就变成罗延光的了。关在牢狱里的人，并不知道外面发生了什么事，也许罗延光直到牺牲之前也不知道自己已经变成了自首变节的叛徒，而当年亲自写下这份悔过书的人的名字，已经刻在了烈士碑上。我认为这样做，对于罗廷先也不是不可以的，他也确实是为革命献出了自己的生命。但是，使我心中感到无限悲凉的是：另外一个应该把名字镌刻在烈士碑上的人，却遭到了如此不公正的命运的捉弄，至今仍沉冤海底！

我当时的第一个想法就是立刻把我的发现通知烈士纪念馆的人，恢复历史的本来面目。

然而，当我走出档案馆时，馆内留下来的只有一个管理钥匙的老头，工作人员都已经下班了，和他是无法说明我的发现的。明天再来吧！还来得及。

我心头充满了一种难言的喜悦，甚至可以说是一种狂喜。我终于能拨去泼在我最敬爱的老师身上的一切污泥浊水，使历史重新恢复本来的面目了。

出了陈列室，我又一次从纪念碑前经过。我抑制不住心里的激动，想走过去再看一遍上面的金光闪闪的碑文，明天它上面就将重新刻上罗延光的名字了。死者已经感觉不到什么，但对生者这是一种安慰。

正当我向它走过去时，我突然像被雷击似的怔住了。我看到的是什么啊！罗廷先老师的爱人扶着她女儿的肩头，这时正站在纪念碑前。她也来到了这里，也许是最后一次来到她丈夫牺牲的地方，向他献上自己的一炷心香。她现在住在合江，离这里200多里，来一次是很不容易的。

她脸上的神色是那样虔诚，同时又是那样悲伤，是一种无论什么都宽解不了的寂寞和空虚。

我一下子动摇了刚才在我心里形成了的想法，我犹豫着明天是否还要把我的发现通知纪念馆，我为一个人恢复名誉，同时却要把另一个人踹进污泥里。我怀疑我有没有这个权利？

时间已经过去了30多年，欢乐和痛苦，光荣与卑鄙，都已经成为历史的陈迹，在人们的记忆中淡去。我有什么必要将它们重新唤醒？罗延光是谁？几乎已经没有人知道，关心他、爱护他、了解他的人已经所剩无几。在石碑上抠走另外一个人的名字换上他的名字，这件事究竟对于谁是需要的？对于死者？他早已沉默于地下，喜怒哀乐对于他都已无关痛痒了；对于热爱他的人？他的名字在他们心中从来就没有死去过，并不需要谁来为他恢复名誉；对于那些不知道他的人？他的名字存在与否，对于他们是根本无所谓的。与这件事唯一关系最重大的人是林瑛，可是又有谁知道她对这件事抱什么态度？对于她，无论是悲哀或是欢乐都太沉重了，超逾千钧，一块石碑的分量和它们比起来，未免太轻了！但是无论怎样，现在我知道的这件事我必须首先告诉她。至于今后怎样做，只有她有权来决定。

尽管我这次回来的日程很紧，我还是决定到江津白沙镇去一趟。发现了这样的事，我必须去见她，去找到她，而只有在江津白沙镇我还有可能找到她的踪迹。

在朝天门坐上去江津的小火轮，一路上巨大的轮机声，只反复地在我耳边奏出四个字："遣返回乡！遣返回乡！"

到了白沙镇，在教育科出乎意料地顺利地打听到了林瑛的下落。与我将要听到的这个结果比起来，我过去的一切内心的骚动与不安都已算不了什么。一个巨大的悲哀击倒了我。本来就体弱多病的她，在被遣返回乡的第二年，就在沉重的田间劳动和残酷的阶级斗争的双重折磨下倒下去了。是生病？是劳累？还是她主动熄灭了身上的生命之火？谁也不知道。总之她就这样悄悄地死去了，埋骨在她的故乡的黄土之中。然而当我去寻找她的坟墓时，却任何标记都找不到了。就连一个当年确实曾在江边堆起过的小小的土包，也被强劲凄厉的江风削平了。我心中感到一阵莫名的凄凉和惆怅，她临死前还在恨着罗延光吗？还是从来就没有恨过他呢？她曾否想到过他会是冤枉的？她心中还在纪念他们共同度过的那些美好的时光吗？我劝解自己：即使她曾经恨过他，她的死也把一切恩恩怨怨都带走了。我何必还要为古人掉泪，为这一对苦命的情人伤感不已呢？

"质本洁来还洁去，强于污淖陷渠沟！"

我不知为什么突然想起了黛玉的葬花词。

唯一应该知道这件事的人已经消逝了，罗延光的命运对于谁还有意义呢？我强烈地感到人生的荣辱、功名、利禄，都不过是一场梦，来去匆匆。因此我对于披露这件事的前因后果的必要性又感到了一层怀疑。

　　但是我总还想能找一个人谈谈这件事，最后我还是找到了K夫子，我从江津回来，他还没有离去。

　　"你不是到江津去了吗？怎么这么快就回来了？"

　　我告诉他林老师已经死了。他表情很淡漠，大概在这位夫子的眼中，这个女人的美貌从来也没有叫他动过心，也从来没有在他心中唤起过任何印象。

　　于是我开始向他讲起发现罗延光和罗廷先的名字被认错的经过。讲了半天，他也没有听明白，最后甚至烦躁了起来。

　　"什么罗延光、罗廷先的？不就是两个名字吗？你颠来倒去地弄清它又有什么意义？我真不懂现在还有谁来关心这个？"

　　一句话使我沉默了，是的，罗延光、罗廷先不过是两个符号，现在在我们的心中，它们还代表着两个具体的人，可是等我们死了，谁还知道它们代表的是谁？悲欢离合，的确是人生舞台上最壮丽的演出。然而轰轰烈烈的场面过去了，幕布落下来也就完结了。

　　我觉得心里有些燥热，打开落地纱窗，走上凉台，没有月色的夏夜，星空分外灿烂。淡蓝色、赭红色和橘黄色的星光，照临在我的头顶。今夜它们离我似乎分外近，仿佛默默地在向我倾诉着什么。我不知道它们每一颗叫什么名字，在它们身上都有过一些什么样的经历与故事，但是它们现在使我感到了我需要的宁静和亲切。虽然我懂得它们的存在对于我可以说是毫无关系，而我的存在对于它们更算不了什么，但在这静谧的夜里，我的心却感到了一种和它们之间的强烈的磁力的交流。和我们的星球短促的生命相比，它们似乎更代表着永恒，然而即使是它们，也不过是无终无极的宇宙中的一个短暂的过客。但无论是它们还是我们的星球，都在广袤的宇宙里默默地发着光，各自经历着物质运动的发生、发展直到终结的全部过程，各自把身上储蓄的热核物质燃烧干净，变成光，变成热，辐射到宇宙中去。光，本身就意味着星体在死亡。然而一旦它变成了光，也就同时获得了永生，亿万年也不再会消失，永恒地在宇宙中漫游。正是我们各自发出的光，温暖了这个死寂与冰冷的王国，创造了灿烂的生命，织成了整个宇宙的辉煌。而当我们在无极的太空中偶然交会时，我们不必互相知道名字，却都不吝惜地彼此默默地给予对方以安慰和温暖。即使我们彼此都注定了要在演化进程中毁灭，又有什么要紧？宇宙将永远存在下去！生命将永远存在下去！

这静夜的星光启示了我，是的，在永恒的造化面前，在一颗渺小的行星上的两个渺小的生命究竟叫什么名字又有什么意义？然而只要他们曾经真诚地活过、爱过、痛苦过、死过，各自在自己短促的生命道路上发过热、发过光，他们就已经将自己的生命汇入了宏伟的宇宙的生命交响！永恒就已经向他们敞开了大门。他们都已经在牺牲中获得了生命终极的价值，别的一切又算得了什么？这么一想，我的烦躁不安的心情倒真的宁静了下来。

我终于没有到烈士纪念馆去纠正这个历史的错误。我觉得我这样做是对的。它不能给人增加什么，但至少还可以免除两个人的痛苦和眼泪。世界上的眼泪已经太多了！

1987 年 8 月于长春

原载《作家》文学月刊 1987 年第 9 期

中篇小说

幽 灵 岛

　　我是一个年老的退休的水手，人生对于我，也不过是一次漫长的航行。现在我即将回到自己最终的港口。

　　经历了无数次海洋的风暴，我仍然没有得到一个平静的晚年。我孤独一人，没有亲人和儿女。菲薄的年金，逼使我还必须依靠我衰老无力的双手，来维持自己的生活。

　　在南方的小城那斯考特的海滨，我为自己架起了一座简陋的木屋。它将成为我人生的旅程中最后乘坐的一只航船。

　　我喜爱我的木屋，在它的板壁上，挂着水手用的绳索、罗盘和小刀。一个陈旧的晴雨计，仍然能够准确地给我报告气压。

　　我熟悉天气就像熟悉自己的孩子。那斯考特是一个真正的海的城市。这里的天气就像大海一样变幻无常。每当气候恶劣的时候，我喜欢躺在木屋的小床上，让风暴摇撼着我的小屋。近处的海岸上传来一阵阵浪涛冲击岩石的吼声。这当儿，我就重新回到了那些遥远的逝去的年代，仿佛我正在海上经历着一次凶险的航行。

当魔鬼最后降临，带走我罪恶的灵魂以前，我永远不会再离开这座小屋。晴朗的日子，我站在门前，就能瞭望到天边无声翻滚着的大海。我年老的目力，还能辨识出天际的海鸥和风帆。

有一天，我的木屋上空会不再升起炊烟，那时在远处海面上捕鱼的渔人们就会摇摇头说："老怀特离开人间了！"

我盼望那一天早些来临。在人世间，已经没有任何东西再值得我留恋，而我的生命也对于谁都失去了价值。

在漫长的夜里，海潮的声音好像无数的人在哀哀哭泣。没有一个人会在这种时候来到老怀特的木屋。只有在沙滩上下蛋的行动笨拙的海龟，会听见小屋里时而发出的一声声沉重的叹息。

在这些不平静的夜晚，我终宵不能合眼，耳边萦回着海涛的呜咽，我的心也像大海一样不能平静。悲惨的往日的回忆，一幕幕重新浮现在我的心头，它们将永远折磨着我，直到我长眠的那一天。

白天，时光还比较容易消磨，每当海潮退去以后，总有一些拾贝壳的孩子，聚集在泛着白沫的潮湿的沙滩上。他们常常喜欢跑到我的小屋里来。在这样的时候，我就感到自己还不是孤独的。

在孩子们好奇的心灵里，我墙壁上挂着的水手用的什物，是一些最富于神秘色彩的奇异迷人的宝贝。而我，这个曾经漫游过世界上所有海洋的衰老的水手，也成了他们心目中的辛巴达。他们常常纠缠着我，要我给他们讲述海上的故事。在我心情还比较好的时候，我也会对他们讲一些世界上各个地方的有趣的逸闻：南极的冰山啦，非洲的鸵鸟啦，印度的僧侣啦。然而更多的时候，我是沉默的。生活并不是《天方夜谭》里的神话，我也并不是七次交上厄运，而每一次都绝处逢生，最后终于圆满归来的辛巴达。在我的心里，更多的留下的是生活的创伤和悲惨的回忆，孩子们的心是不适合听这些历尽沧桑的故事的。

在我和孩子们中间，一种感人的友谊的默契形成了。仿佛这些天真无忧的心，也懂得了老年人孤寂的可怕，他们更经常地轮番地到我的小屋里来，有时从海港的酒店里带来几页残缺不全的破旧的航海杂志，把上面的一些早已过时的航海消息和故事念给我听，直到我睡着了，他们才悄悄离开。

一天，孩子们像往常一样，给我读着一本破烂的航海杂志。那一天，海边的天气十分晴朗。我躺在门外的沙滩上，温暖的阳光一直射进我衰老的身体，驱走了我身上的寒冷。我心头感到从未有过的畅快，迷迷糊糊地沉入了梦境。孩子轻匀的朗读声，好像一支温柔的催眠曲，变得愈来愈缥缈，愈来愈遥远了。

突然，我的耳边隐约传来了这样几个字："幽灵岛。"

我一下子从沙滩上跳了起来，敏捷得连我自己也不相信。孩子们都被大大地吓了一跳。

"你们刚才念的是什么？"

"幽灵岛！"

"幽灵岛？快告诉我那上面讲了些什么！"

孩子又重新找到了这段文字，念了起来。语调十分流畅，看得出来，这一段他们已经不止读过一遍了：

"不久以前，在南美洲北海岸附近，一艘英国军舰在特立尼达岛附近，发现了一座过去从未见过的突然出现的小岛。然而，就在几天之后，这座小岛又重新隐没到大洋中去了。人们甚至没有来得及给它起一个名字。

"这种偶尔出现的岛屿，在世界上迄今还是极为罕见、极为珍奇的。虽然许多国家的海员曾经不止一次地报道过它们的存在，然而能够亲眼看到它们的，始终只是极少数幸运的人。在这些岛屿中间，最著名的是地中海西西里岛以南 25 海里的格兰海姆岛。一百年来，它曾经一再地出现和消失。最近一次出现，是在 1950 年。可是正当科学家们准备去考察的时候，它又突然消失得无影无踪了。

"由于这种岛屿难以捉摸的奇怪行踪，科学家们给了它一个十分恰当的名称：'幽灵岛。'它们的突然出现和突然消失，使得科学家来不及对它们进行一次科学考察。以至直到今天，它们的存在对于科学家来说，仍然是一个无法解开的谜。

"有的科学家企图用海底地震和火山口爆发的结果来解释幽灵岛的秘密。然而，对于南太平洋中的道格蒂——艾兰岛，又怎么能够用火山活动来解释呢？几十年来，不同国家的水手们曾经陆续报道过这个岛屿的存在，可是当科学家们按照报道的方位去寻找它的时候，却什么也没有找到。相反地，他们测量了那里的海洋深度，竟然达到了惊人的 4500 米……"

"行了，别念了！"我轻声地制止了孩子的朗读。在我的声音里，隐藏着一些奇怪的东西，引起了孩子们的注意。

"老爷爷，难道世界上真会有这种奇怪的幽灵岛吗？"

"真有，孩子们！"

"你亲眼见到过它吗？"

"是的，我亲眼见到过它！"

"啊！你从来没有讲过这个故事给我们听哩，老爷爷！今天就给我们讲讲幽灵岛吧！"

"不，孩子们，今天我不能给你们讲这个故事。对于你们天真的心，要知道它还嫌太早了。将来也许有一天，我会把它讲给你们听的。"

然而我心里知道，也许我永远也不会有勇气给任何人讲述这段悲惨的往事。

是的，我知道有这样的一座岛屿。在这个岛上，留下了我生命中最珍贵也最惨痛的回忆。我一生的欢乐与痛苦，梦想与幻灭，也都与它紧密地相连。它的存在和消失，始终是一个无法解开的谜。正当外交家们喋喋不休地为它的主权争吵的时候；正当两个大国的政府为了占领它派出了军舰的时候；它却突然无声无息地隐入到大洋中去了。多少丑恶与卑鄙，多少纯洁与善良，多少罪恶的追逐，多少辛勤的探索，也都随着它永远被埋进了深深的海洋里。

而随着它也永远永远地埋葬了我的青春、我的欢乐、我的希望……

然而，我终于还是给孩子们讲出了这段故事。人的心有时候是奇怪的，是不可解释的。

我还记得，事情发生的那一年，我刚满 26 岁。在"海蛇"号捕鲸船上担任大副。

船长格雷是个比撒旦还可怕的魔鬼。水手们一个个也都十分剽悍粗野。在海上，他们都是一些了不起的伙伴，仿佛是魔鬼专门为了制服大海，才把他们送到这个世界上来的。

在这样一群伙伴中间，担当大副的职务，26岁的年纪未免太年轻了一些。然而，有着我从小就在大洋上捕鲸的经历，再加上我的魁梧强壮的身体，打起架来，三个剽悍的水手也对付不了我一个。我终于很快地赢得了他们的尊敬。在海上，强与力决定着、支配着一切。

每当我们在异国的海港上登陆的时候，总有一些女孩子向我送来多情的眼波。然而我的心从来没有被她们中间的任何一个打动过，魔鬼仿佛给了我一副永远不会动情的铁石心肠。伙伴们取笑我，说我已经把爱情交给了魔鬼。不，我把爱情交给了大海。不知道哪一天，在一场凶恶的风暴里，我就将跟她举行婚礼，永远安息在她的胸怀里。那么趁我现在还是自由的时候，就尽情地快乐一番吧！为什么要去寻找爱情的痛苦呢？

想不到爱情之神很快就因为我的自由和骄傲给了我惩罚，用她的利箭使我的心房流血，直到我走进坟墓，创伤也永远不会平复。

一年中的捕鲸季节又快要到了，停泊在岛国北部爱丁堡港口的"海蛇"号，又要准备远航了。在它的船舱里，贮藏了充足的淡水、食品和弹药。

从我们停泊的港口，驶达地球南部鲸群出没的大洋，需要一个半月的时间。为了赶上那里的捕鲸季节，晚秋刚刚在岛国降临，我们的船只便出发了。

然而这一次出航，与过去每一年都不相同：船上多了两位客人——一个是年老的海洋地质学家霍金斯，另一个是他的孙女伊莎贝拉。伊莎贝拉，我在这垂死的老年，念出这个名字的时候，我的心仍禁不住激动和颤抖。一个美丽纯洁的少女的形象，清晰地浮现在我面前。然而她在我的记忆里留下的，却是永远无法平复的深痛的创伤。

我从船长格雷的口里知道，老科学家霍金斯要搭乘我们的捕鲸船，到南极附近做一次临时性的科学考察，因为捕鲸船比大海船更迅速、灵活和轻便，当然，也需要冒更大的风险。他的孙女是他唯一的亲人，多少年来，祖孙俩一直相依为命。他每一次出洋考察，都将她带在身边。然而这一次，开头他是不准备带她来的，因为他将要乘坐的，不是一只正式的设备齐全的科学考察船只或巨型客轮，而是一只轻便的捕鲸船。他怎么能够放心让心爱的孙女同他一起去冒海洋上可怕的风险呢？后来经不住伊莎贝拉再三要求，而且他又怎么能够真的舍得让她离开自己？终于还是带她一起来了。再说，如果海洋的风浪对这种船只真有致命的威胁，伊莎贝拉又怎么能够放心把衰老的祖父一个人丢在这样的船上呢？

我还记得，他们是在半夜里上船的。正是我们的捕鲸船启航前的那个夜晚，格雷把他们安置在船长室旁边的一间单人舱里。第二天清晨，我们就驶进了波澜壮阔的北海。在后甲板上，我第一次清楚地看见了这位老人和他的孙女。他们正相互偎扶着在甲板上散步，呼吸清晨海上湿润的空气。老人头上雪白的

银发与额上智慧的皱纹，使我的心产生了尊敬与景仰；而孙女
的美丽与娇媚，却完全使我迷醉。我看见的仿佛是一尊古希腊
美神的雕像，雪白，高贵，水晶一样美丽与纯洁。刹那间在我
心里，激起了一股强烈的崇拜与爱慕，同时又混杂一缕怜惜与
担忧。这里不是陆地，而是大洋。这里的一切，都是剽悍，粗野，
甚至凶暴，恰恰与他们祖孙两人形成了鲜明的对比。这个环境
是不适宜于他们生存的。在这里，他们必须有一个强有力的保
护者。船长格雷会是这样的人吗？

当我第一次见到他们以后，一种极其复杂的思绪就萦绕在
我的心头。我为他们的上船感到快乐，甚至感到幸福。启航、抛锚、
全速前进……对于我都有了新的意义。因为这一切都与她有着
关联。大海、白鸥甚至汹涌的波涛，对于我也变得美好和亲切。
生活仿佛充满了灿烂美好的希望。我渴望每天都能见到她，一
想到她全身就充满了奇异的力量。然而与此同时，我又为他们
祖孙两人在我们船上而感到焦虑。心中但愿他们乘坐的是另外
一条安全的设备齐全的人海轮；但愿他们现在是住在遥远的大
陆上，远远离开海洋的惊涛骇浪。人常常只有对自己最心爱的
亲人，才会怀有这种焦虑。我心里充满疑惑：是什么念头驱使
老人一定要乘坐这样一只捕鲸船去南极考察呢？而且冥冥中又
是什么力量使他们恰巧走上了我们这条船呢？他们不知道"海
蛇"号在海上的凶名吗？他们不知道船长格雷是一个什么样的
恶魔吗？

过去，在我经历过的无数次航行中，我从来没有感觉到我
们的老捕鲸船是不安全的，纵使它确实已经又旧又破。我也从

来没有为自己的生命担心过，我正在青春壮盛的年岁，我玩弄生命，戏耍死亡，就像在玩一场有趣的骰子戏。然而这一次，自从在甲板上见到他们祖孙二人以来，我才突然发现了我们的船只处处都是毛病。我开始仔细地检查了一遍船身。桅杆上的每一道裂纹，船舱板壁上的每一处创痕，都引起了我的不安和焦虑，甚至过分地想象了它们的危险和可能发生的后果。我开始为我们小船的命运担心，为他们祖孙俩的生命担心。

北海是一个不安静的海，波涛汹涌，狂风怒吼。我们的捕鲸船在它的胸膛上不安地呻吟着、颠簸着，仿佛随时都有倾覆的危险。有一次，我在甲板上看见了伊莎贝拉，从她的眼睛里，我也看到了跟我心头相同的恐惧与忧虑。这更增加了我的不安。

然而他们哪里会想到（就是我自己，在当时又何尝能清楚地意识到），最危险的不是变化莫测的天气，不是巨浪汹涌的海洋，不是老旧破损的船只，而是人！

在遇见伊莎贝拉和老人以后短短的几天里，我几乎什么都想到了，我的心从来没有想过那么多，只是没有想到过爱情。当时我只觉得，她的一切对于我都十分神圣和珍贵，我渴望着能够为她做一些什么。然而根本没有意识到我是在爱她。直到今天，回想起当时的一切，我才懂得：从我身边悄悄走过去的，正是珍贵的爱情，一种世界上最真挚最纯洁的爱情。

那一段日子虽然是十分短暂，却是我一生中最幸福的时日。在那些日子里，我第一次想到了生活，想到了未来；那是我在那以前和在那以后，从来没有敢想过的。

看来伊莎贝拉的美丽，不单使我一个人着迷，同时也征服了船上所有水手的心。在她的庄严的神态里，流露出一种天然的高贵与圣洁，以致惯用一切最猥亵的字眼来谈论女人的水手们，在船舱里谈论她时，都不自觉地使用着崇敬与赞美的字眼。

对于她的美丽的这种赞美，甚至暂时冲淡了他们心中由于船上带了一个女人而感到的愠怒与不满。在捕鲸的水手们中间，普遍地流行着这样一种习惯的迷信：认为女人会给捕鲸船带来厄运。

不过开始的一段时日，一切看来都比较顺遂。我们的船只平安地通过了狂风骇浪的北海，通过了多雾的英吉利海峡和温暖湿润的比斯开湾，进入了风平浪静的大西洋。

一越过赤道，我们这些从岛国晚秋季节里出来的客人，就重新回到了已经降临到南半球的仲春季节。炎热的阳光驱尽了留在我们身上和心头的潮湿、寒冷和阴霾。

我们继续沿着黑沉沉的古老原始的南部非洲大陆向南行驶，葱郁的林莽时时在我们船只的左舷忽隐忽现。最后，我们来到了在驶入大洋以前最后的一个海港——大陆南端的开普敦。

在跟大陆告别的那一天，我们尽可能地补足了淡水和粮食，检查了船上全部设备和机器。我们知道，在未来的漫长的日子里，我们将根本见不到陆地的影子。我们把甲板上一切多余的物件都收拾干净，把一切容易被风浪卷走的东西结实地系紧或钉牢。因为我们即将通过的是地球上一个风浪最猛烈的地区：南纬40度地区。大西洋与印度洋两个大洋在这里相会。各国的水手们恐惧地把它叫作"怒吼的40度"！在这里，大自然本身形成了一座威力无比的风墙，它不让南极的寒流闯入热带，也不让热带的暖流侵入南极。

果真，当我们刚刚驶到好望角，海上的疾风就疯狂地呼啸起来，卷着天空的白云，追逐着我们的船只。

我永远也忘不了这场风暴，好像全世界的风都已经汇集到这里来了。它张开无形的巨手，在浪头上任意抛掷着我们的船只。仿佛宇宙之神在这里摆开了一场疯狂的狩猎，我们的船只变成了它的一只渺小的猎物。

在这个强大的风带里，要反抗风力的控制，是根本不可能的。只有将小船的命运交给它，听任它将我们向大洋里吹送。我们只能尽一切力量把住航向，怀着战栗的心，度过一个又一个恐惧的白天和不眠的夜晚。

通常在三天以后，风暴会逐渐收敛它的威力。如果那时候我们的船只还没有遭到覆灭的命运，也没有离开自己的航线，那么我们就会发现我们已经渡过了怒吼的南纬40度，来到了鲸群出没的大洋。每一年我们都要经历一次这样的考验。而今年，什么样的命运在等着我们呢？这一次由于老人和伊莎贝拉在我们船上，在通过这个风带时，我比以往任何一年都更焦虑。而厄运，也恰巧就在这一年抓住了我们。

一开头风势就跟以往任何一年不同，又疯狂又凶猛。而最可怕的是，当我们终于度过了充满恐怖与惊险的三天三夜之后，风暴仍旧丝毫没有减弱的趋势，反而更加狂暴起来了。我们的船只像一片衰败的落叶，被狂风鞭打着，一直往大洋深处飘去。在第四天清晨，我们在水面上发现了透明的淡蓝色的冰山。这是已经渡过了南纬40度的征兆。然而我们几乎没有任何正常航行的希望，风依然猛烈地施展着它全部的威力，随时有将我们送上冰山、碰得粉碎的危险。除非奇迹才能够拯救我们。

水手们开始抱怨了。他们咒骂了一切可以咒骂的东西，从上帝直到魔鬼；他们也狠狠地咒骂着船长格雷，他不该将一个女人带上船来。他们认为：这一次我们的船只遭受的厄运，完全是这个女人带来的。

这些话开始引起了我深重的不安。风浪如果再不停息，这些疯子也许真会把他们荒谬的看法变成行动，加害于美丽的伊莎贝拉。为了预防不测，我每天几次在他们的房舱外面巡视。看到他们祖孙两人都平安无事，我才悄悄地离开。

已经是大风浪的第五天了。老人经不住风浪的颠簸，已经病倒了。这是一个与往日一样阴沉暗淡的下午，我从老人的房舱外面走过。凑巧这一天他们的舱门没有关紧，房里的每一丝细小的声音都能清晰地传到舱外来。

我听到了老人的呻吟，听到了他嘶哑的喉咙呼唤水的声音。接着，完全出乎我意料，我听到了伊莎贝拉的哭声："再忍耐一下，爷爷！我马上再去给你找水。船上淡水带的不多，已经有两天没有给我们送来了。我刚刚到厨房里去要过一次，厨子气势汹汹地拒绝了我……"

说到这里，话就被哽咽打断了。我没有再听他们说下去，愤怒已经填满了我的胸膛。我冲进了船尾的厨房。每天专门给船长室和各单人舱送水的厨子罗沙尔，舒适地躺在一堆面粉袋上，正在把一杯淡水灌进他的喉咙里去。我一把抓住他的领子，把他拎了起来，喝问他为什么不给后舱里的老人送水。他嬉皮笑脸地回答道："让他们躺着吧，还想喝水呢！我们这次航行倒透了霉，就是被他们连累的。有水我宁愿白白泼掉，也不能给他们送去……"

没等他把这句话说完，我照着他脸上就是一拳。他惨叫了一声，像一只口袋，一直向屋角里飞去。我两步赶了上去，把他第二次拎了起来，对准他的肚子又是狠狠一下。这一次他已经喊叫不出声来，只沉闷地哼了一声，全身像一根稻草折成了两段，一直飞过厨房，跌落在门口。我赶过去，还想再来第三下。这时我才在门背后突然发现了伊莎贝拉。不知什么时候，她已经来到厨房里。大概我揍人的样子吓坏了她，她两只手捧着脸，战栗地蹲在那里。这才使我从愤怒的疯狂中清醒过来，什么也没有说，就冲了出去。如果不是她到场，罗沙尔这条毒虫当时就会在我的第三次打击下送掉性命。然而他不但没有因此感激她，反而更加与这祖孙俩结下了仇恨。但是至少从这一次以后，再没有谁敢私下减少或断绝老人和他孙女两人的一切供应了。

第六天清晨，风势好像减弱了一些（也许只是我们希望中的一种幻觉）。老人扶着孙女，突然出现在甲板上。从风浪开始后他就晕船，一直躺在房舱里。今天他自己觉得身体好了一些，想到甲板上来透透空气。在这样大的风浪里跑到甲板上来，简直是一种冒险。然而当时甲板上没有更多的人，只有我带着两名水手，在风浪的冲卷下给罗盘台罩上一层防水布。因之根本没有注意到他们的出现。

突然，低低的灰白的云团在我们眼前旋转起来。太阳穴里的血液冲得我头昏眼花。原来是一座小山一样的巨浪击中了我们的船只。船身猛烈地倾侧了一下，几乎翻了过去。就在这时，我听见了伊莎贝拉的一声尖锐的惊惶的呼喊。当我扭过头，看到她整个身子正向着船舷外扑去。我的心几乎停止了跳动，马上明白发生了什么事。幸而一个浪头扑上来，将她击倒在甲板上，使我来得及冲到她面前，一把将她的胳膊紧紧抓住，痛得她叫喊起来。我怒气冲冲地向她吼道："你疯了？"然后将她摔在舷墙的里侧，命令随着我跑过来的水手，马上把她送进船舱里。我自己从舱壁上抢下一个救生圈，纵身跳进了海里。从我眼前晃过了两张恐惧的水手的脸，和一声惊惶的叫喊："你也疯了？"

是的，在这样的风浪里跳下海去救人，的确是疯了。这种时候，人一落在海里，马上就会被海浪卷得无影无踪。然而我自己也不知道，是什么力量支使我不顾一切地这样做的。也许只是出于一个水手对自己天职的自觉，也许还有一些别的什么，但我终于这样做了。而奇迹也真的出现了。经过了几番挣扎，我竟然抓住了已经昏迷不醒的老人。更确切一些说，是一个浪头将他送到了我的身边。我将救生圈套在了他的身上，鼓起我最后的力量，向船只游去。船上的水手也已经发现了我们，远远地把绳索向我们掷过来。由于我已经筋疲力尽，几次都没有抓住它。当我最后终于将它抓住，并且奋力把它在我们身上缠绕了两圈之后，我的体力再也支持不住了，当时就昏了过去。

当我醒过来时，我已经落在一双温柔的小手的照顾中了。我发现我正躺在老人的舱房里。伊莎贝拉正在用纱布包扎我头上的伤口。直到这时我才感到了头上的疼痛。原来在水手们将我们拉上甲板的时候，风浪把我的头撞在船舷上，撞开了一个小口。对于多少年来在海上漂泊的我，负伤本是一件最平常的事，我也从来没有把它放在心上。我的伤口受到一双温柔的小手的熨帖的包扎，这还是第一次。我睁开眼睛，投给了她一个感激的眼光。她看见我醒了过来，对我柔情地笑了一笑："本来我还以为您是一个可怕的人哩！"

将近黄昏，风浪愈来愈大。看来早上我们认为风暴已经快要平息的猜测，只是我们的一种乐观的幻想。四周巨大的冰块愈来愈经常地出现。白天我们还能尽量想法躲开它们，可是到了夜晚，它们便成了对我们致命的威胁。如果风浪继续像这样张狂下去，我们也许就度不过这一个夜晚了。

谁也没有想到，就在这时候，一个意外的奇迹拯救了我们。在傍晚时分，一个在甲板上值班的水手突然疯狂地快乐地喊叫起来："陆地！"

全船的水手都被这个喊声惊动了。然而谁也没有相信他的话，以为他是盼望陆地盼望得发了疯，将一座冰山当成了陆地。由于绝望的疯狂而出现幻觉，在我们漫长的海上生涯中是常有的事。要知道在我们现在航行的这一带大洋里，从来没有听说过有什么岛屿。然而，虽然这样，大伙也都跑上了甲板。我们几乎不敢相信自己的眼睛，就在船只前进的左前方，一点不假地出现了一线黑色的岛屿的轮廓。从那暗黑的颜色看来，毫无疑问是一块陆地而不是冰山。大家都禁不住在甲板上欢呼起来。船只马上以全速向着小岛驶去。乘着劲急的风力，没有多久我们就到达了这座岛屿。当我们绕着它航行了一圈以后，我们才发现它是一座不太大的孤岛。我们找到了一个背风的港湾，就碇泊了下来。六天六夜的风险，终于出乎意外地平安地结束了。我们大家都在庆贺自己的好运。然而它带给我们的果真是好运吗，这座魔鬼的岛屿？不久我们就会明白。

在黄昏的暗淡的微光里，整个海岛呈现着一片荒凉的景象，使我们奇怪的是，岛上遍地布满了海藻，这是一种通常只生长在海底的低等植物；岩石的缝隙里也生长着一些奇形怪状的珊瑚似的东西。然而当时谁也没有心绪去辨识它们。不管海岛如何荒凉，海风如何凄厉地在四周呼啸，我们的心却充满了一种绝处逢生的温暖与欢快。一旦危险过去以后，人们开始感到了难以克制的困倦与疲乏，每一颗心这时都只渴望一杯浓烈的醇酒，然后是一场沉睡，宁静的安息和甜美的梦境。

然而一个新的意外的发现，却突然闯入了每一颗渴望休息的心灵。当船长格雷根据经纬仪精确地测出了我们现在所在的方位，准备在航海图上找到我们偶然来访的这个不知名的岛屿的时候，没想到他发现的竟是：在这个岛屿的方位上，航海图上只是一片汪洋的海水。当时他禁不住就呼叫起来："了不得，伙伴们！在我们以前，还从来没有人发现过这座岛屿哩！"

水手们显然都被这个事实激动了，他们兴奋地围了上去。虽然世界地图上已经有了数不清的星罗棋布的大小岛屿，这些皮肤被晒成古铜色的人，一生中也不知道看到过几千几万座这种海洋环抱中的陆地，然而一个新岛屿的发现，对于一个水手来说，毕竟不是一件平凡的小事。

听到了这个消息，老科学家霍金斯表现得特别激动。他跑到格雷面前，捧起航海图来看了很久很久。一忽儿皱皱眉头，一忽儿又点点脑袋，最后，他神色兴奋，自言自语地然而相当大声地说道：

"我敢肯定这是一座幽灵岛！正是各国科学家们日夜寻找却始终无法找到的那种珍贵的宝岛！想不到今天却被我无意中碰到了。"

"幽灵岛？"我还是第一次听到这个古怪的名字，禁不住好奇地问。

"是的，一定是幽灵岛！这是一种像幽灵一样，突然在海洋中出现，又突然消失得无影无踪的岛屿。直到今天，它的这种奇怪的行踪，对于科学来说，依然是一个不可解释的谜。为了要揭破这个神秘的谜，多少年来，各国的科学家们一直在想法寻找这种岛屿，以便对它进行一番实地的考察。然而没有人能够实现这个愿望。每当某一船只发现了这种岛屿，不等科学家们赶去，它就已经消失得无影无踪了。想不到这一次，却被我们无意中碰到了。也许这几天海洋里反常的风浪，就跟这座幽灵岛的出现有关。从明天起，我就要开始对这座小岛进行考察。我相信，不久以后，幽灵岛之谜就将永远不再存在了……"

这时候，船长格雷有些不耐烦地打断了他的话：

"什么幽灵岛不幽灵岛！这完全是一派胡言乱语！这样大的一座岛屿，又不是一块木头，我就不相信它会在海里突然浮上来，又突然沉下去。这不过是一座从来没有被人发现过的小岛，因为过去捕鲸船很少到这一带洋面来。如果不是这次风暴把我们偶然送到了这里，我们也还不会发现它。"

这时，他跳上了一块高高的突兀的岩石，向四周的水手们做了一个手势，叫他们聚集到他的周围来：

"发现这座岛屿，是我们为帝国立下的伟大功勋！现在我正式宣布：从今天起，这座岛屿已经成为帝国的领土。让我们马上用无线电将这个喜讯报告给帝国海外部大臣。同时，我要正式给这座岛屿命名，从现在起，航海地图上要增加一个新的海岛：格雷船长岛！为了庆贺格雷船长岛的诞生，我命令鱼叉炮手站上岗位，向大海鸣炮三响。

"罗沙尔，准备好酒筵，咱们弟兄们今晚上要痛饮一番！"

他最后的一句话，博得了水手们的欢呼：

"来呀！痛饮一番吧！格雷船长岛万岁！"

这时，没有人再去理会老科学家了。然而他关于幽灵岛的一番谈话，却在我心头里留下了深刻的印象。他仿佛还有什么事想和格雷谈，可是格雷已经忙着去张罗酒筵，不耐烦地拒绝了他。

直到酒尽筵散，老科学家才重新找到了格雷。这时格雷已经吃醉了。老人向他提出：他需要在这个岛上做几天科学考察，要求"海蛇"号在这里停泊几天。格雷翻了翻眼珠，口齿不清地说："那怎么行？风浪已经耽误了我好几天捕鲸的时间！如果明天风浪平息，我们马上就要出海搜捕鲸鱼，决不能再在这里耽搁下去了！"

"要知道对这个岛屿进行考察，在科学上具有十分重大的意义！"

"如果你要留下来，你可以一个人留在这里。等我们捕鲸结束以后，再回到这里来接你。"

他们的谈话就这样结束了。

这一夜，除了老人和他的孙女，大家都喝醉了。第二天，当我们从沉醉中醒来，首先就朦胧地感觉到，周围的世界好像已经发生了什么变化。细细一想，原来是已经再听不到七天以来一直喧闹在我们耳边的狂啸的风声。就在昨天晚上，风浪已经平息了。大家兴致都非常高，准备马上收拾好一切，出海捕鲸。就在这时候，忽然有一个水手叫道：

"船长，你看那是什么？"

随着他的手指引的方向看去，在遥远的小岛中心的高地上，不知什么时候，已经飘起了一面旗帜。格雷急匆匆地掏出了望远镜。而我们这些水手的锐利眼睛，虽然目标十分遥远，但在明亮的晨光里，不用望远镜也能清楚地辨识出那是一面这几年来新兴的一个海上霸国的国旗。看见了它，大家的脸色都阴沉了下来，一种不祥的预感沉重地压在了每个人的心头。

昨晚上还没有这一面国旗。天知道这是什么鬼名堂？准是一只他们的捕鲸船，在我们之后，同样地也被暴风送到了这里。趁我们的水手们醉倒的时刻，悄悄地在岛上升起了他们的国旗。这些狡猾的强盗！

当船长格雷看清了这面旗帜以后，马上气得暴跳如雷，狠狠地咒骂道：

"我要知道这是哪一些混蛋干的事！我要叫他们知道我格雷的厉害！"

他当时就派出了一个使者，到岛的那一面去。首先需要弄清楚：这些还未露面的狡猾的对手到底是谁？然后他要向他们提出警告：马上降下他们的国旗，这座岛屿从昨天起，就已经成为帝国的领土了！

只一会儿工夫，这位使者就带着屈辱被赶了回来。原来对方正是"海蛇"号在海上的老对头，那个海上新霸国的捕鲸船"骷髅"号。真是冤家路窄，这对老仇人又在这座小岛上相遇了。他们叫这位使者带信给格雷：这座小岛从昨天起，就已经永远属于他们的国家了。他们奉劝格雷，如果他识时务的话，还是趁早开船溜走的好。要想叫他们降下国旗，除非地球大翻个儿，南极变成北极。

格雷脸色气得铁青，掏出了身边的手枪，对准旗子的方向就开了一枪。可是这一枪除了发泄发泄怨气以外，又有什么用呢！

在这一天里，格雷把这里发生的一切，用无线电详细地向帝国的海外部做了报告。此外，他只来来回回地独个儿走来走去，对谁也没有说一句话。然而从他紧锁着的杀气腾腾的眉头里可以知道，一个恶毒的念头已经在他心里形成了。

一到黑夜降临，格雷召集了"海蛇"号所有的水手和鱼叉炮手，要他们每个人带好武器和子弹，然后偷偷地出发到岛屿的那一面去。原来这个狠毒的魔鬼，已经下定决心，要在这一次消灭他多少年来海上的老对头——"骷髅"号捕鲸船。

然而这次偷袭并不顺利，看来我们的对手也已经早就做了准备。双方在黑暗里交起手来，混战了一场。结果我们有五个水手被打死。对方的损失大概也不小。我们终于匆匆收兵，退了回来。对方也没有敢在黑暗中追赶。

偷袭失败使格雷的心绪更加恶劣暴躁，难道一切就这样罢了不成？正在这时，我们从无线电收报机里收到了海外部大臣拍来的回电：

"情况获悉。已呈报帝国政府。望你们能保持帝国祖先的光荣，英勇地捍卫帝国每一寸海外领土的主权。不惜为它流尽自己最后的一滴鲜血。"

格雷向全体船员宣读了这一封电报，然后宣布："即使在一分钟以前，我们还是一群自由的水手，然而从现在开始，帝国的利益已经要求我们像一个士兵那样为它而战。现在全岛已经进入战争状态。从此时此刻起，我们要暂时忘掉铁锚与帆缆，忠实地勇敢地拿起武器，直到我们的敌人被全部消灭为止。这是帝国海外部大臣的命令！"

水手们阴郁而沉默地接受了这道命令。这一切好像是一场噩梦。他们不懂得为什么要在这座荒无人烟的小岛上拿起枪来打仗。五个伙伴的死亡，给他们留下了巨大的哀痛。然而格雷告诉他们，这是帝国大臣的命令，这是为了保卫帝国的利益，为了保卫它的领土主权。

由于我们牺牲了五个水手，作战人员已经不够。格雷命令厨子罗沙尔也拿起枪来，参加战斗。他要老科学家霍金斯和他的孙女担当全体战斗人员的炊事工作。

老人对这种蛮横无理的命令，提出了抗议："你们在这里像强盗一样互相杀戮，还要来干涉具有重大意义的科学工作！我是一个科学家，这座小岛正迫切地需要我来进行考察和研究。

我不能因为你们的疯狂而影响自己严肃的使命。"

格雷没有让他说下去，粗暴地制止了他："当我们把敌人消灭以后，你要干什么我都不管！然而现在你必须服从我，为我工作。现在是战争，知道吗？如果你不服从命令，我马上可以枪毙你！"

伊莎贝拉跑上来，挡住了老人，好像格雷的枪马上就要危害他似的。她神色凛然地对格雷说："我不准你伤害我爷爷的一根毫毛。不要以为这里就是你的天下！你不是只要求我们为你做饭吗？这件事我一个人就可以担当下来。让我的祖父去进行考察。你根本不懂这件工作对于科学的意义，你这个流氓、恶棍！"

在这位美丽、勇敢的少女的义正词严的谴责下面，格雷，这个心肠狠毒的恶魔，竟然呆呆地怔住了好一会儿。他仿佛第一次察觉到站在他面前的这位少女，竟是这样美丽。他神情恍惚地半晌说不出话来，然后恼怒地摆了摆手："好吧，他要做什么都可以。如果战士们的饭做不出来，我可饶不了你们！"

说完，他就悻悻地走了。

老人长久地抚摸着亲爱的孙女的头："我真后悔，这一次不该把你带出来。这些强盗！现在可苦了你了，孩子！"

他不忍心让他心爱的孙女一个人担负这沉重的劳役，然而对于科学的未知领域的探求的狂热，却又要求他一秒钟也不迟延他的研究与考察。伊莎贝拉理解这一点，而且也懂得她爷爷目前的研究对海洋地质科学将会具有多么重大的意义。因之她毫无怨言地忠诚地担负起了沉重的劳役。

这时我悄悄地走了上来："霍金斯先生，请你放心去进行你的研究。我虽然不懂科学，但是我相信你的工作是有价值的。我会尽一切力量来照顾你的孙女。你可以相信：这里的人并不每一个都是野兽。"

老人长久地望着我的眼睛，终于信任地握住了我的手。

老人从船上搬来了他的全部仪器，狂热地投进了他的研究工作。他四处收集岛上的植物和岩石标本，然后一连几个钟头一动不动地坐在显微镜前面观察它们，一会儿又在他的厚厚的笔记本里匆匆地写下一些什么。他忘记了周围的一切，忘记了就在他的身边正进行着一场罪恶的血腥的杀戮。有时枪弹从他头上飞过，他也丝毫没有留意。水手们好奇地打量着他，他的辛勤劳作与智慧，征服了这些粗鲁的灵魂。在眼前进行着的这一场毫无理由的屠杀里，这位老人多少在他们心里唤起了一些良知与理性。他们出自心中简单的理解和良好的愿望，都愿意来帮助他。于是每个人都在自己的衣兜里，装满了给他准备的各种植物、海草和石块。这样，老人每天都要收到一大堆这样的乱七八糟的礼物。

这几天，战斗并没有多大进展。双方都坚守在自己的阵地里。也许各自又在考虑一次新的进袭，然而上次夜间袭击的惨重牺牲，使彼此都得到了一些教训，他们没有再敢贸然行动。可就是这样，我们仍然有两个水手受了伤，辗转呻吟在帐篷里。

在双方坚持的第四天头上，老霍金斯的精神显得非常振奋。三天来的考察，已经证实了他原来的想法：这座荒凉的小岛的的确确是一座刚出海不久的幽灵岛。对于岛上的植物、岩石以及地层结构的观察，像一把打开"智慧宝库"的金钥匙，初步引导他接触到了这个科学界始终未能了解的谜，帮助他初步探索到了幽灵岛生成的秘密。这一天，他快乐地告诉伊莎贝拉，只需要再有两天的时间，就会得到最后的结论了。从此以后，幽灵岛对于全人类来说，就永远不再是一个不可解的谜了。

他的神情是那样兴奋，也感染了伊莎贝拉和我们几个周围的人。在这四周进行着的毁灭性的破坏里，在这疯狂的毫无理由的杀戮里，还跳动着一颗智慧的心，还存在着一线人的骄傲和理性。

然而就在这同时，对老人安全的关怀也深深地骚扰着我们的心。由于他完全沉迷在自己的考察与研究里，他很可能跑到小岛的北部去。那儿现在正控制在跟我们作战的敌人手里。他如果跑到那边去，很可能会被打死。伊莎贝拉和我把这个忧虑对他说了，希望他千万留意，不要跑到小岛的北部去。

然而他根本没有很好考虑我们的意见。他把我们与"骷髅"号之间的火并，看成是一种根本与他无关的疯狂与罪恶。他根本不想干预我们，也要求我们不要去干预他。但是这种想法是现实的吗？

他终于没有听从我和伊莎贝拉的劝告，而悲剧也就这样发生了。

一天，正当我们吃午饭的时候，小岛北部响起了两下奇怪的枪声，当时并没有引起我们特别的注意。老科学家没有准时回来吃饭，也没有引起我们的惊讶。因为他经常沉迷在自己的研究中，忘记吃饭是常有的事。也许他现在正待在自己的帐篷里，也许他现在正蹲在哪一块岩石的背后。然而孙女的心预感到了不幸，她跑出去呼唤她的爷爷。这时，我们才发现他已经不在小岛的这一边。不知什么时候，他已经跑到小岛的北部去了。这使我们不祥地想起了吃饭时的那两声奇怪的枪声。我没有敢把我的可怕的预感告诉伊莎贝拉，反而安慰她，告诉她我马上就到北部去找她爷爷回来。当然，为了找寻老人，我必须去冒生命的危险。伊莎贝拉心神不宁地点了点头，于是我就出发了。

我匍匐在地面上，借着一些凸出的岩石和海草的掩护，小心地向着小岛的北部爬去。在岛中心的高地上，我用眼睛向四处搜寻，就在离海岸不远的一块岩石旁边发现了老人。他正蹲在那里，头俯得很低，仿佛正在专心观察着什么。我轻轻地招呼他，他没有答应，我只好爬到他的身边去。一直到我已经离他很近的当儿，我才开始发现情况有些不妙。在我缓缓爬近他的这一长段时间里，他竟像化石般一动也没有动。而且现在我已经能够更清楚地看见：他正全身倚靠着岩石，坐在地上，头颅低垂在自己的膝盖上，我的心由于恐惧而收紧了，两步就冲到了他的面前。一切都晚了！我永远也忘不了那一刹那间出现在我眼前的悲惨景象：他的身边淤积着一大摊血迹，胸前的衬衫也完全被鲜血浸透。当我把他的头扶起来时，他的一只眼睛还没有闭上，含着一股深沉的责备与遗恨凝望着我。就在他的脚边，堆着一卷零散的手稿，海风已经把它们当中的几页吹散了。我仔细地把它们收拾起来，在最后拾起来的那张稿纸上（看来它是这卷手稿的扉页），已经染上了他瘀黑的血迹。上面写着几个草体字："幽灵岛的秘密"。在这件凝聚着他最后的生命与心血的遗物面前，我深深地低下头去。

我珍惜地藏好了他的手稿以后，把他的尸体背了回来。

我不想用更多的语言来叙述伊莎贝拉的悲恸。当时我的心也并不比她好受些。直到今天，我回想起这一切时，心头仍然隐隐作痛。在这位老人面前，我们每一个水手都感到负有深沉的罪咎。他在我们心里，是人类智慧和理性的化身。可是我们亲手毁灭了他。在茫茫无边的海洋上，一颗知识的巨星无声地陨落了。

伊莎贝拉当时几乎痛不欲生。虽然我尽了一切力量来安慰她（这又有什么用呢），也没有任何效果。突然，我想到了我身边的那一卷凝聚着老人血迹的手稿。我把它拿了出来，默默无声地交给了伊莎贝拉。她捧起了它。那上面，记录着老人这许多天来辛勤探索的结果；那上面，也遗留着他离开人世以前写下的最后一个字迹。每一个字，每一点智慧的思想，都在向她发言，向她提出严厉的要求：不要悲痛，不要想到死，而要坚实地活下去。为了把这一星先驱者的智慧的火种传播到人间，必须活下去！

没有要我再说一句话，伊莎贝拉停止了哀哭。然而从她微微锁蹙的眉尖和悲戚的眼睛里，可以看到，哀痛是更深、更深地凝固在她的心里。

在老人的尸体前面，水手们都表示出了自己真诚的悲痛。只有船长格雷显得无动于衷。他把我们从放置老人尸体的帐篷里赶了出来，用恶毒的语言咒骂着我们。幸而他没有用同样的语言咒骂死者，不然当时我就和他火并了。

白天为了防备对方射来的流弹，我们在夜里为老人举行了葬礼。这是一个凄风苦雨的夜晚，海水带着潮声和风声，就在我们的身旁呜咽。

水手们的情绪都十分阴郁。一个年轻的水手汉浦说道："我们今天在这里埋葬了老人，明天也许就没有人来埋葬我们了，别忘记老人生前所做的关于幽灵岛的可怕的预言。"

"胡说！"格雷在这晚上第一次开腔了，"这座岛屿，现在正坚实地踏在我们的脚下。谁敢说它会消失？它现在在这里，将来也会永远在这里！"

正在这时，一个巨大的浪头冲击在岛岸的岩缝里，小岛像人一样发出了一声深长的哀吟，仿佛是在回答格雷。

"魔鬼的地方！"格雷也禁不住诅咒起来，声音里带着一丝恐惧的战栗。

眼看着水手们的情绪一天比一天低落。我们谁也不愿意再无限期地在这里待下去了。为了一些我们自己也不关心的原因，谁愿意跟一只异国的捕鲸船作战？我们都是水手，我们的手拿惯的是铁索与帆缆，不是杀人的武器。我们要求格雷马上停止这场毫无意义的战斗。

这时候，格雷自己也开始有一些动摇了。也许这个魔鬼的岛屿并不能带给他所梦想的那种荣誉、勋章和金钱。就从目前的经济利益来考虑，他也担心继续再在这里待下去是否会有好处。如果他的水手再有几个牺牲或者负伤，那么在今后的捕鲸活动里，他将无法凑齐足够的人手。在这茫茫的大洋里，又叫他到哪里去给自己的船只补充水手？这么一来，他为了这个小岛，将牺牲掉整整一个捕鲸季节，现在失去的时间就已经不少了。

于是这个魔鬼自己也开始有了撤退的打算。他在无线电里用密码向帝国海外部大臣发出了请示的电报。20分钟以后，我们的收报机就"嗒嗒"地响了起来。大臣的回电来了。就是这一封短短的电文，将我们全体人员送进了大海的坟墓：

"格雷船长：小岛必须坚守，帝国政府已经派军舰去支援你们，目前正在途中。若在军舰到达以前，你船人员擅自撤离该岛，则全船人员都将以叛国罪交付军事法庭审判。"

就这样，一段更漫长、更悲惨的日子开始了。

开始我们还希望，我们的敌方"骷髅"号的水手们，会耐不住这种无限期的对峙，先行撤离这座小岛。然而我们很快就发现这种想法完全错了，他们丝毫没有撤离这座小岛的打算。看来他们的政府一定也给了他们一个同样的电报，很可能也向小岛派来了军舰。好吧！这一下可有好戏瞧了。

在这段日子里，双方很少互相射击和进袭，都各自坚守在岛屿一端的阵地里，等待着自己国家的军舰的到达。

就在这种暂时停顿下来的战斗间隙里，一桩新的罪恶又在酝酿，正在暗地里进行。而美丽的伊莎贝拉，就是这桩阴谋中预定被牺牲的对象。

我很早就已经发现格雷对伊莎贝拉没有安下好心。老科学家还在世的日子里，他多少还有一些顾忌，不敢公然无礼。因为毕竟总有一天，他们还要回到文明的世界里去。自从老人死去以后，伊莎贝拉成了孤苦无靠的孤儿。这一下，格雷认为他可以肆无忌惮地对她为所欲为了。在老人惨死的这桩巨大的悲剧里，彻骨的哀伤不但没有损害伊莎贝拉的容貌，反而使她出落得更加美丽，更加惹人爱怜。一双眼睛透射出楚楚动人的光芒。这更加使格雷想入非非了。在格雷每次投向她身上的眼光里，已经愈来愈不加掩饰地洋溢着一股强烈的野兽的情欲。伊莎贝拉自己也恐惧地察觉到了这一点。

有一天黄昏，她突然踅进了我的帐篷，神色仓皇地对我说："怀特先生，在我爷爷生前，你一直待他很好，也曾经在海里救过他的性命。因此我就大着胆子，不顾一切危险跑来找你。我希望能从你这里得到帮助与支持。别人我都不敢相信！"

当她从我恳挚的眼光里获得了肯定的答复以后，她就比较镇静地继续谈了下去："刚才格雷告诉我，今天晚上要我烧好了咖啡，送到他的帐篷里去。从这个魔鬼的眼光和声音里，我已经看出了他心头打的是什么卑鄙的主意。可是我不知道应该怎么办。我没有力量违抗他的命令！"

听了伊莎贝拉的话，我暴怒地跳了起来。"好一个毫无人性的魔鬼！"我当时就想冲出去找他。然而这又有什么用处？我终于强迫自己冷静了下来，仔细考虑了一下，然后对她说："不要紧，伊莎贝拉小姐！今晚上你就照格雷的吩咐，把咖啡烧好，交给我替你送去。"

事情就这样办了。夜晚，每个帐篷里的灯火都熄灭了，只有格雷的帐篷里还亮着灯光。他在等待伊莎贝拉。这个畜生！

当帐门掀动，他发现端咖啡进去的，不是伊莎贝拉而是我的时候，他脸上一闪即逝地掠过了一丝意外的惊讶的表情，可是他马上就镇静了下来。我毫无畏惧地告诉他："伊莎贝拉白天工作很累了，现在身体不舒服，不能给你送咖啡。她爷爷生前曾经把她托付给我，我不能不关心她的健康。今后如果再有这样的事务，可以告诉我。"

他发出了一个狰狞的恶毒的冷笑："哈！她倒找到了一个好保护人啦！好吧，你把咖啡放在这里，出去吧！"

我冷冷地退了出来。我估计这个恶魔暂时还不敢把我怎么样。他可以一眼不眨地杀死船上的任何一个水手，却不敢随便来惹我。我的拳头有多厉害他是一直比较明白的。然而这个人心狠手辣，我一定不能大意，必须小心防备他对伊莎贝拉和我使出什么阴毒的绝招。

他早就意识到我将是他占有伊莎贝拉的障碍。现在这样一来，矛盾更加挑明了。我已经成了他必须除掉的眼中钉。然而要想除掉我，可不是那么容易的事。试试看吧！

果然，第二天轮到我站岗的时候，一颗子弹在离我头上仅仅一英寸的地方炸开了。从子弹打过来的方向来看，了弹不是从敌人阵地里飞来的，而是从我们自己阵地的左侧飞来的。我警惕地向那边搜寻了很久，当然不可能发现格雷的行踪。这个狡猾的强盗决不会亲自动手干这种卑鄙的勾当，准是他手下的一位心腹干的。可笑的是他选中的竟是这样一个不高明的枪手。

这颗子弹更使我提高了警惕。我知道格雷更毒辣的阴谋还在后头。

在我一生中，再没有第二次度过像在幽灵岛上这样凄风苦雨的日子。

在茫茫的水天相接的地方，永远遮着一道迷蒙蒙的雾幕。低低的云层覆盖着天空，压得整个大海都几乎喘不过气来。凛冽的海风吹过岩壁的缝隙，发出凄厉的长啸。它时而给小岛带来一阵雨雪，时而满天布满浓密的云雾。

这正是南极的夏季，我们却好像回到了爱丁堡的冬天。

在这些寒冷阴湿的日子里，人的心、人的情感，都好像在发霉。愁苦的人，心头的创伤会更加隐隐作痛。

就在这样一个中午，我去探望伊莎贝拉。她一见着我，脸上就像见到亲人一样浮起了欣慰的红晕，同时眼睛里却噙满了眼泪。她跑过来，不自觉地紧紧地握住了我的手，低声而热切地请求我："带我逃走吧，怀特！这个鬼地方我一秒钟也待不下去了。你没看见格雷今天老望着我，他那狞笑的眼睛，真怕人！我觉得他会把我吞掉似的！"

我没有答允她："再忍耐一下吧，伊莎贝拉。这儿四周都是茫茫无边的海洋，我们有什么办法可以逃走呢？也许再过一两天，军舰就会到达，那时格雷就不敢把我们怎么样了。"

是的，四周是茫茫无边的大洋，我们往哪儿逃呢？我把唯一的希望寄托在军舰身上，日夜盼望它早日到达。没有想到情况的急遽发展，迫使我自己也改变了原来的主意。

黄昏时分，老凡尼坐在我的帐篷附近，擦着他的枪支。他嘴里反复哼着一支古老而阴郁的北欧海盗唱的歌，调子那么古怪、那么低沉。那歌声扰得我心乱如麻，我叫道："别唱了，老凡尼！心都快叫你给挖出来了！"

他停止了，意味深长地看了看天："天气不好啊，怀特！"

我抬头看了看，与往日一样，云层很低，时时刮下一阵雨雪。然而也看不出有什么特殊险恶的征兆。我正想回答他，他又说了："要提防呀，怀特！"

我一听他话中有话，正想要问他，可是周围有水手们来来去去，又不便开口。他也好像有话要对我说，装着寻找什么东西，踅到了帐篷背后。我就跟了过去："告诉我，有什么事，老凡尼？"

他紧张地向四周望了一望，然后低声地对我说："格雷今天鬼鬼祟祟地召开了一个会。他把我也当成了他自己的人。他们已经决定在今天半夜里下手，先杀掉你，然后糟蹋伊莎贝拉。他的人很多，你们得想办法逃走。"

原来这魔鬼自己也估计到了最近几天里军舰可能会到达，因而决定了趁早对我们下手。

这时，我不禁想起了中午伊莎贝拉跟我的谈话。这可怜的女孩子，已经用她敏锐的直觉，感到了风暴的临近。

怎样逃走呢？唯一可以利用的，只有那只停泊在岸边的小舢板。我们每天用它到大船上去携取食品和弹药。可是用这样一只孤零单薄的小舢板，去漂航凶险的大海，岂不是自寻死路？然而这时已经顾不得那么许多了。只要海上不起风暴，也许我们会很快就遇见向这儿驶来的军舰，那样我们就还有一丝遇救的希望。无论怎样危险，也总比留在这儿等死强得多。

可是舢板就系在帐篷附近的岸滩上。我夜里带着伊莎贝拉上船，很容易惊动附近的哨岗。最好还是由我先把它偷走，划到一个比较僻静的地方，伊莎贝拉就在那儿上船。这时，我突然想起了离我们帐篷不远的一座悬崖，正是这样一个理想的地点。

于是我悄悄地来到了伊莎贝拉的帐篷："我决定带你离开这儿,伊莎贝拉!就在今天晚上。"

我没有把老凡尼的话告诉她,以免她听了害怕。她当时也什么都没有问,只高兴得跳了起来:"真的吗,怀特?那太好了!我们怎样离开这儿呢?"

后来我才明白:当时她之所以什么也没有问,只是因为她什么也不需要问。她那颗敏慧的心,早已猜到了一切。

我回答她:"就乘那只小舢板!"

"你看,这不就是办法吗?今天下午你还说没有办法呢!"

她高兴得忘记了一切。这天真的女孩子,一心只想我早一些带她离开这儿,甚至丝毫没有去想,乘这样一只小舢板,在这样凶险的大洋上漂航,只能是九死一生!

"你不怕危险吗?"我不由得追问了一句。

"跟着你我什么也不怕!"她半玩笑半认真地说。

直到今天,每当我想到她如此信任地把她的一切都交付给我的那颗天真纯洁的心,我的心仍禁不住隐隐作痛。由于我的疏忽,我终于辜负了她的信任。

当时,我详细地告诉了她晚上我们如何逃走的办法。当人们都睡下以后,她要悄悄地离开帐篷,先到小岛东面的悬岩下面等我。我把舢板划到那儿去接她。

"可以带些东西吗?"

"除了你祖父的手稿,其他什么也不要拿!"

"不,还有这!"她有些害羞地低声说,从她身边拿出了一个丝织的小小的物件。原来这是一个上面绣着圣母像的航海符。每一个水手的胸前几乎没有例外地都佩戴着这样一个东西。都是他们的母亲和情人亲手绣制的，祈求它保佑自己的亲人航海平安。我从小就没有任何亲人，所以也从来没有佩戴过。想不到伊莎贝拉聪慧灵敏的心发现了这件事，竟暗暗地亲手给我绣制了一个。

夜晚，当我确信四周一切都安静了的时候，我便悄悄地溜出了帐篷。我立刻就发现了：我并不是黑暗中唯一的人。我的锐利的眼睛已经觉察到帐篷右边有一个人影。虽然它只闪动了一下就消逝了。我立即领悟到，格雷已经在我的帐篷外面安上了监视哨。好吧，看谁能斗过谁！

在这种时候，跑到海边去偷取舢板，无疑是自己暴露自己。我决不会那么傻。可是局势又迫使我必须马上行动，不能再犹豫拖延了。于是我狡猾地从左边绕到我的帐篷背后，就在那里蹲了下来。如果有人在监视我，他决不肯这样轻易丢掉我，一定会跟着过来。果然，只过了一小会儿，我就听到了一个比猫的狩猎还轻的脚步声，接着，在我的帐篷边上闪出了一个人影。就在这一刹那间，我像一只狼似的扑了上去，没有等他发出声来，就紧紧地掐住了他的喉咙。从他喉管里发出的可恨的咝咝声里，我马上认出了这是罗沙尔，这条阴险的毒蛇！他在我心头引不起丝毫怜悯与宽恕，我的指头没有放松，就这样扼死了他。

我顺利地跑到了海边，摸到了舢板，解开了绳索。当小船轻快地滑进水里的时候，我心头充满了欢喜，以为一切都已经毫无问题了。

　　然而我粗心地忽略了：既然格雷能在我的帐篷外面安上一个监视哨，难道他不会同样也在伊莎贝拉的帐篷外面放上一个？我当时就应该到伊莎贝拉那边去，拔掉这一根钉子。然而我没有这样做。因为这个疏忽，我终生都不能原谅我自己。

　　当时我驾着小船，轻轻向小岛东面的那座悬崖划去。伊莎贝拉将在那里等我。

　　我划到悬崖跟前，漆黑的夜色使我无法看清伊莎贝拉在哪里。我口里轻轻地打着呼哨，却没有声音回答。我哪里知道，这时在悬崖背后，几双虎视眈眈的眼睛正在盯着我。由于狡猾的格雷在帐外放下了监视哨，伊莎贝拉暴露了自己的行踪，而将这一伙强盗引到了悬崖边。就在这里，伊莎贝拉落进了他们的魔掌。现在他们的目的，就在于最后逮住我。

　　我听不到伊莎贝拉的回答，就把小船在岸边荡来荡去，没有立即靠岸。这时格雷沉不住气了，走出了错误的一步棋。他为了要诱使我上岸，竟掏出了塞在伊莎贝拉嘴里的毛巾。大概他是想用威势强迫伊莎贝拉，要她用声音回答我，将我诳上岸来。他忘记了在他面前的是一个多么勇敢而不畏强暴的姑娘。于是我马上听到了一声刚刚由窒息获得解放的略带喑哑的声音，划破了沉寂的夜空：

　　"赶快逃走，怀特！不要管我……"

　　喊到这里，声音中断了。我马上懂得了岸上发生了什么不幸的事：伊莎贝拉落进了强盗的虎口。愤怒与焦急使我丧失了理智，我丢开手里的桨，一步就跳上岸去。这时四条黑影立刻向我扑了过来。就在水边，展开了一场凶狠的搏斗。短刀相碰的铿锵声和杂乱沉重的脚步声，传进了伊莎贝拉的耳朵。她知道我已经为了她跳上岸来。这个勇敢、智慧的姑娘，用尽全部的力量，挣脱了强盗们的束缚，吐出了她最后的两句话；这声音已经不是冲动的喊叫，而是恳切地叮咛：

"你疯了，怀特？你只有逃出去才能救我！"

熟悉的语音就响在我的耳边，它充满着忧虑与焦急，可是又那么沉着和冷静。仿佛她不是在强盗手里，而是坐在我的身边。

这声音马上使我清醒了过来，领悟到我现在的行动无疑是在葬送我们两人。我身单力薄，根本无法斗得过他们。只有逃走，才有希望回来救她，才能使格雷有所顾忌而不敢对她妄行非礼。于是我在一次凶狠的进扑中，逼使我面前的敌人退下去两步之后，翻身重新跳上了舢板。一个黑影跟着我冲了过来，被我顺手捞过桨柄，打落在水里。我一刻也不敢怠慢，把小船划向了海心。这时我对着岸上大声喊道：

"听着，格雷！我几天之内就会回来。那时候，伊莎贝拉小姐每一根头发的安全，都得你用脑袋来保证！"

这一方面是警告格雷，一方面也好让伊莎贝拉放心。强盗们着慌了，开始向我射击。然而在黑漆漆的海面上，他们已经无法寻找我的行踪，只有依据隐约的桨声，盲目地乱放了一通枪。

就这样，我带着对伊莎贝拉安全的深重焦虑，带着对格雷等强盗们的切齿仇恨，离开了这个魔鬼的岛屿。漆黑的夜，使我甚至无法对它投射最后的一眼。我怀着一线渺茫的复仇的渴望，向着茫茫的大洋划去。

在海洋上，我漂泊了五天五夜。我根据星斗判断着方向，相信我已经来到了军舰驶来必经的航线上。我强撑着疲倦的眼睛，注视着天边，不放过一丝船只的踪影。我得救的唯一希望就寄托在军舰的到达上。饥饿、疲累和干渴煎熬着我，最可怕的是，如果我的航线判断出了错误，这一带海面上根本不会有军舰出现，那么一切就都完了。我躺在舱板上，连最后的一丝力气都用尽了，只能听凭舢板在海面上漂荡。海水的浪花时而溅到我的头上，苦涩的海水使我暂时清醒了一阵，随后又重新沉入昏迷中。

然而我胸前佩戴着的伊莎贝拉亲手绣制的航海符，终于保佑了我。第六天，我在天边看到了一缕白烟。须臾，它已经变成了军舰上升起的浓烈的烟柱。我怀着得救的欣喜与希望，掏出手枪来，向天空连放了三下。

当食物和清水使我恢复了知觉的时候，我已经躺在军舰的甲板上。从水手们的制服上，我马上辨认出了这是一艘我们自己的军舰。它发亮的炮身和全副武装，使我想起了我现在的身份，是一个违背帝国政府的命令、擅自离开战场的逃兵。为了说明我自己现在的行动，我不得不详细地向舰长叙述了幽灵岛上所发生的一切："海蛇"号水手与"骷髅"号水手的相互残杀；老科学家霍金斯的惨死；以及他的孙女伊莎贝拉悲惨的处境。看来我的叙述深深打动了舰长的心。他马上命令军舰向幽灵岛全速前进，并且又一次跟我校对了小岛的经纬度以及军舰的航向。

这时候，我的心再也无法平静。我一直站在甲板上，瞭望着天边，焦急地等待着与伊莎贝拉的重逢，心头煎熬着对她的命运的忧郁。然而有什么事能比这更令人惊奇呢？当水手长向舰长报告军舰已经到达了预定的经纬度，可是出现在我面前的却依然是一片汪洋大海。开始我还疑心五天五夜的海上漂流，使我丧失了清醒的神智，可是待到全舰人员跟我一样看不到任何陆地的影子而表示惊讶的时候，我知道一桩我曾经有过模糊预感的古怪的事情已经发生了。五天以前我刚离开这里，我甚至闭上眼睛，就能清晰地回想起那魔鬼的岛屿的轮廓。而现在，在我面前的竟只是一片茫茫无边的黛绿色的波涛，除了几块闪耀着淡蓝色光亮的透明的海冰，什么也没有。

眼前发生的事是如此令人不可思议！舰长用望远镜搜寻了四周的洋面，并且亲自检查了经纬仪。一切都不成问题，唯一成问题的是：小岛失踪了。

可是更加不可思议的事还在后头。我们在小岛原来所在的经纬度上，进行了水下探测，发现此处的海洋深度，就像孩子们在航海杂志上所读到的那样，竟达到了四千多米。可怕的深度！

如果不是有我这样一个活证人站在甲板上，那么舰上的人一定会怀疑海外部大臣所收到的电报是一个疯子发出来的。

这时候，老科学家生前关于幽灵岛的谈话，清晰地浮上了我的心头。难道他的可怕的预言，竟然悲惨地应验了吗？那么伊莎贝拉呢？伊莎贝拉呢？彻骨的哀痛使我全身颤抖。一阵晕眩，我倒在了甲板上。

这悲惨的陆沉是什么时候发生的？我离开小岛以后，伊莎贝拉的命运又怎么样了？强盗们是否对她下了毒手？能揭开这个神秘的陆沉之谜的老人的手稿又落在了哪里？"海蛇"号与"骷髅"号水手们最后的挣扎与呼号谁曾经听到？……这一切的一切，都随着幽灵岛埋进了四千多米深的海洋里，成了永远无法解答的谜，无限罪恶又无限悲惨的谜。只有眼前这一片茫茫的水影，是这全部悲剧的证人。现在它们正在船舷两边发着凄婉的低沉的呻吟，仿佛是在向我们哀哀絮语。然而它们又怎么能把这一切告诉我？

当我们的军舰正在小岛沉没的地方盘桓的时候，天际又出现了一缕白烟。不久，一艘雄伟的另外一个海上霸国的巡洋舰出现在海面上。它正笔直地向着我们驶来，发亮的炮身正对准着我们。我们的军舰也立刻开始准备战斗。舰长从舰桥上发出了准备战斗的命令，全体水兵都站上了岗位，炮身也警惕地竖了起来。

这时我才从舰上水兵的口中，知道了在这些悲惨的日子里，外面文明世界上所发生的一切。两个海上大国的政府分别收到了"海蛇"号与"骷髅"号在南部大洋里发现新岛屿的报告。虽然这只是一个不大的岛屿，然而在茫茫几千万平方海里没有一块陆地的南部大洋里，在一天比一天更趋激烈的海上霸权的争夺里，即使是这样一个小岛，也该有着多么巨大的战略意义！因此两国政府开始为了它的主权而争吵。两国的议员在议会里，外交家们在圆桌上，互相吵骂得面红耳赤，可是丝毫也得不到结果。问题总得解决，最后只得用他们海盗祖宗的老办法：派出军舰，用武力占领。这就说明了为什么会有两艘威武的军舰，同时出现在这千古以来渺无人迹的茫茫大洋上。

可是也正因为这些政客和外交家们罪恶的领土扩张的野心，两只捕鲸船上的几十名水手，智慧的科学老人霍金斯，还有美丽纯洁的伊莎贝拉，都被无辜埋葬在海洋里，成了他们野心的牺牲。

过不了多久，这艘新来的军舰也明白了这里所发生的不可思议的事。对准我们的杀气腾腾的炮口落了下去，旗杆上升起了表示问候的旗帜。既然它们之间争夺的对象已经奇怪地消失得无影无踪，那么还有什么必要互相仇视，保持战争状态呢？

也许这两艘军舰上的船员们也为了一场预期中的恶战，能够如此意外地和平结束而感到高兴，他们甚至互相放出了三声表示致敬的礼炮。同时，这也算是在向无辜牺牲在这里的两只捕鲸船上的全体船员表示哀悼。然后，两艘军舰友好地并肩驶返北方的大陆。

我最后一次，将我哀伤的目光投向这一块波涛汹涌的洋面。在这里，留下了我几十昼夜的痛苦和焦虑，留下了我对美丽的伊莎贝拉和年老的科学家永恒的哀悼与怀念，留下了多少残酷的厮杀与罪恶的阴谋，留下了永远不可解的幽灵岛之谜。而这个谜，本来是可以被揭开的。

时光一年一年过去，我对伊莎贝拉的怀念不但没有丝毫减轻，而且愈来愈深刻、愈沉挚。每当我抚摸着她给我留下的唯一的纪念品，那个丝织的绣着圣母像的航海符（它成了我老年时唯一的安慰）时，我总不能相信：那个亲手绣制了它的美丽的人，已经永远离开了我，离开了人间。

我开始懂得：我失掉的是我全部的欢乐、整个的生命。我不敢说我对伊莎贝拉的感情是诚挚的爱情，这样说我感到是一种亵渎。然而我知道的是，我终生再没有爱过第二个女人。而心的创痛，无论风雨晨昏，永恒地陪伴着我、折磨着我。

祈求上帝早日给我以安息。

1959 年 8 月于长春

散　文

天池幻想曲

> 没有一个美的女儿
>
> 　富于魅力，像你这样。
>
> 对于我，你甜蜜的声音
>
> 　有如音乐漂浮水上。
>
> 仿佛那声音扣住了
>
> 　沉醉的浪花，
>
> 波涛静止了，
>
> 　和煦的风也轻轻入梦。
>
> ——拜伦《乐章》

我承认，去年夏天在长白山的旅行，的确是一次十分美丽而诡异的经历。

此时此际，当我提起笔来，一支美妙的旋律立刻在我耳边升起，带着全部魅人的和弦，敲扣着我的心扉。这是一支奇瑰的幻想曲，带给我的，不是"田园交响乐"①牧歌似的宁静；不是"荒山之夜"②狂欢般的激情；却仿佛是"森林神的下午"③序曲中，那倏忽变化的光与影造成的不可捉摸的意境。

缥缈的交响的音诗，扰人的困惑的精灵，那么难以捕捉，又那么动人心弦。

美丽的瑰奇的回忆，是幻想？是现实？是梦？是真？还只不过是我们生活中一段幽默的离奇的插曲？

这次难忘的旅行，是由剧作家老郑发起的。同去的有文艺界的一些朋友们。汽车从明月沟出发，一直奔驰在曲折的山路上。从前窗望出去，公路像一条白色的长蛇，蜿蜒爬行在群山丛中。有时公路穿入了茂密的林莽，时当盛夏，林木生长得特别蓊郁，汽车行走在里面，宛如走进了一座色彩斑驳的天篷。扑鼻而来的是一股沁人肺腑的潮湿的清馨。道上铺着厚厚的一层针叶，车身柔和地摆动着，车上的人仿佛是摇荡在一个绿色的梦里。

"长白山！"谁的声音？那么轻，仿佛只是自言自语地说了一声，而全车的人都被惊动了。原来汽车止穿出一座山口，从那空阔的方向望出去，在遥远遥远的西南天际，一座巍峨的雪峰，若隐若现地在乳白色的云雾中出现。从第一分钟起，它就以它巨大的庄严的存在震慑住了每个人的心。整座峰好像一朵闪闪发光的雪莲，不需要任何赞美的装饰，它本身就是大自然的一

---

①贝多芬的名曲。
②穆索尔斯基的名曲。
③德彪西的名曲。

个最完美的奇迹。一当我看到它，立刻有一种奇异的感觉涤荡着我的心胸，使我想到了童话里的魔山，想到了那神秘的超自然的力量。

剧作家老郑坐在我的身边，从他的眼里，我也看到了同样的迷醉。我禁不住问他：

"你在想什么？"

他眼睛没有离开那闪光的雪峰，沉思地回答我：

"我想到了亿万年时光的流逝，想到了伟大与永恒。对于我，他的白头是明睿与智慧的象征；他是时间的老人，是历史的活生生的存在，是过去、现在与未来的见证。几千年来人民的苦难，使他斑白了头发。每当我望着他，仿佛祖国整个的河山在向我讲话，叫我为她光荣的过去骄傲，为她幸福的今天自豪。"

他的话的确具有雄辩的力量，却没有唤起我心头的共鸣。

"不，我想到的不是老人，老对于她永远是不相宜的。每当我看到她，我的心就向往着光明，渴慕着青春。对于我，她更像是一位绝世容华的少女，雪峰是她头上的银冠，云雾是她身上的轻纱，她永远是那么害羞，不肯轻易将她的容颜显示给世人。冰清玉洁、亘古不变，正是她爱情的坚贞。她是四千万东北人民心头的骄傲，也是他们忠实性格的象征。在过去艰难的岁月里，抗联战士曾经用她来代表革命的忠诚坚定；在今天幸福的生活中，朝鲜族少女用她来代表爱情的始终不渝。"

正在我们谈话的时候，缠绕在峰顶的变幻莫测的云雾突然散开了，耀眼的雪峰，洁白中闪着清冷的光，轮廓清晰地落在蔚蓝的天空背景上，像一尊金刚石铸成的金字塔，愈加显得无限的纯洁、悠远、高贵。车里的笑语喧哗都静息了下来，在这崇高的完美面前，一切语言都成了亵渎，人们只能用沉默来领受，来礼赞。

这魅人的景象仅仅只存在了短短的一刹那，须臾，云雾重新合拢来，遮住了山头。

这瞬时的风云变幻，仿佛是自然为了偏袒我而故意安排出来的。看来在我与老郑的这场辩论中，自然本身是站在我这一边的。于是我抓住了机会对老郑打趣地说：

"忽阴忽晴，难道也是一个有着偌大年岁的白发老头儿的脾气？不，这完全是一个宜娇宜嗔的少女。"

"不，你不能否认照样也有性情乖僻的老人！"老郑立刻反驳说。看来，这是一场永远也不会有结果的辩论。

傍晚，汽车将我们送到了天池招待所的木屋前面。然而我们并没有住在招待所里，却在不远的苔地上自己扎下了营帐。一者因为我们来的人多一些；二者这样住也别有一番特殊的风味。

"江山如此多娇，引无数英雄竞折腰。"天池果然是多娇之地，每年不知吸引了多少著名的艺术家来此游历探胜。仅仅就在十几天以前，老国画家傅抱石、关山月刚刚离开这里，接踵而来的是摄影家吴寅伯、蒋齐生、黄翔。可惜我们来得晚了一些，没有能赶上诸君子的盛会，心头未免有些遗憾。

我和老郑住在一个帐篷里。当晚，大家旅途上都有一些疲累，而且还打算第二天一清早爬上山顶，在日出时观看天池的奇景，因此都早早地安憩了。我们还是第一次领略这高山露营的滋味，身下铺着的是又松又软的青苔，耳边传来松涛的吟啸和瀑布的轰鸣；从帐篷的缝隙望出去，三三两两的星光在眨眼，也分不清是天上的星星，还是其他帐篷里的灯火。此情此景，宛若是置身在天上的仙境。朦胧中，也分不清是梦是真，耳边传来了一阵悠扬的丝弦声。难道真是天上的仙乐？在静夜里显得分外柔美、分外幽远，一直将我们送入了甜蜜的睡乡。

第二天，向同行的人问起，才明白了昨夜里乐声的来历。原来是歌舞剧院的演员们比我们先一天来到了山上，她们要在这里排演一个新的关于天池的神话歌舞剧。然而在这样幽清的隔绝尘寰的高山顶上，即使有人告诉我昨夜听到的真是天上的仙乐，我也不会感到丝毫的奇怪。

清晨起来，走出帐篷一看，眼前是一片白茫茫的雾气。近处的帐篷，远处的树木，都影影绰绰地沉浸在雾里。看来我们一直担心的事终于发生了：上山后的第一天就碰上了阴天。我们早就听说过，长白山顶几乎终年都笼罩在云雾里，一年中只有夏季很少的几天能够看到太阳，也只有在这几天里，天池才会显出她那人间罕见的绝色。许多上山来的人常常都是乘兴而来，败兴而归。仿佛是忌妒的大自然故意用云雾的面纱来遮盖住天池的容光，不肯轻易让凡人窥见。

正当浓雾使得我们心灰意懒时刻，带领我们上天池的老向导来了。这是一位终身生活在长白山上的老猎人。看见我们郁闷不乐的脸色，老向导笑了。

"山上的天气，说阴就阴，说晴就晴。咱们还是先上山去。

虽然眼前的雾这样重，说不定一会儿太阳就出来了。要是等太阳出来了才动身，上山就不赶趟了。"

老向导的话使我们重新振奋了起来。因为这是上山后的第一个早晨，大家的兴致都特别高，听说还可能看到日出，不约而同地都愿意上山去。尽管雾气那么重，也没有一个人留下来。老向导在前面带路，大伙三三两两地跟在后边，一同向天池进发了。

攀上了二十里曲折的山路，穿越了低矮的岳桦和山茶林，踏过了高山草原地带石花、杜香、马兰的五色织锦，我们终于来到了长白山的绝顶。浓雾果然消散了许多，长白十六峰都各个显出了自己矫健的身姿。从我们站立的地方望去，左面是一只孤独的鹰隼，高傲的头颅举向苍穹，仿佛就要振翅飞去；右面是一片五彩的紫霞，似动非动、若即若离，仿佛就要随着浮动的轻雾一同飘向远方。从这栩栩欲动的孤隼、紫霞两峰中间望出去，明镜一般的天池静静地躺在我们的面前。这奇异的动态与静态，组成了宁宙间最完美的谐和。刚刚想要跟随着奇峰凌空飞去的心，刹那间又沉入了极度的宁静。

静，绝对的静，心灵的湖面泛不起半点涟漪。天池池水莹彻见底，山峰，巉岩，各个留下了自己的倒影，清晰得如同它们是生长在水底。湖畔四周也是那样的安静，白沙沙的火山浆浮石，盖住了一切生命的迹象，仿佛人世的纷扰从来就没有惊动过这儿永恒的梦境。恍然间，童话里的世界浮现在我眼前，我仿佛是来到了一块受魔法禁制的地方，一个被噩梦统治的王国。在这儿，生命停止了一切活动，连湖心里也找不到一根水草、一只小虫。被魔王禁制的应该是美丽的天池仙女，你看她云鬓半偏，星眼困倦，静息不动的胸膛已经使你察觉不出她的呼吸。如果不是那晶莹的明眸说明智慧的光还不曾在她眼里熄灭，那炙热的温泉说明生命的火还燃烧在她心中，你几乎会疑心她已经成了死神的俘虏。护守在她身边的十六位武士，也和她一同走入了永恒的高山的梦境。鹰隼在振翅欲飞的刹那，被魔法僵住了翅膀；紫云在飘离崖畔的瞬间，变成了冰冷的石头。

然而魔法并不能夺去湖女的美丽，反面给她的美罩上了一重冰冷的神秘的光辉。即使在没有阳光的时刻里，她也是那样慑迷人心。

她不是南国热情奔放的女儿，她有着一颗炎夏的心，却生成一副寒霜的面。七分娇美，三分傲慢，造就了她十分的魅力。我未曾见过她阳光中的姿容，然而眼前的天池，我已经叹为绝色。我很难想象出世上还能有凌驾于她的美。从同伴们的眼中，我也看到了相同的倾倒与迷醉。

不知不觉间，我们的心仿佛也跟随着湖女和武士走入了魔法的禁制里，沉浸在眼前浩漫无边的冰冷的寂静中。正在这时候，一支奇妙的歌声突然从湖上升起，像一股生命的泉水注入了我们每个人的心中。刹那间，只觉得整片的湖，整座的山，整个的宇宙，都应和着奇妙的乐音震颤起来。这是一支浏亮婉转的歌曲，歌词还听不清楚，然而歌声里充满了幸福的激情，那么欢乐！那么畅美！是在热烈地礼赞着生命，礼赞着春天。我们从眼前的梦魔中惊醒，心灵张开了希望的银帆，迎着歌声狂喜地飞去。

终于，歌词被我们听清楚了：

　　　　　"春风杨柳万千条，
　　　　　六亿神州尽舜尧。
　　　　　……"

原来是歌舞剧院的女高音歌唱家在歌唱毛主席的《送瘟神》。果然是春风吹开了湖上亿万年死亡的禁制，湖面舒展开来了，化成一个一个迷人的笑脸。不知是因为巧合，还是奇异的歌声的力量，萦绕在山顶的云雾完全敞开了，瓦蓝的天空显露了出来，朝阳的万道金辉如瀑布一般倾泻在湖上。刹那间，歌声、阳光、蓝天、高山的风，一齐涌向了我们的心头。已经辨不清究竟是何者的魔力，只觉得心在狂喜，在跳荡，整个地被欢乐的浪潮所淹没。这时再看湖面，竟魔幻般地呈现出了绚烂的七彩的颜色。仿佛是歌声里不同的音符撒落在湖面，化成了不同的色彩，孔雀蓝、琉璃碧、翡翠绿、玛瑙赤、葡萄紫……随着阳光的波动，色彩也愈来愈离奇，愈来愈绚烂，两只眼睛都有一些应接不过来了。如果不是此情此景就在眼前，我怎么也不敢相信世界上竟会有着这样一座七彩的湖。

晃眼间，也许是眼花了，环湖站列的十六位勇士都活了过来。孤隼展开了翅膀，正在冲天飞起；紫云离开了崖畔，轻轻向湖心飘荡。湖女从亿万年的沉睡中苏醒，笑容好像桃花，在她凛若冰霜的脸上渐渐地绽开，说不尽的千种柔情、万般娇态。我第一次窥见了天池妩媚的一面，果然是人间的绝色。我们每个人都如痴如醉，沉浸在眼前奇妙的景象里。

歌声继续在飘荡：

> "红雨随心翻作浪，
> 青山着意化为桥。
> ……"

是极大的欢乐，极大的自在，充满了人的骄傲。应和着歌声，湖在起舞，山在起舞，人的心也在欣欣跳荡。在我们眼前，峰峦之上，果然出现了一道华彩的虹桥，一直通向瓦蓝瓦蓝的晴空。在那儿，高高的天极上，飞翔着一切动心的憧憬与梦幻。

同来的老向导也在这绚美的景象面前呆住了。他啧啧连声地惊叹道：这一辈子上天池少说也有千百次了，从来也没有见过天池像今天这么迷人。

我自己也和老向导有着深切的同感。在这以前，我也已经三次上过天池。唯有这一次，我才真正懂得了天池的美。这是一切瑰奇的色彩的总汇，一切动心的旋律的交响；在这儿瞬息万变的风云会使你感到莫测与无常；而亘古屹立的雪峰、清澈明澄的湖水又会使你感到宁静与坚贞；在这儿，你能同时领略到宇宙中最纤细的美和最宏大的美，最冰冷的美和最温柔的美，魔鬼的美和仙女的美。

为了捕捉眼前瑰丽的湖光水影，同来的画家们各自找好了写生的位置，匆忙地将油彩涂抹着画布；摄影家们各自找好了取景的角度，一次又一次地按动着快门。而我，拙于没有一支灵巧的画笔，无法将眼前难忘的一切记录下来，然而湖上的景色和幸福的歌声也深深激动了我的情思，我顺手抓到一张白纸，匆匆地写了起来。老郑站在我的身边，还没有等我写完最后一个字，就将它一把抢了过去，也不征求我的同意，就向大家朗诵了起来：

湖 问

你，群山中静谧的湖，如此明澈！如此清莹！

你可是天上的明毓镜，自然的眼睛？

是什么时候，你从天外飞来？

可是那蛮荒的年代，混沌初开？

你的家可是瑶池的宫殿？

因为什么缘故，被谪贬在人间？

永恒的宁静，可曾引起你寂寞的忧思？

四季的变化，可曾使你觉察时光的流逝？

在漂泊的生涯里，我来到你的身边已不止一次，

你聪慧的心可还能记忆？还能相识？

尘埃永远不曾蒙蔽过你明亮的眼睛；

风雪永远不曾骚乱过你深邃的智慧；

你可能告诉我宇宙的奥秘，自然的法则？

在真理的园苑里，可容许我将你追随？

为什么你沉默不语？是你的心还留恋着瑶池的岁月？

还是这高山的清冷，高山的风已经使你懊悔？
告诉我，如果这不会引起你的感伤，
人间天上，哪一处更瑰丽？哪一处更美？

于是天池向我回答，用她轻轻颤抖的涟漪，
那是比口舌更能传达心意的语言：

"感谢你，诗人，
感谢你深情的心弦为我拨响的琴声。
但愿我静谧的胸怀
能够成为你心灵安憩的所在。
不过还要请你原谅，如果我的回音
只能给你沉思，不能给你安宁。

亿万年来，我静静地躺在山巅，
昼夜睁着双眼，从不知道疲倦，
为了体验与观察万物的演化：
日月的交替、星辰的运行、陵谷的变迁。

早晨我拥抱金色的骄阳；
静夜我默察银河的星光；
慧心人能由我眼里窥出整个的宇宙，
像一只金杯，盛满真理的琼浆。

在不同的季节里，我的水会减少或增加，
你的五官岂不是也在一年年的变化？
我们都在变，可贵的是：
我们在变中仍能彼此相识。

对于人生，亿万年早已超过了时光的极限，
然而为了寻求真理，永恒也只是瞬间。
寂寞与孤独对于我并不可怕，
渴慕知识的心并不依恋繁华。
何况我有时也能得到甜美的安慰，
幸福的人的歌声，能够使我的灵魂陶醉。
没有这长年不断的追求与探索，
愚昧的心灵又如何能领略这歌声的美？

天上的琼楼玉宇固然美丽，却只是清冷的宫殿；
而人间，到处有生命在活动，生命在繁衍，
对于我，哪儿有生命，哪儿就有创造；
哪儿有创造，哪儿就是乐园。"

当老郑朗诵完毕，歌声的余音也袅袅地在空际消失。从环湖的峰顶吹下来一股峭急的山风，湖面轻轻地滚过了层层的波纹，在白沙上发出了一阵喟喟的低语，仿佛真的是在向我的诗句回应。

在高山明池之间，我们度过了一个难忘的欢乐的早晨。

为了活跃旅途中的生活，我们和歌舞剧院的演员们决定在当天晚上举行一次小型的联欢。黄昏时候，我和老郑正躺在地毯上随便扯着闲话，等候着晚会开始，突然有两位不寻常的客人来到了我们的帐篷。山间的暮色降临得分外的早，室内这时只剩下了一层淡淡的微光。然而一当这两位客人出现在帐篷里，恰似从天上掉下了两颗最明亮的星星，顿时光彩四射，令人目眩神摇。我惊讶地发现站在我面前的是两位容貌十分美丽的少女。仅仅这样说还非常不够，在她们的美丽中更透出了无尽的聪慧和优雅。两个人身上都披着洁白的云纱，云纱下面隐隐约约地露出了一对好像翅膀似的东西，收敛在肩胛的背后。

她们一见到我们，立刻就率直地自我介绍道：

"我们是瑶池的仙女。"

声调温柔悦耳，宛若音乐一般。

"从你们的美丽，我相信这一点。"我回答。

说话的这一会儿工夫，我已经更仔细一些地观察了这两位不速的来客。其中一个身材稍稍高一些，看样子大概是姐姐。两个人容貌十分相像，都是同样的妩媚娇艳，简直很难判断出她们中间哪一位更美。不过可以看出来，姐姐更骄矜一些，而妹妹更温柔一些。

听了我的回答，妹妹的脸上泛起了一朵浅浅的笑靥，姐姐却不动声色地严肃地问道："今天早晨在湖边朗诵诗的是你们哪一位？"

"是我！"老郑从地上跳起来，彬彬有礼地回答说。

仙女向他点了点头，脸转向他继续说了下去：

"我们是西王母的女儿，从来没有一个人能够判断出我们姊妹俩究竟谁更美丽。

"在三百年前的蟠桃盛会上，太白金仙李长庚老头送给了我们一面神奇的玉镜。这面镜子说：我的妹妹比我更美。我一怒之下，将它扔下了瑶池，落到了人间。

"我为我的任性受到了惩罚，母亲要我下到人间找回这面镜子。我的妹妹不愿意与我分离，情愿陪伴我一同来到人间，经受这次谪沦。

"多少年来，我们跑遍了人间的山川。东面到过沧海，问讯过洪泽湖、太湖；南面去过高原，访求过洱海、滇池；西面上过昆仑，拜见过鄂陵湖、扎陵湖；北面进过草原，探询过呼伦池、贝尔湖；洞庭湖里我们濯过足；松花湖前我们梳过发；鄱阳湖畔我们玩过月；青海湖心我们荡过桨；风沙怀抱里的罗布泊也曾埋下了我们的足迹；从没有见过飞鸟的纳木湖也曾照临过我们的影子；牡丹江头的镜泊，会稽山下的鉴湖，都因为它们的名字引起过我们虚幻的希望；而烟雨空蒙的昆明池，晴光潋滟的西子湖，更险一些使我们将它们误认作是那面失去的玉镜。

"最后我们终于绝望了。我们找不到我们失去的镜子，谁也不知道它落到了什么地方。

"然而今天早上你的天池的诗篇传到了我们的耳中，重新燃起了我们心头的希望。我们相信它一定就是我们失落的那面镜子，它的家正是瑶池的宫殿，我们俩就是它的主人。我们这次来，就是希望能找到它，将它重新带回天上去。"

哦，原来还是那篇诗引起的事端。老郑用手指着我说：

"如果你们是因为这来找我，那么你们就找错人了。那首诗是他写的。"

这位仙女在和老郑谈话的整个过程，似乎根本就没有注意到我的存在，这时才矜持地对我微微点了点头。看来这问题现在是需要我来回答了，于是我对她们说：

"对于你们是瑶池的仙女这一点，我已经说过我没有任何的怀疑。然而你们能够用什么来证明这个湖的确就是你们失落的镜子呢？"

那位大一些的仙女立刻骄矜地回答我：

"正如同我们姊妹是天下一切女人中最美丽的一样，我们的镜子，也是天下一切湖泊中最美丽的。只凭这一点，我们就能找到它。"

果然是个自负的女人！我正想马上反驳她，老郑却用眼色制止住了我，自己回答了她们：

"好，明天早晨我们可以一同上山，如果你们能够判定这个湖的确是你们失落的镜子，你们当然可以将它带回天上去。"

我一听，这怎么行？他竟爽快地答应了她们！"不……"我刚刚开口想说"不行"，老郑又用手狠狠地扯了扯我的衣服，意思是不让我说下去。我急忙中只好改口道：

"不过……今天晚上希望你们能留在我们这里做客，参加我们的晚会，看看我们的歌舞。"

妹妹脸上露出了欣然的神色，看来她十分愿意接受我们的这个邀请。然而骄傲的姐姐拒绝了，她冷冷地说：

"人间的歌舞怎么比得过天上？"

看来我们只有送客了。突然，姊妹俩看到了我们帐壁上挂着的那一幅放大的天池照片。这是前几天下山的摄影家吴寅伯留给我们的礼物①，我十分喜爱它流畅、灵动的构图，从正面取景，却又有一些不涉呆板。

"你看，形状一些不差，正是我们失落的那面镜子！"姊妹俩爱不忍释地将照片捧在手里，"这一下我们总算找到它了。"

看见她们非常喜爱这张照片，老郑竟也不征求我的同意，就慷慨地将它送给了她们。看来这桩礼物是那样投合她们的心意，连矜持的姐姐也向我们表示了感谢。然后两姊妹向我们行了一个人间的告别礼，说了一声"明早见"，身影宛若惊鸿一般，在我们眼前翩翩地消逝了。

一当两位仙女离开了帐篷，我的怒气立刻向老郑爆发了：

"刚才你为什么几次三番地不让我讲话？你怎么能够答应她们？如果这座湖真是她们失去的镜子，她们可以将它带回去呢？难道你没有注意到她们的狡猾吗？"

"什么狡猾？"

"根据你所同意的条件，她们可以不用任何证明，只要这个湖真的是人间最美丽的湖，她们就可以将它当作自己失落的镜子，带回天上去。"

"这又有什么值得大惊小怪的？我不懂。"

"你不懂，你不懂！难道你不知道，或者是你不相信：我们

---

①这幅照片后来曾经发表在 1961 年 11 月的《人民画报》上，读者若有兴趣，可以参看。

的天池是天下所有湖泊中最美丽的吗？"

"我不仅是相信，而且在我的作品中已经不止一次地写到过这一点。"

"那么你岂不是眼睁睁地看着她们这两个骗子将我们的天池带走？你有什么权力这样做？"我更加发起火来。

"第一，她们不是骗子，而是美丽的仙女；第二，她们绝不可能将这座湖带走。"老郑不慌不忙地回答。

"哦，原来是这样：不是骗子，是仙女。"我恍然大悟地说，"原来你是爱上她们中间的哪一位了，想把天池当作礼物送给她们。我看她们不但一定会把天池带走，而且还会把你也给带走。我决不允许，明天早晨我要和你一起上山。"

"那太好了，在这场赌赛里，我正愁找不到一个证人哩！不过现在我不能和你闲扯了，为了明天早晨上山，我还有一些小事要安排哩！"

看来我的话丝毫也没有放在老郑的心上。也许是他根本就没有真正相信这个神话，哪有这样的神奇的力量，能够将这座湖从人间移走？然而对于今天的事，我却一丝没有产生怀疑。我觉得，在天池这样一个远离尘寰的瑰奇的环境里，如果没有这种事情发生，才真正值得奇怪哩。

在晚间的联欢会上，老郑一眼看见了女高音歌唱家林又君，就满面含笑地向她走了过去。我本来也想走上前去，感谢她早上的歌声给了我们那么愉快的享受。然而看样子这时候老郑有一些不愿意我在他的身边，于是我自个儿走开了。

第二天清晨，两位仙女又翩翩地来到了我们的帐篷。透明的轻纱上还闪烁着一颗颗珍珠般的朝露。也许昨天夜晚，她们就憩息在天池的岸边。

姐姐的眼里闪露着胜利的微笑，看来她已经十分有把握就在今天找回她丢失的镜子。妹妹却温柔地体贴人心地对我说：如果她们今天果然找到了失去的镜子，那么首先应该感谢我的诗句。

我和老郑陪伴着这两位天上的姊妹，沿着昨天上山的道路，向天池顶峰进发。一路上大家很少交谈，心情都沉浸在一种奇怪的期待的激动中。要知道，我们即将面临的毕竟不是一次平常的经历啊。

当幽静的湖泊在晨曦中又一次呈现在我们眼前的时候，刹那间老郑自己也惊呆了。看来他也开始感到了他的这次行动的鲁莽，懂得了他即将面临的是一场多么巨大的冒险。难道在我们面前躺着的，不正是一面神光离合的镜子吗？湖上没有一丝波纹，薄薄的一层水雾，仿佛是镜中的烟云，梦一般的缥缈、轻灵。

这时，耳畔传来了姊妹俩品评的语声：

"对，这正是我们的镜子，你看它那粼粼的清冷的波光，当年正是它照临咱们晨晓的梳妆，在瑶池的水晶宫殿里。"姐姐说。

"对，这正是我们的镜子，你看它圆圆的镜身，好像团圆的十五的月亮。"妹妹说。

"不，这不像是我们的镜子，"妹妹突然发生了怀疑，"你看它的西南角上缺损了那么大一块。"

"不，它正是我们的镜子，你看，那缺损的一角正是它跌落下来时，在玉柱峰岩石上碰坏的。"

看来一切都对我们不利。再过一会儿，她们就会将天池当作自己的镜子，携出人间去了。

耳边继续传来两姊妹惊喜的叫声：

"它是我们的镜子！鄂陵湖是蓝色的湖①；扎陵湖是青色的湖②；然而它是七彩的湖，世界上没有一个湖比它更绚丽！"姐姐说。

"它是我们的镜子！太湖的波光固然清莹；洱海的湖心固然明澄；然而有水草杂生在它们的胸怀，有游鱼惊扰它们的平静，不像这湖的慧心如此明净，清澈见底，纤尘不染。它是人间最清亮的湖！"妹妹说。

"它是我们的镜子！西子湖的娇媚，昆明池的娟秀，都曾经使我们着迷，然而它们雕琢的痕迹毕竟太多，人间的媚气毕竟太重，不如这湖的风韵天成，优雅自然。它是人间最幽美的湖！"姐姐说。

"它是我们的镜子！鉴湖的倒影的确美如画图；镜泊的返照更是银光万顷；但是都不如这湖的空相玲珑，在它的湖心里，云随天转，斗移星换。鉴湖、镜泊只是人间的镜子，而它，是天上的镜子！"妹妹说。

"没有任何疑问，它是世界上最美丽的湖，它是我们丢失的

---

① 鄂陵湖，藏语意即"蓝色的湖"。
② 扎陵湖，藏语意即"青色的湖"。

镜子。"姐姐胜利地叫出来，仿佛已经得出了最后的结论。

正在这时候，那昨天曾经震颤过我们心弦的歌声，又重新飞了起来：

> "春风杨柳万千条，
> 六亿神州尽舜尧。
> ……"

突然，眼前的一切都改变了模样，浓雾散开了，金黄的阳光照射到水波上，湖心顿时出现了倏忽变化的七彩的画面。天池冰冷的面容一下子变得那么柔和，那么妩媚，整座死寂的湖刹那间具有了无限奇妙的生命。仿佛一位绝色的美女从沉睡中苏醒，披着五彩的轻纱，在阳光下翩翩起舞。忽聚忽散的淡淡的烟云，正是她身上随风飘动的衣袂。

两姊妹开始感到了疑惑，迷惘的表情出现在她们的脸上。

"慢一些，这不像是我们的镜子，我记得它并没有这么妩媚。"

"的确，它的面庞没有这么温柔，我记得。"

"这不像是我们的镜子！我们的镜子能够纤毫毕现地反映出我们的明眸皓齿，却不能赋予它们以生机。这湖却不，我们的面容在它明媚的湖光里变得更加柔和、更加俏俊；我们的眼睛也焕发出了梦寐的光彩。天呀，我从来不知道我有这么美丽！"妹妹惊叹地说。

"这不像是我们的镜子！当我们哭时我们的镜子也哭，我们笑时我们的镜子也笑，它却不能改变我们的心情。这湖却不，上山时我还觉得自己的心意十分烦躁，现在面对着它的澹澹碧波，我觉得我的心也变得和它一样明澄清静了。"姐姐感动地说。

"这是爱人的湖！"

"这是生命的湖！"

"我们的镜子是天下最美的湖，然而这湖比它更美！我们差一些就认错了，这不是我们的镜子。"

两位仙女终于走过来向我们表示了感谢和歉意，并且说她们马上就要离开这儿。我注意到她们说话的时候，仍然恋恋不舍地偷偷地回顾了几眼这梦幻一般美丽的湖面。

我们诚恳地向她们致意，为她们终于没有找到自己的镜子而惋惜；同时，也真心地挽留她们再在我们这儿玩上几天。

"不，我们必须回去了。"姐姐依然矜持地说。

"妈妈还在等着我们的消息哩！"妹妹温柔地补充。

两姊妹都有一些失望和惆怅，我们目送着她们翩翩下山去了。

忽然，她们又站了下来。

"我们这样回去，妈妈怎么会相信呢？"

"尤其是我们带回了这张照片，她一定会说这个湖正是瑶池的镜子。我看还是把它留在这儿吧！"姐姐一面说，一面拿出了我们送给她们的那张天池的照片，打算重新归还给我们。

"这一点好办！"我笑着说，"我和你们一起下山去，我将再送给你们一件礼物，你们的妈妈看见它以后，决不会再责备你们。"

我们一同回到了山下的帐篷，将我答应送给她们的礼物交给了她们。这是一轴国画图卷：傅抱石先生画的天池图，是老画家在离开吉林时留下来的。两姊妹将它轻轻展开，出现在我们面前的又是一幅绝妙的天池图画。乍看去，它与照片上的天池是那么形似，然而细细观赏，才觉得神光离合，别有一番美丽深远的神韵。它是天池，却又不完全是天池，只感到它比平常的天池更缥缈、更妩媚、更美。真令人不能不佩服画家奇妙的笔触，在那最美妙的一瞬间，将天池魅人的神态捕捉了下来。

"有了这幅画，妈妈不再会说这个湖是她失落的镜子了。"

两位仙女卷上了图画，快乐地告辞走了。

不过，我突然想起了一件事，又赶紧叮嘱了她们几句："还要麻烦你们中途将它送回来一次。不久以后傅抱石先生要在北京举行长白山写生画展，他很希望这幅画也能去参加展出。"

当仙女们走了以后，我用力地捅了老郑一下：

"鬼东西，这一招是你事先就想出来的吗？我真服了你。"

"这又有什么？我不过是对于我们的天池是世上最美丽的湖没有信心罢了。何况我还打算把这个湖当作礼物送给她们。"

说完，我们都大笑了起来。

这时，老郑怀着对那美妙歌声的无限感激，恳挚地对我说：

"其实，这个想法又何尝能凭空地从我的心里生出来？一切只是由于昨天早晨那奇妙的歌声给了我启发。在这次上山以前，我已经不止一次上过长白山，我一直以为天池的绝色早已留在我的心中了。不料昨天早上，当那奇妙的歌声升起来的时候，天池刹那间变得几乎使我认不出来了。这简直是不可思议的事，我才第一次懂得了自然的景物原来也并不是死的。幸福的人的歌声能够赋予它以生命。这种具有生命的美是任何自然的美根本无法比拟的。所以当昨天晚上两位仙女提出这个湖可能是她们失落的镜子的时候，我毫不犹豫地答应了她们：只要她们能肯定这湖的确是她们的旧物，她们就可以将它带走。并不是我不相信这湖是人间最美的湖，而是我坚定地相信：如果它果真是瑶池的镜子，那么幸福的人的歌声也能使它变得更美，使它具有奇妙的生命的光辉。那时候即使是天上的仙女也不能辨识出它本来的面目来。因此我昨天又邀请了歌唱家林又君，请她今天早晨再为我们唱一次那支幸福的歌曲。结果你已经看到了，人的理想终于得到了胜利。"

听完他的话，我沉思了一会儿，说：

"其实细细一想，这也并不是不可思议的事。道理很简单，不过是主观与客观的契合罢了。只因为那歌声里幸福的旋律唱出的正是我们每个人心头的感情，它首先就在我们的心中激起了深深的共鸣，使我们自己的眼睛里带上了欢乐的虹彩。在这种虹彩里，自然界的景物当然也就具有特殊的生命和光辉了。"

他点了点头，同意了我的话。忽然，我们都同时发觉到：自从出发旅行以来，这还是第一次我们在意见上取得了一致，没有发生矛盾。两个人不禁都笑了起来。

这就是去年夏天，在长白山顶发生的美丽而诡异的故事。当我回来后和朋友们谈起这件事的时候，大家都不相信。在这现实的世界里，哪有什么瑶池？哪有什么仙女？然而这一切又的确是我亲身的经历，我绝没有说一个字的谎话。无论朋友们相信也好，不相信也好，这件事本身依然在我心中留下了一个最美丽的回忆。唯一使我感到遗憾的是那两位仙女又重新回到了瑶池。难道说她们到过了天池以后，还舍得重新回到天上去？我实在有些难以相信。

今年春天，我有事到通化去，恰好赶上了歌舞剧院在那儿巡回演出。在节目中有一出舞剧，名字叫作《天池仙女》。由于天池在我心中留下了那么难忘的意念，这出舞剧自然也就特别吸引起了我的兴趣。当舞剧进行了一小段，轮到两位独舞者出场的时候，我几乎不敢相信自己的眼睛了。你们猜我看到了什么？决不会弄错，在舞台上翩翩起舞的正是我曾经在长白山顶相会过的那两位绝色的仙子。看来果真是两位仙子自己舍不得离开美丽的人间，终于留了下来。她们的舞姿是那么轻灵、优美，绝不下于她们容貌的美丽。果然是天上的舞蹈不同于人间，一段小小的独舞，就给了我从未有过的最大的艺术上的满足。难怪那一天我在谢幕时听到了观众热烈的掌声，一遍又一遍像海涛起伏；无数由衷的赞美飞到了我的耳边：

"跳得真好，简直像真的仙女一样。"

我心里不禁暗暗有一些好笑，有谁会猜到她们真的是天上的仙女呢？

当时，我的思路完全被两位独舞者带进了美妙的艺术境界里，竟一点也没有觉察到：舞台上表演的正是我和老郑在天池的那段诡异的经历。而且由于天池的情景还依然留在我的眼前，我竟忘记了自己是在看戏。直到散戏以后回到招待所，躺在床上细细一想，我才感到事情有些不太对头：这一切怎么可能呢？我的亲身经历怎么会跑到舞台上去了呢？刹那间，我终于恍然明白了：原来这一切都是老郑搞的鬼，是他把我拖进了他的舞剧的排演里，天池上发生的一切都是他事先安排好了的，我竟在不知不觉间受了他的摆弄。

明白了这一点以后，我心里不禁又好笑又好气。一当我从通化回来，立刻找到了老郑，向他提出了抗议。老郑躲开了我激愤的攻击，笑着说：

"这件事你只猜对了一半。舞台上现在上演的舞剧的确是我写的。然而真正的编导不是我，而是我们大家，总的导演应该说是美丽的天池。故事的发生并没有丝毫事前的安排，一切都是由于你的诗句自然引起来的。听到了我朗诵你的诗篇，两位扮演仙女的舞蹈演员自己突然想到了跑来和我们开这样一个玩笑，而我也突然想到了早上的歌声，于是就答应了她们……你看，一切都这样自然地发生了。"

听完他的解释以后，我才知道事情原来竟是这么的简单。几个月来一直笼罩在全部事件上的神秘而瑰奇的色彩，刹那间都恢复了本来的真实的面目，心里却未免因此感到了一些隐隐的遗憾。然而有时候我依然还相信这是一个真实的美丽的神话。因为我确实相信：在天池这样一个瑰奇的地方，什么古怪的事都是可能发生的。

斯特凡大公在马背上

　　八月，摩洛多瓦的丘陵与田野在溽暑中困倦欲睡。到处飘散着醉人的葡萄的芬芳，仿佛空气都浸透了甜汁。

　　种子在子房中孕育，生命在孢子中繁衍。美丽的摩洛多瓦大地，她那处女般新鲜的葱翠已经不知不觉间转化成了妇人般成熟的深绿。连她的外廓也像怀孕的母性一样：曲线滚圆而丰隆，安详地躺卧在一种喜悦的期待之中。

　　汽车在田野上奔驰，向着西方，追逐着斜阳的余晖。

　　诗人严辰、青年作家刘心武和我，刚刚结束了对钢铁城市加拉茨的访问，在罗马尼亚著名作家迪米库陪同下，前往文化古城雅西。一路上，古老的摩洛多瓦原野，以它独特的魅力使我们迷醉：金色的教堂的尖顶，花园般的农村小屋，修道院的爬满常春藤的高墙，古堡的废墟……处处是丰富的色彩，是悠久的历史，是灿烂的文化。

　　一片开阔无垠的丘陵展开在我们面前，蓝色的天空笼罩着苍茫的大地，无际无涯，无始无终，我们的汽车不过是广袤的宇宙中一只渺小的向前爬行的甲虫。

突然，前方的天空背景下，出现了一个小小的黑点，正向着我们飞来。

近了，近了，黑点愈来愈大，轮廓也愈来愈清晰！我们终于惊奇地发现：迎着我们飞驰而来的，是一头魁梧暴烈的骏马，马背上驮着一位威武庄严的骑士。骏马昂首扬蹄，座座小山与丘陵在它的蹄下一闪而过。

这威严的青铜骑士是谁？在天空与大地之间，在过去与未来之间，横绝万代，睥睨八荒？

作家迪米库显然已经看见了这尊铜像，指着他充满崇敬地喊出："看，斯特凡大公！骑在战马上！"

原来我们已经来到了向往已久的瓦斯卢易古战场——500年前斯特凡大公率领摩洛多瓦的勇士打败了土耳其人的地方。

斯特凡大公骑在战马上！这句无意中喊出来的话，不禁使我的心怦然而动！斯特凡大公，这位曾经捍卫了摩洛多瓦民族的独立与尊严，使她免受奥斯曼帝国奴役的民族英雄，直到今天也仍然没有跨下征鞍，仍然在日夜警惕地守卫着自己的国土，提防那来自东方，来自北方，来自西方，来自南方的一切强盗的侵犯！

汽车向着铜像矗立的小山驶去。我们要向这位伟大的罗马尼亚民族英雄，献上中国人民和中国作家的敬礼。

说来也巧，仿佛是大自然有意要为我们安排一场威武的演出，就在这时，从我们的身后传来了隆隆的雷声，大地应和着发出隐隐的震动。一朵巨大的砧子状的积雨云从东方天空升起来,须臾,乌云密布,狂风陡起,黄色的尘土在田野在道路上飞旋,把天空和大地搅成一团混沌。旋风狂暴地驱赶着太阳的最后几缕光线,一切都昏暗了下来,仿佛黑夜突然降临。接着,整个宇宙都陷入了疯狂,天空被枝丫般的闪电撕成块块碎片,大气似乎已经承受不住漆黑的云块的重量,眼看就要大块大块地崩坍下来。就在这极度紧张的令人喘不过气来的时刻,暴雨降临了。一股潮湿的泥土味带着凉气扑进车窗,刹那间,只觉得山呼海啸,地动天摇。奇怪的是,在这片宏伟的动荡与喧嚣里,人的心反而安静了下来。

在暴风雨疯狂地扫荡一切的威力面前,万物似乎都已经降伏,都已经俯倒在地,静息无声。突然电光一闪,黑暗中跃出了那位跨着骏马的巨人,战袍飞扬,宝剑挥舞,两眼闪射着火焰,迎着暴风雨冲杀上来。这时在我的耳边,仿佛传来了千军万马的呐喊声、搏斗声。惊心动魄!

胜负很快就见了分晓:雷电在勇士面前闪开了道路;暴风在勇士面前收敛了威力;浓黑的乌云挟带着狂风骤雨、电闪雷鸣,仓皇地向西方逃去,在远方的森林和田野上空,发泄它的愤怒,狂乱地倾泻着黑色城墙般的瓢泼大水。而在我们的头顶上空,瓦蓝瓦蓝的天空已经露出了一角,闪射着诱人的蓝宝石般的光彩。

夕阳的光辉重新照射在大地上,青草上的水珠像亿万颗珍珠在闪烁。斯特凡大公身上被淋湿的战袍,这时也焕发出古铜色的光辉。也许是错觉,我似乎在他庄严的脸上窥见了一丝欣慰的笑容。

我们步下车来，怀着景仰的心情，在黄昏的余晖里，迈上了高高的石头的台阶。

斯特凡大公的铜像，建立在一座名叫波督思那特的高高的山坡顶上。整个小山，是一座完整的由洁白的大理石阶梯、台座和石坝，青松、草坪和花圃组成的美丽的建筑群，巨大的石级从山脚一直铺到山顶，顶上是一块几十平方米的宽阔石坝，四周围绕着石雕的栏杆。铜像连同它的台基就矗立在这片石坝上。

全部雕塑是在 1975 年为纪念瓦斯卢易战役五百周年而建造的。完成它的是罗马尼亚著名的雕塑大师斯特凡涅斯库。雕像本身高达 7 米，大理石台座高达 8 米，矗立在山坡上十分巍峨壮丽。斯特凡大公形象生动雄伟，两眼威严地凝视着前方，胯下的战马两只前蹄已经高高举起，正要驮着大公去进行一次新的征战。

当我们沿着台阶缓缓登上山顶，来到铜像的面前，才发现铜像所在的这座小山的地势原来是这一带最高的。站在铜像前俯视山下，丘陵、田野、河流、道路，一览无余，历历在目。我们不禁深深佩服设计师的匠心。当我们向迪米库同志表示了这一点赞美的时候，他笑着摇了摇头："不，这不是设计师的主意。我们现在站立的这个山顶，正是当年斯特凡大公亲自指挥瓦斯卢易战役的将台。"

原来如此！知道了这一点，更增添了我们心中蓬勃的游兴和怀古的幽思。我们站在台座前，遥想 500 年前，斯特凡大公全身披挂,挺立在这儿,面对着数量上数倍于自己的强大的敌人,从容若定地指挥了一场震动整个欧洲的胜利的战役,怎不令人心神振奋、豪情满怀!

我们不难想象出当年的悲壮的情景:越过波督思那特山,前面就是摩洛多瓦公国的首都雅西。如果放过了敌人,就等于宣告摩洛多瓦公国的灭亡。这是决定民族存亡的一战!

山岗之上,在大公身后,是8万亲爱的摩洛多瓦子弟兵,他们个个都是雄鹰,但是他们缺少必要的武器。而在山坡之下,却是由苏里曼巴夏率领的20万装备精良的强大的奥斯曼帝国的战士,戈矛蔽天,盔甲耀日,战列威武,鼙鼓震天,正在一往无前地进军。

敢不敢打这一仗?在强大的敌人面前是动摇逃跑,还是决一死战?这需要多么巨大的勇气、多么巨大的决心、多么巨大的胆略啊!

战,是8万对20万,不但兵力相比,差距悬殊,而且在武器装备等方面也处于劣势,这些意味着的也许是全军覆灭!

投降,那就是全部答应敌人可耻的条件:将白堡、基利亚等城市割让给敌人;将大量的羊毛、金银、木材、葡萄酒供奉给敌人享用;将无数摩洛多瓦美丽的少女,送给敌人蹂躏。

不,宁愿站着死,决不跪着生!斯特凡大公在狂妄不可一世的敌人面前,毅然决然地发出了气壮山河的冲锋令。他自己和美丽的王后不顾生命的危险,坚持和战士们一起战斗在最前线。

战斗以空前残酷的肉搏进行着!

最后，战局的优势出乎人的意料之外，竟然转向了弱者，同时也是正义之师的一边！

土耳其人全军溃败，遗尸遍野！

苏里曼巴夏丢盔卸甲，狼狈逃窜！

直到今天，瓦斯卢易肥沃的大地下面，还不知埋葬着多少侵略者的尸骨和盔甲！

在我们眼前，暴风雨过后凌乱倒伏的草木，还能使我们想起当年侵略者溃败后的狼藉景象。

我站在铜像前，面对着瓦斯卢易古战场，缅想着一个伟大民族的历史！

此时此刻，伟大的统帅——斯特凡大公分明是站在我的身边。

500 年前在悲壮的战役发生前的一刹那，大公所面临的艰难的决策，今天也同样在我的心里产生着尖锐的斗争。

我低声向大公发问："请告诉我，伟大的斯特凡，当你率领 8 万勇士向 20 万敌人发起进攻的时候，你可曾想到过：你的队伍很可能会在这场战斗中全军覆没，你自己也很可能在这场战斗中死亡？"

我听见斯特凡在向我回答："是的，我想到了死亡，但不是我的死亡，而是一个民族的死亡！如果我接受了可耻的投降的条件，我可以苟活，还可以继续做大公，但摩洛多瓦民族无法再生存下去！

"不，我可以在战场上死亡；玛丽亚王后可以在战场上死亡；我的勇士们可以在战场上死亡；但摩洛多瓦民族可以因此而得救！"

"你每天高高站立在山岗之上，守卫着祖国的疆土，当风暴和雷霆有时来侵袭，你可曾感到过畏惧？"

"每天，我眼望着黑云从东方来，从西方来，更多是从东方来，我从来没有感到过畏惧！你已经看见，风暴的威势有时也确实吓人，但只要我还在我的岗位上，我就要向它迎过去，和它战斗！你要记住：每场风暴之后，总是一个蓝天！我永远是我，罗马尼亚永远屹立不动！任何人也不能征服它、奴役它！"

"你可曾有过感到孤独的时刻？"

"不，我不是一个人！你看眼前的田野里，到处都埋葬着我的勇士，他们的骨头化成了祖国的山岳，他们的血液化成了祖国的河流，他们的肌肉化成了祖国的土地！一旦敌人敢来侵犯，他们都会从大地里复活，重新拿起武器，和我的人民一同战斗！"

"谢谢你，大公！最后，关于这次伟大的战役，你还能对我讲些什么吗？"

"瓦斯卢易的胜利，向全世界揭示了一个真理：一个国家，无论多么小，只要她是为正义和民族生存而战，就是不可战胜的！

"我的祖国是一个小国，一千多年来，有过多少强盗觊觎我们肥沃的土地：奥斯曼帝国的巴夏从南边来、从海上来；沙皇俄国的哥萨克从东方来、从北方来；奥匈帝国的骑士从西方来；罗马尼亚始终还是罗马尼亚！而且我要告诉每一个今天还想侵犯我国主权的人，还想觊觎我国领土的人：从现在直到将来，无论什么时候，罗马尼亚也永远还是罗马尼亚！"

　　我纵目远眺眼前这片美丽、肥沃的土地，心头激情澎湃。从古以来，这片土地就属于罗马尼亚人民！在这儿诞生、养育的，永远是自由的子孙。这儿曾经诞生过伟大诗人爱米涅斯库和阿尔盖齐；诞生过伟大的作家克里昂加和萨多维亚努；诞生过伟大的戏剧家卡拉迦列和约纳斯库；诞生过伟大音乐家波隆贝斯库和西利比亚克；诞生过伟大艺术家格里高列斯库和布伦库西；诞生过伟大统帅德切巴尔和斯特凡；诞生过伟大的政治家库查和米哈依！这是一个多么值得骄傲的民族啊！

　　漫步在开阔的石坝平台上，一开始，我只有一些为它的规模巨大而吃惊。我曾经见过许多雕像，还从来没有看见过一块这样大面积的基座平台。

　　然而当迪米库同志向我们解释了所以需要这样宽大的平台的原因之后，我才恍然大悟，又不自禁地为罗马尼亚艺术家的出色的匠心而叫好！

　　原来人们到这里来，还不仅仅是瞻仰斯特凡大公的铜像。每逢重大的民族节日，罗马尼亚的艺术家们还要到这里来举行盛大的露天歌舞演出。现在还是寂无一人的空荡荡的波督思那特原野，每到节日演出的时候，四乡的人民都会聚集到铜像周围来，这里将会出现万头攒动、摩肩接踵的盛况。

　　整座平坝就是舞台，四角的石座是为了安装聚光灯之用。在这儿演出的节目都是以当年的战役为背景，歌颂英雄的罗马尼亚人民和统帅抗击侵略者，捍卫民族独立的作品。古战场变成了剧场，观众身临其境，能增强艺术的效果，更生动地向人民进行爱国主义的教育！

从这个别出心裁的剧场，我深深感到了罗马尼亚的艺术是如何懂得深入群众！

斯特凡大公在马背上，这样一座激动人心的雕塑，我们不但能在瓦斯卢易战场上看到，而且在雅西的文化宫广场，在布加勒斯特的历史博物馆，在罗马尼亚国家艺术宫，在每一座城市的街心和公园，我们都可以看到它们。它们不仅仅出现在雕塑上，而且还出现在绘画上、民间工艺上。

罗马尼亚人民热爱斯特凡大公，就是热爱祖国的独立与统一；就是热爱民族的自由与尊严；就是热爱自己过去的光荣历史；就是增强人们心中的民族自豪感和自信心。

站在斯特凡大公的铜像前，我不由黯然想起了在"四人帮"横行之时，对我国民族的灿烂历史所采取的虚无主义的态度。全国960多万平方公里土地上，何曾见到过一件纪念我国历史上的民族英雄或伟大人物的塑像？"文化大革命"前，在武汉的东湖岸边，曾经树立过一座伟大诗人屈原的塑像，在"文化大革命"中毕竟还是被"砸烂了狗头"；在杭州的西子湖畔，曾经保留过一座民族英雄岳飞的坟墓，在"文化大革命"中也同样遭到了连根刨掉的命运……

呜呼！如果像那样的黑暗年代再继续下去，我真怀疑会有那么一天，我们的孩子将根本不知道我国五千年的光辉历史。什么可歌可泣的事迹？什么惊天动地的英雄？一言以蔽之：帝王将相，才子佳人，统统滚蛋！倒也确实干净。

其实这种做法古今都有，并非"四人帮"的专利发明。每当统治者需要奴隶俯首帖耳、驯服听命、永不造反时，就一定会首先采用此法：叫他们忘记自己还有祖宗。

一个民族只有懂得尊重自己的历史，才有伟大的未来！才能骄傲地自立于世界民族之列！

1979 年 9 月于长春

附　录

名家论鄂华·鄂华谈创作

晓　方

　　鄂华是在中国现代文学发展道路上留下鲜明、独特印迹的文学大家。香港《文汇报》的一篇文章中写道："五六十年代的青年和大学生几乎无人不熟悉、不喜爱他的作品。"打倒"四人帮"以后，他的《盗火者的足迹》《翼王伞》《爱因斯坦传》等又影响了整整一代青年人①。

　　遗憾的是近一二十年来，他多数时间都在海外潜心致力于他的长篇史诗的著述，今天的许多青年人对他的作品已经不是很熟悉了。在建国六十周年前夕，这套经典文丛的出版，多少弥补了一些这个缺憾，对于今天的年轻读者来说，无疑是一大

---

　　①《盗火者的足迹》1982年出版后，共青团中央即向全国青少年推荐它为必读书目。

　　《爱因斯坦传》2001年出版时，北京大学附中校长赵钰琳，清华大学附中校长赵庆刚，复旦大学附中校长曹天任，以及霍懋征等其他著名教育家联名向全国中小学生推荐。

幸事。

　　按照文丛要求，每一部入选的作家的文集，都要附一篇评论作家作品的文章和一篇作家谈自己创作的文章。鄂华先生目前工作很忙，一时无暇顾及此事。由于我参与了《鄂华文集》的编选工作，他就将这个任务交给了我。我诚惶诚恐，评论鄂华先生的作品绝非才疏学浅的我所能完成的。所幸的是，我在编选过程中接触了大量的有关鄂华作品的评论文章，以及鄂华谈自己创作的文章，我只要从其中摘选出一些有分量、有代表性的来放在一起，也勉强可以算是完成任务了。虽然不免有管中窥豹之嫌，却也聊胜于无。何况有鄂华的作品在前，存在本身就是最有力的证明，任何评论反而显得是多余的了。

一、名家论鄂华

　　香港《文汇报》1997年12月1日以整版篇幅发表了该报记者对鄂华的专访。通栏标题为："鄂华，文坛上的盗火者！"

　　三栏副标题为："初登文坛即被周扬、茅盾誉为独具特色的一枝'鲜花'！"

　　"五六十年代的青年和大学生，几乎无人不熟悉、不喜爱他的作品！"

　　"作品以瑰丽诡异的风格和深沉博大的人道主义精神享誉海内外！"

　　文章说："在茫茫无际的宇宙中，弥漫着黑暗和死亡。只有地球上存在着生命和人类，它是整个宇宙的奇迹和骄傲。今天虽然它还只是一粒星星之火，在宇宙深处默默地燃烧，但必将有一天它会发展蔓延，征服星球间惊人的距离和永恒的死亡，使伟大的物质进化过程在每一个黑暗的王国里都取得胜利，使整个宇宙都被辉煌的生命之光所照耀。可是人啊！为什么你们不懂得珍惜生命的价值？为什么你们要在发展的进程不断地进行自我毁灭？"

这是鄂华 1957 年 7 月在小说《天文学家的梦魇》里写的一段话。当时国内正在大张旗鼓地对右派分子进行批判，鄂华没有参加这个批判，却在作品中呼吁人类应该珍惜生命的存在，不要自相毁灭和摧残。在采访中鄂华对我说："人类战胜自己的疯狂要靠理性，文学的使命是呼唤人类的良知和理性。用真、善、美的理想去塑造人类和世界的未来，实现人类社会真正的大同。"

从成名至今，鄂华著述等身，他始终像一个冷静的智者，站在宇宙和未来的高度，关注我们这个纷纷扰扰的星球。1958年"大跃进"的浮夸风吹遍中国大地时，他在小说《新闻的尊严》中对新闻的撒谎和吹牛进行了入骨三分的讽刺；1962 年全国上下学习《语录》，把个人崇拜推到登峰造极时，他在小说《虹》中提出了判断真理的标准不是根据《圣经》中的一句话，而是科学实践；当教育受到冷落、知识备受蔑视时，他写作了"盗火者的足迹"系列小说，呼唤给人类以知识，给人类以火。不仅国内政治生活中的落后与愚昧是他关注的焦点，世界范围的一切邪恶与不公正也都在他的作品鞭挞之列：亚非拉广大地区的现代殖民主义，美国的种族歧视，德国的法西斯主义复活，西方大国中的政治腐败，金钱对选举的干预，艺术的堕落……正因为如此，喜爱其作品的读者遍布世界各个国家和地区。

（香港《文汇报》1999 年 12 月 1 日）

《文艺报》2001 年 10 月 15 日在中国作协十楼会议室主持召开了鄂华作品研讨会。《文艺报》127 期在第一版发表了关于研讨会的长篇报道，题目是："通过鄂华作品研讨会，人们发现当代文学的创作实绩，其实比我们以往的认识更加丰富多彩！" 10 月 30 日和 11 月 6 日，《文艺报》又以两个整版发表了会上的部分重要发言，编辑部并以"一位独特的人类美好精神的吟唱者"为题对研讨会的讨论内容进行了综述。

文章说：鄂华是一位成就卓著的老作家，早在 20 世纪 50 年代，老一辈的文学大师就将其创作称为"中国文坛独具特色的一枝鲜花"。40 多年过去，历史已跨入了一个新的世纪，鄂华的创作仍葆有鲜活的生命力，他一直笔耕不辍，近年仍有佳作奉献于世。在 40 多年的创作生涯中，鄂华曾多次获得国际国内的奖项，他的作品深受读者欢迎，他的国际题材创作更是独步中国文坛。如何总结这样一位作家的创作成果、创作历程，对于今天的文学创作乃至文学史写作都是有意义的一件事情。10 月 16 日，《文艺报》编辑部成功地组织了"鄂华作品研讨会"，在京的 40 多位作家、评论家、记者与会，提出了很多值得认真研究与总结的课题。整个会议气氛融洽而学术含量很高。下面是此次会议的综述。

（一）鄂华现象的存在是当代文学史上的独特现象

谈到鄂华，大家有一个共同的看法，就是：他是中国文学界的一个奇才、全才、通才。他的作品包括了文学的所有种类，小说、电影、散文、诗歌、报告文学、儿童文学没有他不涉猎的；而从题材上看，他的作品也是范围广阔的，如在国际题材、科学史题材、现实题材、儿童题材、历史题材等领域他都进行了尝试与探索，其中国际题材小说是他创作中最有特色的部分。由于有了这部分的创作，他在文坛上的独特性和不可替代性更显突出。从整个 20 世纪文学来看，鄂华比任何一个历史时期的作家都更自觉地融入世界文学，不是走向，不是拿来主义，而是从一个更高的角度，甚至超越民族与国界，从内容到形式直至作家主体意识上的追求。这使得鄂华的创作有着十分鲜明的个性，这种个性的东西，我们今天来看，仍有重新认识的必要，这对于今天的文学史写作也将产生深远影响。有评论家指出，20 世纪 50 年代被普遍认为是个文学"一体化"的年代，当革命历史题材和农村题材成为那个时代文学主流的时候，鄂华的域外题材小说能够发表并受到广泛的好评，或者说是一个奇迹，或者说通过这个典型的个案，我们有可能对 20 世纪 50 年代的文学环境做出新评价。

还有评论家指出，从鄂华的作品来看我们文坛所反映的生活，是否也有一个需要扩大的问题，即发生在国际上的大量事情，我们应不应该把它写成作品？这种生活在我们的文坛还未引起重视，很少有人在中国对国际上的东西进行还原虚构，而这些是鄂华早就探索的东西。鄂华是中国作家中最早关注国际题材的，正如清末李汝珍写《镜花缘》那样，他具有那样深远的眼光，所以说鄂华的创作是一个奇特的现象。在国门洞开，对外交往有了更大可能性和丰富性之后的今天，能够像鄂华一样专注于国际题材的作家仍然风毛麟角。重新认识鄂华不简单是扩大题材的问题，而是怎么全面地看待世界文明的问题，是怎样认识全球一体化、生活一体化的问题。鄂华作品的穿透力、世界眼光，使他的作品在过去多年后，仍然鲜活，是研究中国文化史的独特窗口。

（二）一个学者型作家

很多与会者都谈到鄂华是一位多才、多艺、多思、多情、多产、多样化的作家。鄂华的创作可以概括为：科学＋文化品格＋超拔的想象力＋过人的勤奋。鄂华40多年如一日，执着地追求。他的作品形成了自己的特色与风格，他在叙事上的优雅的风度，艺术气质的高贵，表述上的书卷气，及所透露的丰富的知识性和科学含量，在今天看来也并不陈旧。作为一个典型的学者型作家，鄂华现象值得我们思考的一个大问题就是，所谓的"书斋创作"要具体分析，不能一概否定。一个作家可能没有专门去深入某一种生活，但根据丰富的史籍、文献和参考书，再根据自身的经历加以出神入化的想象、虚构，也同样可以写出令人惊叹的著作，优秀的历史小说是个例证，鄂华的小说也是典型的例证。

鄂华现象显示了文学创作多样化存在的广阔空间。

鄂华的创作，想象力丰富，艺术翅膀无所不在，从他已表现出的创作成果看，可以说他是一个博学多才的作家。他的长篇历史小说《翼王伞》切入非常好，他的描述使我们对近代史上这段最尖锐、充满波澜壮阔的斗争，同时也最富戏剧性的狂飙的年代产生了浓厚的兴趣。他的儿童文学作品《蝴蝶谷》充满知识性和趣味性，他的散文小说《天池幻想曲》优美典雅，比喻漂亮。《爱因斯坦传》能给人带来智慧的愉悦，鄂华笔下的爱因斯坦是丰富的，比艺术家还像艺术家。鄂华从爱因斯坦对音乐的执着写到对数学的酷爱，把数学写得那么美。鄂华这种写法既深刻又有思想、有吸引力，把科学艺术化，让数学艺术化，可以想见，如果没有北大化学系毕业的功底，鄂华是写不出这样的作品的。他充分发挥了他的艺术想象力，也充分运用了他的知识，这不是一般作家能够达到的。《爱因斯坦传》不是谁都能够写的。他的作品高雅，但又不是让人看不懂。现在有的作品"三无"（无人物、无情节、无故事），看了不知所云，那不是高雅；鄂华作品的人物形象鲜明、思想深刻、艺术上也考究，这才是高雅。作为他那一代的作家要经过 50 年的淘洗，没有几个人能像他那样始终坚持自己的特色不变。由于经过了时代的变化，他本身生活的矿藏的累积也十分丰厚，与会者由衷期待鄂华早日拿出更能代表他自己生命价值的更沉甸甸的作品。

（三）一个有赤子之心的作家

与会者认为，鄂华给我们的启示，还在于他很早就探讨了人类性的问题，他以文学为武器对人类理性予以呼唤，他呼唤的对象不仅是"某一民族"，而是全人类。他站得很高，主题不是很孤立的、狭窄的、党派的、彼一时的。鄂华讲，文艺的目的正是向人民播撒火种，唤醒他们心中沉睡的良知，启迪他们对爱、真诚、崇高的向往，以及对丑恶、虚伪、渺小的憎恨，燃起为伟大的理想而献身的激情。这些主张使鄂华的创作有了人类性高度，它超越了一定的时空而存在。鄂华创作中几十年一贯的东西是他把传播科学知识、科学精神与塑造人的美好心灵、体现现代人生理想结合起来，把人类最基本的美好感情，如真、善、美的感情与现代意识结合在一起。他的作品充满了追求正义、良知，反对独裁、专制的人类自由精神。

他早年的国际题材作品，有对法西斯控诉的，也有很多对帝国主义进行抨击的。鄂华对资本主义本质有着深刻认识，指出在他们背后除了一个拓荒者、伐木者的传统，还有一个奴隶主和私刑者的传统。但他又并没有完全排除对拓荒者、伐木者历史的阐述，这些还不断出现在他的背景描述中，这表明他对世界文明的肯定，不是把资本主义说得很简单，在当时非常难能可贵。

他的几部文学作品，当时发表时都引起了很大反响，今天重读仍然动人。他对"四人帮"精神遗毒的批判揭露，对知识分子英年早逝问题的社会分析，在当时创作上做出来都需要一种特殊的勇气和精神，这就是扬善罚恶、仗义执言的精神。这些作品说明鄂华是以一个知识分子的良知看待生活的，而体现在文学上则是独具特色的穿透性和战斗性。

有评论家指出，他的《爱因斯坦传》更令人看重的是始终高扬着对自由的灵魂、创造的精神的高度赞赏和推崇，写出了不朽的爱因斯坦成功背后的根本原因，他的崇尚自由、醉心创造、追求美好事物的精神，这不仅因为鄂华造诣深厚，更因为他有着一颗赤子之心。

从鄂华作品中我们不仅看到了他对种族主义、殖民主义、法西斯主义的仇视，也看到了他对世界和平，公正、民主、人道的向往。他的作品集中表现了渴望和平，渴望真、善、美，珍惜生命的人文理性和人道情怀，体现了时代的诉求，体现了历史的智慧和眼光，充满了人的肯定和赞扬，认定人类最终可凭理性战胜和征服自身，走向人类大同。

（《文艺报》2001 年 10 月 31 日）

著名作家，原中网作协副主席，文化部部长王蒙在"写给鄂华作品研会的几句话"中写道：

我和鄂华认识很多年了，他的哥哥我也很熟悉，他们兄弟俩都是北大理科的毕业生，科学知识渊博、扎实，又很酷爱文学。在鄂华的许多作品中，尤其是国际题材和科学题材的作品中，视野开阔，知识含量很大，是一个很突出的学者化的作家。和老一辈作家鲁迅、郭沫若、茅盾、巴金这样一些大师的多方面的渊博学识比起来，我们这一代人有很大的差距，鄂华在这一代人里面，知识面是比较丰富的一个。鄂华是中国当代文学史上一位很有特点的作家，一位不多见的学者型的作家。研究他的创作对丰富我们当代文学的创作经验是很有益处的。

鄂华有丰富奇特的想象力，20 世纪 50 年代他开始写国际题材小说时，还从来没有出过国，在那个时候，这种情况很让人琢磨不透。改革开放以来他出国次数多了，这对他独特风格的发扬会很有好处。我期待他写出更多更独特更好的作品来。

（《文艺报》2001 年 10 月 30 日第 161 期）

中国作家协会副主席，书记处书记，诗刊主编高洪波在《关于鄂华的公式》中写道：

鄂华确实是我心目中的偶像，应该是在四十几年前我就认识他了，当我还是个小学生的时候。不过那时我认识他仅仅是通过《水晶洞》，通过《刺花的灯罩》，通过《女皇王冠上的钻石》，在北方内蒙古草原上一个县城里边，他的书给我展开了一个非常辽阔的世界，包括《刺花的灯罩》给人的那种刻骨的震撼，我至今也无法忘记那一只人皮做的刺花的灯罩。还有他的《水晶洞》，那样精彩的一本儿童小说，也是我少年时代珍藏的有数的几本著作之一。第二次认识应该是 1978 年的 11 月份，一个大雪的日子里，《文艺报》的领导们让我和郑经万同志到冰天雪地的长春去访问些作家，我们俩拜访了公木、杨公骥、鄂华。那时候我对鄂华的感觉是：他住的那座小屋是童话般的小屋，周围全部是冰雪，他坐在这座小屋里边，我见到他时感到他完全像一个哲人。当他告诉我他是化学系毕业的时候，我大吃一惊，哦，原来他是学化学的，当时我觉得我第一次找到了他为什么能写出那么多不同题材的作品的答案，原来是他的学养、他的知识面、知识结构，构成了他的这种优势。这就是我对鄂华的第二次认识：一个坐在白雪小屋中的哲人。到现在第三次认识他，已经是新的世纪了，我认识他已经 20 多年了，我面对的是他那么多的作品，以及他的那么多的朋友，这时他已经成为我们中国作家协会的一位全委，每年一度的全委会，他都是专程从美国赶回来参加，为了会他的朋友们，他是非常重感情的一位作家。在 20 多年的新世纪文坛的风风雨雨之后，鄂华已经以另外一种形象出现在我们面前，那就是他的作品涉及的已经不仅是国际题材的小说，不仅是儿童文学，不仅是科学文艺，还有很多报告文学，还有历史小说，涉足太平天国，等等，充分地展示了他的多方面的才华，这个时候鄂华在我心目中的印象就组成了这么一个公式：科学，加文化品格，加超拔的想象力，加过人的勤奋，等于鄂华。这是我对他的创作概括出来的一个公式，可以把它叫作鄂华的公式。他确实是我非常敬佩的一位作家。鄂华其实早就应该重新认识，从我们儿童文学界来讲，鄂华是一个非常重量级的作家，正是由于鄂华的缺席，以及鄂华这类性质的作家的缺席，使我们儿童文学的一个非常重要的科学文艺领域，在进入 21 世纪时，出现了严重的空缺，出现了断层。鄂华现象确实能提供方方面面以思考，绝不仅仅是对儿童文学而言才是如此。许多同志们都提到，需要对 20 世纪 50 年代的文学进行再认识，而像鄂华这样一位特立独行的作家，他的存在的确是意味深长的，而且是意义深刻的。

（《作家》2003 年第 11 期）

　　著名评论家，原《文艺报》副主编吴泰昌在"鄂华作品研讨会"上的发言中说：

　　鄂华是我们北大的高材生，他本来可以成为化学家，成为中科院院士，但他选择了作家这条路。我最近在重庆碰到了重庆市委的一位主要领导，也是北大化学系毕业的，我告诉他我要赶回来参加鄂华的研讨会，他说鄂华是他的大师兄。他已经是正部长了，但是他说：我下来又有什么？鄂华有作品，我有什么？所以人生是没法比较的，有得就有失，我从这儿想到了什么呢？一个是我为我的大师兄高兴，写了将近1000万字的作品，而且有很多在读者中都有很好的反应，他是20世纪50年代成长起来的，是中国现代不可忽视的重要的一个作家，一个有独立存在的、有独特个性的作家。在深入生活问题上他的创作道路提供给人很多有益的思考：怎么才能成为一个作家？应该具备什么条件？大家也公认鄂华是一个学者型的作家，怎么叫学者化？他的经验也能提供给人思考。学者化不等于是把一些书本知识抄来，学者化首先是要有学者的品格，是追求真理的，像伽利略这样，为了坚持真理不怕去死，这一点才是最可贵的。如果还有什么启示的话，他的历史小说创作也提供给了我们很多的启示，他的外国题材的小说也提供给了我们很多的启示。而且我认为他很大一个成就，就是树立了自己独特的风格，他的叙事表达，他的文体，他的情调的追求，所有这些，一看就是鄂华的，不管你是写现实的，或者是写历史的，或者是写实的，或者是写幻想的，或者是写中国的，或者是写美国的，一看就是鄂华的，这点就很不容易。

作为一个学弟，我衷心祝贺他！他是真正成长为一个有独特风格的大作家了，半个世纪的跋涉，真不容易！

（时代文艺出版社2003年10月）

著名评论家，原《中国文化报》主编阎纲在《敢写人之不敢写，不能写》一文中写道：

在我的心目中，鄂华的创作大体经历了三个阶段：第一阶段，短篇小说《自由神的眼泪》的出现让人眼前一亮。1956年这一年，《现实主义——广阔的道路》等文章发表了，从中透露出消息：文艺界似有"打破清规戒律""扩大题材范围"之势。《自由神的眼泪》的发表，不但对当时创作上的庸俗社会学是一次反叛，而且（尤其是）将题材范围扩大到西方世界，以波谲云诡之笔写人道精神之文，当然也是对盛行一时的唯工农兵"重大题材论"的一次成功的突围。它将与同年发表的《在桥梁工地上》《本报内部消息》和《组织部新来的年轻人》并行不悖、共存共荣，同是春风第一枝，为同年毛主席提出的"百花齐放，百家争鸣"方针的实施首开纪录。

《自由神的眼泪》之后是《自由神的命运》等小说的发表，一发而不可收，形成风格特异的"自由神"系列，至今为人所称道。

我那时刚到《文艺报》，同人们发现《自由神的眼泪》时如获至宝；当陆续读到"自由神"系列以后，我们的副主编侯金镜以及理论组、评论组熟悉外国文学的编辑们更是器重有加。《文艺报》将编辑部对鄂华小说的好评即时向上做了汇报，后来才有周扬同志吉林之行亲切会见鄂华的一幕。

到1962年《祭红》《天池幻想曲》《虹》等短篇小说的发表，小说题材又有创新，他知道的真是多啊！我们编辑部争相传阅，啧啧称羡。吉林这位年轻的作家不得了，眼界开阔，聪明过人，而且才华横溢，特别是题材上尖兵式的突围，敢写人之不敢写、不能写。

2001年，他竟然敢碰爱因斯坦！写出向中小学生推荐的"学生读物"——《爱因斯坦传》。

读了一辈子文学，方才悟到文学创作不过两句：文章最贵在肝胆，风谲云诡始动人。学养、勇气、博古通今的学识、丰富的艺术想象力和表现力，成全了一位以品种优异而独步文坛的中国作家。

（时代文艺出版社 2003 年 10 月）

著名评论家，北京大学中文系博士生导师谢冕在《独特的鄂华》一文中写道：

鄂华是我们的同时代人，但他很早就成名了。当他发表《自由神的眼泪》时，我还只是大学二年级的学生。我们当年熟知他的作品，而且都是仰望着他的。他写《自由神的眼泪》的时候中国人对外面的世界知道得很少。他的创作涉及了那时很少有人写的国际题材，可谓别开生面，让人耳目一新。他于是成为这一领域创作的开风气之先的人。半个世纪过去了，他的业绩依然在人们的记忆中长久地保留着。我们都感谢鄂华对中国当代文学创作所做的贡献。

鄂华从事写作的这一时段，是中国现代文学发展中的一个特殊的时段。这是一个漫长而又艰险的，充满着希望而又令人痛苦的文学时代。伴随着这个年代，中国作家付出了血泪的代价。鄂华走过了它的全过程。而且不论时局多么艰难，他的创作除了"空前浩劫"那段以外，几乎没有中断过。他的创作内容涉及之广，创作体裁使用之多，在中国当代作家中，几乎也是绝无仅有的。

鄂华早年就读于北京大学化学系，以理工科的学生而立志从事创作，而且做出了卓越的成绩，这本身就是文学界的一个奇迹。更需要强调的是，它的出现是在"工农兵"题材盛行的特殊的写作环境中，国际题材的写作有一种如履薄冰的谨慎，因而他的写作格外地引人注目。自 20 世纪 50 年代中期直至"文革"开始，中国的文化领域，始终风雨飘摇，作家的创作一直处于危境之中，而鄂华在这种艰苦环境中坚持他的创作。他没有在严重的政治指令中随"俗"或随"众"，而是始终保持了作者的尊严和良知，在严重的时代里坚持独立的写作精神，这证明了一个智者的存在。

鄂华是创作的多面手。从短篇小说到长篇小说，从写实文学到历史小说，从散文到长诗，从报告文学到寓言童话，从电影文学剧本到古典文学研究，可以这样说，举凡文学创作和文学批评，鄂华的足迹几乎遍及所有的文学领域，而且几无例外地都取得了成功。鄂华将及半个世纪的文学实践，证明了他不仅是值得我们普遍尊敬的劳动模范，而且是令我们难以企及的创新者。他的确是中国当代文学界的一个奇迹。

我们看到了一个独特的鄂华，一个让人肃然起敬的鄂华。

（时代文艺出版社 2003 年 10 月）

北京大学《北大人》季刊 2005 年第三期发表了吉军的长篇论文《中国当代文坛的独特存在——记优秀校友作家鄂华》。文中说：

"鄂华，这个名字，早在二十世纪五六十年代就已经为广大读者所熟知。他是北京大学化学系学生。半个多世纪来，他著述宏富，笔耕不辍，蜚声海内外，以优美的文字、高雅的人品、感人的业绩获得多项国内重要文学奖和荣誉称号。2001 年北大百周年校庆后被北京大学评为优秀校友。

"他在国际题材作品和科学文艺方面的成就和造诣，在我国文坛无出其右者；他 50 多年一以贯之地追求真善美的创作韧劲和创作成果，在我国文坛也是极为罕见的。"

作者分三个方面论述了鄂华的文学创作成就：

1. 新中国国际题材作品的开拓者；

2. 科学文艺创作的佼佼者；

3. 我国当代文坛的奇才、全才。

文中说："随着时代的转换，常常会使一些红极一时的作品黯然失色，被读者冷淡或遗弃。这种现象，在中国近 50 多年来尤其普遍。鄂华和其同时代的许多作家一样，也承受了时光的冲击，但是他的作品没有因为被冲击而褪色。他的 50 至 80 年代的作品，在发表的当时深受广大读者的欢迎，在其后乃至今天仍然保持着鲜活的生命力，以它高雅的格调、诗意的语言、厚重的人文思想深深地感染着读者。

"鄂华以其宏富的著述、独特的创作风格、杰出的贡献、渊博的学识、孜孜不倦的创作韧劲和充沛的创作精力，具备了摘取文学顶极桂冠的实力。广大读者对他寄有厚望焉！"

（《北大人》2005 年第三期）

　　著名作家，《人民文学》主编程树臻在"鄂华作品研讨会"上的讲话中说：

　　我和鄂华是老朋友了，我们都是东北作家。我们在东北的时候，东北三省每年都要举行一次作家联谊会，经常搞，当时我是黑龙江文联主席，鄂华是吉林省文联主席，辽宁是金河，每次联谊会由我们三个人轮流主持，我们俩经常是抵足而眠，促膝谈心，我们是无话不谈的老朋友。我对他有这样几点评价，第一句是：鄂华是一个多才、多艺、多产、多情、多样化的作家。他可以说是真正的多才，他是北京大学化学系的高材生，一个学化学的人写出了这样了不起的在中国文坛独树一帜的文学作品；多艺呢，各种文学体裁——小说、诗歌、散文、报告文学，这个小说中还包括长篇小说、短篇小说、中篇小说，他样样都行，而且无论写哪样，哪样都能够在文坛上叫响，一般常有的情况是，我们或者是这或者是那，擅长一种或两种，他是每一种都行，而且在文坛上都能留下很深的印象；多产不用说了，他的著作仅已经出版的就有三十多部，好几百万字；再讲一讲他的多情，在他的身上，无论是他对待亲情、友情还是爱情，都是十分执着。他交朋友不是一般的交朋友，他要是跟你交上朋友了，就是推心置腹的，就是真正的两肋插刀的朋友！他对待爱情也是这样，鄂华的朋友都知道他是一个风流才子，但他对爱情是非常执着的，绝不是一般的逢场作戏，他追求的是真正的爱情，完全是那种发自内心深处的真正的动情，他的生活可以说是非常丰富多彩，充满着浪漫，充满着激情；最后再说说他的多样化，我这里同时指的是创作的多样化和生活的多样化。在他的生活的多方和多样化上，他是十分突出的，国际，国内，丰富多样。他已经持有美国的绿卡，每年有多半年是在美国和欧洲，周游全世界，足迹遍及五大洲，他的身体也棒，到了哪儿马上就马不停蹄地开始活动。我们上次全委会开会时，他就是早上刚从美国飞回来，一到宾馆马上就参加会议，谈笑风生，不知疲倦。

再说他在创作上的多样化。从20世纪50年代，我就读过他的那些国际题材的作品，他写的那种国际上异域的风情，还有那些丰富的想象，简直是令人着迷！从那时候开始，我就非常喜欢这些东西，天上、地下、人间，他那个艺术的想象力的翅膀，简直是无处不在，翱翔于这个艺术的空间，非常非常自由，非常非常广阔，包括他20世纪五六十年代写国际题材的那些小说，也包括许多其他作品，比如他写天池的那篇小说《天池幻想曲》，他那个天池写得如诗如画，简直就是瑶池仙境，那种美叫你如痴如醉。还有他写的《翼王伞》，那本书实际上是从流传在大渡河一带的一个关于石达开的民间传说写起，他把作家丰富的想象力和历史的真实完满地结合在一起，故事情节写得一波三折，把翼王和三姑娘的爱情写得缠绵悱恻、动人心弦，真是叫人一拿起来就放不下。特别是他最近写的《爱因斯坦传》，选择的那个角度，选择的那些场景，都非常恰当，把爱因斯坦的特点准确地概括出来了。他从音乐能够最大限度地启发爱因斯坦的灵感开始写起，一直写到他对数学、对哲学、对物理学的那种执着的爱，写出了爱因斯坦所以能成为爱因斯坦的一些更深层次的因素。鄂华把数字也写得那么美，我们很多人当然也学过高等数学，可是我并没有感觉到它的美。高等数学的这种美，它那种对称的美，那种几何上的美，那种艺术的美，我觉得就只有鄂华能体会出来。这次我通过鄂华的这部作品，才真正了解了爱因斯坦所以是个伟大的科学家的原因，他不仅是个科学家，还是一个艺术家，更是个酷爱自由的人，以前不少关于爱因斯坦的传我都看过，我觉得他的这本《爱因斯坦传》，和别人写的不一般，而且我还要说这本爱因斯坦传别人写不了，就他能写，包括我们在座的。

今天这个作品讨论会我觉得很有价值，这不是简单地对鄂华说几句奉承话，他的这些创作确实非常独特，需要总结。我们认为，文学界需要总结一下鄂华，总结一下这种鄂华现象，或者说，总结一下鄂华的这种创作轨迹，从他的这种创作过程当中能够总结出一些新的东西来。

（时代文艺出版社 2003 年 10 月）

著名作家，中国作家协会副主席，书记处常务书记张锲在"鄂华作品研讨会"上的发言中说：

我和鄂华是老朋友，也是交往比较亲密的朋友。我们一起去过黄山，去过海南，去过深圳，我们在合肥的街头不止一次地散步，我们也在长春那个冰天雪地当中一起漫游，为了诗人曲有源的事，我们不止一次一起去找过吉林省委的领导。

听了大家的发言，我都觉得讲得很精彩，我想就两个问题补充一点我的意见。第一点，这会开得晚还是不晚？我觉得从某种程序上讲，这会开得并不晚，也许开得正是时候。就当大家从过去那种浮躁的心态，从这么多年的政治运动的动荡当中，终于能探出身来，用比较平静的心态坐下来探讨一些文艺创作上的重大问题时，我觉得，这个时候来一起探讨20世纪50年代以来，许多这些年没有被很好地重视起来的作家，可能正是时候。《文艺报》的这个会开了一个很好的头。《文艺报》的同志为这个会，大概就至少给我打过五六个电话吧，我说你们放心，鄂华的会，不管我多忙，我都会来参加。今天上午我就有两个会，我说鄂华这个研讨会我必须参加到底，所以用不着事先和我打招呼，而且不只是我，今天来的许多同志都是不管有多忙也会来参加这个会的，像刚才这个树臻啊，匡满啊，他们也是非来不可的。第二点，我们过去对鄂华的作品没有很好的重视，这是现在应该要纠正的。刚才会上许多研究现代文学的、主持编写现代文学史的同志都已经表示了，在今后的现代文学的研究上和现代文学史的编写上，会将这个缺陷和遗漏弥补过来。现在鄂华还是仍然要用一种平静的心态、一种平常的心态去对待。大家都知道，像鄂华写的这样文化品位很高、思想很深刻的作品，不可能会像当前某些流行的作品那样，被炒作得多么多么热，那是不可能的，真正生命长久的文学作品是不需要炒作的。鄂华你就要仍然像你一贯所做的那样，一辈子做自己想做、自己愿意做，而且已经做出很大成绩的事情！最后我还要重复讲一句：鄂华是一个多才、多艺、多思、多姿、多情、多产的，一个特立独行的作家！是一位我们真正从心里敬佩的作家！

（时代文艺出版社 2003 年 10 月）

著名评论家，中国作家协会副主席，中国社科院文学研究所所长张炯在《文学价值永远与其精神价值成正比——谈鄂华作品中的强烈的理想与崇高的精神境界》一文中写到：

我以为，文学的价值永远跟它的精神价值成正比。没有崇高精神理想的作品即使文字如何流畅、生动，形式如何精致、华丽，也像没有灵魂的躯壳那样，是没有强大生命力的。我赞赏鄂华同志的作品，首先正是赞赏他表现于作品中的强烈的理想和崇高的精神境界。

当然，文学必须有文学的特征，有文学的艺术追求。在这方面鄂华同志的作品也确有自己独特的成就。他的文笔流畅优美，富于色彩，富于想象和激情，特别是他的小说和散文，笔底常常如诗如画，给读者以强烈的美感。他很善于讲故事，也很善于描情写景和刻画人物的性格形象。他的小说每每情节曲折而引人入胜，他的散文像《天池幻想曲》，不但感觉敏锐、细致，而且充满丰富的想象和幻想，充满诗情与画意。他的儿童文学作品更饶有童心和童趣，紧紧把握了儿童的心理去展开自己的艺术描写，具有深切感人的魅力。

总之，鄂华同志近 50 年的创作是丰硕的，是对我国当代文学的发展做出了自己独特的贡献的。

（《文艺报》2001 年 11 月 6 日第 165 期）

二、鄂华谈创作

鄂华 1979 年 10 月在《幽灵岛》的后记中，谈到了"盗火者的足迹"这一组小说的写作。文中写道：

这里，我想专门就《虹》这一组以科学史上唯物论与唯心论的斗争、辩证法与形而上学的斗争、科学与迷信的斗争为主题的小说简单讲几句。

这一组小说的创作，开始在 1961 年末。那时我正在北京养病，在美丽的北京大学承泽园的荷花池畔，经常和我哥哥以及另外几位思想信念上一致的好友在一起纵论天下大事。我们当时对林彪开始搞的那一套新造神运动，制造现代迷信深深感到忧虑。对于他们不去主张系统地学习马列主义，而是割裂毛主席的片言只语编成语录，当作包治百病的万灵丹，当作句句照办的《圣经》的做法，更是十分不安。于是我们商量应该写这样一组反对迷信、反对唯心论与形而上学的小说，以科学史上几位划时代的巨匠作为小说的主人公。当时我们想到的是培根、哥伯尼、布鲁诺、伽利略、牛顿、达尔文、爱因斯坦……这样几位大师。第一篇以培根为主人公的《虹》很快就写出来了。当时我国文艺界的整个形势非常好，虽然物质生活比较困难，但在周总理和陈老总于广州话剧会议上讲话之后，文艺界同志们心情振奋，一个百花争荣、蓬勃向上的大好局面开始形成。在这种气氛下，这篇小说也得以很顺利地发表在沈阳《文艺红旗》1962 年 8 月号上。然而，不久以后，从北戴河会议上传来了千万不要忘记阶级斗争的警钟，以林彪和党内那个理论权威为代表的反动的极"左"思潮卷土重来。紧接着是"四清运动"，文艺界两个批示下达以后开始的文艺整风，阶级斗争的弦绷得一天比一天紧，现代造神运动一天比一天变本加厉（一直发展到"文化大革命"，把中华民族推进一场空前的浩劫之中）。这一组小说再也无法继续写下去。

在"文化大革命"中，我被专政7年。我哥哥则因为反对林彪、"四人帮"等人被定为现行反革命分子，锒铛入狱。我们所有的好友都受到株连。《虹》这一篇小说也被定为反对毛主席反对个人迷信的特大毒草，我们当年在承泽园内的忧国忧民的书生议论，全部都被指为反革命言论。

三中全会以后，在全党全国展开了具有伟大历史意义的关于实践是检验真理的唯一标准的讨论。这时候，我决心尽快地把这一组刚开始就被扼杀的小说全部写出来，用它来参加当前这一场关于真理标准的论战，同时也是对于当时还未平反，仍然身陷缧绁的哥哥的无声支持。这样《阿尔切特里的林中小屋》《阿诺河之舟》《弯曲的球面》等小说就先后产生了。读者们如果对这几篇东西还有兴趣，可以再去翻翻这本专集，它就是在上海人民出版社出版的《盗火者的足迹》。

（载《四川文学》1980年第5期）

鄂华1950年6月在《盗火者的足迹》的序言中谈了他写这组科学史小说的构想和主旨。文中写道：

这几篇东西有一个共同的主题：给人类以火！

在这里，火，就是知识和真理！就是光明和热！就是勇气和理想!

为什么我要在现在把这本书献给我们的青年?

因为我们今天的时代，是一个需要开拓者的理想与热情的时代!

一个占有世界人口五分之一的伟大民族，从被一伙豺狼和新野蛮人糟蹋成了文化沙漠的国土上站起来，要在今后不到四分之三世纪的时间内把她建设成为社会主义的现代化的国家，这一壮举对于整个人类历史将要产生的影响，决不会小于我们的祖先穴居人第一次获得了火，从山洞到平原举行的大迁徙；决不会小于欧洲的文艺复兴和工业革命；决不会小于法国大革命和美国解放黑奴的南北战争……巨大历史转折对于人类所产生的影响。对于我们古老的民族来说，这是一次伟大的思想解放运动，是又一次伟大的民族觉醒!

农业、工业、国防和科学技术的现代化，首先需要思想的现代化!

怎么能设想精神上的侏儒成为行动上的巨人? 能够担负起这样一项伟大的历史使命?

人类的全部文明史，就是一部不断地破除迷信、解放思想的历史。

而这种思想解放的斗争，又从来是与为使人类从奴隶变成巨人，变成宇宙主宰的斗争联系在一起的。

从穴居时代开始，祭师和部落酋长就告诉他们的人民：宇宙的主宰是神，人不过是奴隶。人只有俯首帖耳听从神的旨意，向神献上牺牲，才能得到神的庇护。人生活在恐怖与黑暗之中，他们是一切动物中的弱者。

能把人从奴隶变成巨人，从弱者变成强者的，是火！

火能够照亮黑暗，穿透愚昧，帮助人驱逐恐惧。火能够煮熟食物，改进消化，使人的体质更强壮。火能够抵御寒冷，消融冰雪；火能够焙烧陶器，锻造武器和工具。火使人在与自然、与野兽的生存竞争中终于成为胜利者；火使人第一次意识到自己是宇宙的主人，是自己命运的主人！

从此，火，成为进步和文明的象征！

人类历史的进程，就是前驱者如何将火种传播到人间的进程。在这本小书里，我愿意陪伴青年读者们去追寻这些伟大的前驱——盗火者的足迹。

我们永远不应该忘记第一个盗火者——被捆绑在高加索悬崖上的普罗米修斯。

这是一个传说中的神。是他第一个用茴香管把火种带到了人间，使天神宙斯再不能利用愚昧和黑暗来奴役人类。

高加索巉岩上那个孤独地承担着宙斯可怕的惩罚的形象，是一个高傲的胜利者的形象！是人类为自己建立的第一座庄严的纪念碑！它已经成为世世代代一切为真理而献身的盗火者的象征！

人一旦接触到了火，就再也不会从它的面前走开，就会终生向往它、追求它、皈依它，一直到为它而献身！

于是我们看到了第一个为真理而殉难的实在的人——古希腊的哲学家苏格拉底。因为他胆敢冒犯天神的权威，宣称："决定我们命运的不是神，却是我们自己！"

决定他有罪，应该被毒人参汁处死的裁判官一共有500人，其中只有几个人会识字。这些人深信他们正在做的事是在为这个城市铲除一个非常危险、非常可怕的"知识分子"（Intelligentsia，这是世界上出现的第一个意为知识分子的专用名词，而且是用在这样一个场合，它的启示意义是深刻的）。

专制从来是借助愚昧来摧残知识！

下一批光荣的殉道者，是在基督教统治欧洲漫长的黑暗的中世纪中，为我们盗取科学与真理火种的人！

偏见永远是与无知联系在一起的。一切神权的维护者都懂得：科学与知识将是他们最大的敌人。

因此，几乎从一开始，走上宗教裁判所火刑场的多半都是追求自然科学真理的战士。

他们尊重的是科学，是事实，而不是上帝创造世界的胡说。他们是真正的传递真理火种的人，使迷信与谎言无处藏身！

在这个光荣的队伍中，我们看到了罗吉尔·培根、哥白尼、布鲁诺、伽利略、开普勒、赛尔维塔斯……

近代自然科学虽然已经不再把它们的先驱者送上火刑场，但是人们仍同样要为真理的被承认而进行顽强的斗争，而且要为它付出重大的牺牲。

因为自然科学的进展已经在人类历史的进程中占有了愈来愈重要的地位。没有自然科学的革命，就不可能有今天的社会进步，就不可能有现代高度的物质文明。

近代自然科学的大师：牛顿、达尔文、马克斯威尔、普朗克、居里夫妇、爱因斯坦……他们都是真正的盗火者，每个人都用自己对真理的重大发现，使世界愈来愈接近理性。

在向现代化进军的今天，比任何时候更要用这些伟大的前驱者的精神来激励我们，用他们传递的火种在我们心头燃烧起为真理、为科学、为人类美好的未来而献身的热情和理想的火焰。让那前驱者的足迹，也能永远给我们指引道路，帮助我们奔向伟大的目标！

（上海人民出版社 1980 年 10 月第一版）

鄂华著作要目

蓝色的星星（长诗）	上海少年儿童出版社	1957 年
自由神的眼泪（短篇小说集）	上海新文艺出版社	1958 年
女皇王冠上的钻石（中短篇小说集）		
	上海文艺出版社	1959 年
湖上的追逐（童话集）	吉林人民出版社	1960 年
论长影 1959 年艺术片的创作（电影论文集）		
	吉林人民出版社	1960 年
天池幻想曲（散文集）	吉林人民出版社	1961 年
水晶洞（长篇小说）	吉林人民出版社	1962 年
艺术的控诉（短篇小说集）	上海文艺出版社	1962 年
丹凤朝阳（短篇小说集）	吉林人民出版社	1963 年
呼龙哨记闻（长篇写实文学）	吉林人民出版社	1964 年
铁路老工人（儿童文学集）	上海少年儿童出版社	1965 年
宝石的地图（中篇小说集）	上海少年儿童出版社	1966 年

鄂华毒草作品集（中短篇小说、散文、诗歌集）

　　　　　　　　吉林省文联内部发行，供批判用 1966 年

东方红（中篇小说集）　　　　吉林人民出版社 1978 年

祭红（电影文学剧本）

　　　　　　长春电影制片厂　吉林人民出版社 1980 年

幽灵岛（中短篇小说集）　　　　吉林人民出版社 1980 年

盗火者的足迹（短篇小说集）　　上海人民出版社 1981 年

在黛色的波涛下（长篇小说）　　北京群众出版社 1982 年

绿十字号沉船（电影文学剧本）

　　　　八一电影制片厂　上海《文汇报》连载 1982 年

丹凤朝阳（电影文学剧本）　　　长春电影制片厂 1982 年

黑海的帆（散文集）　　　　辽宁春风文艺出版社 1983 年

鄂华中短篇小说选　　　　　　时代文艺出版社 1984 年

天空的梦（中短篇小说集）　　辽宁少年儿童出版社 1984 年

翼王伞（长篇小说）　　　　　时代文艺出版社 1985 年

走向命运的星辰（短篇小说集）　广东花城出版社 1985 年

魔鬼队的覆灭（写实文学集）　北方妇女儿童出版社 1986 年

希特勒财宝的秘密（短篇小说集）

　　　　　　　　　　　　福建海峡出版社 1987 年

归去来兮（中篇小说）　　　　福建人民出版社 1988 年

慢慢击鼓（中篇小说）　　　　吉林人民出版社 1990 年

雁姑峰上的石像（长篇叙事诗）北方妇女儿童出版社 1993 年

鄂华写实文学集　　　　　　　时代文艺出版社 1994 年

域外履痕（散文集）　　　　　　大连出版社 1996 年

蝴蝶谷（中篇小说） 北方妇女儿童出版社 1998 年

爱因斯坦传（长篇传记） 长春出版社 2004 年

千年一窑（三十集电视连续剧）

江西电视台 北京环宇影视公司 2005 年